Gut zehn Jahre ist es nun her, dass eine ungeahnte Erfolgswelle die hiesigen Krimifans mit sich riss, in spannenden, witzigen, verrückten und aufwühlenden Kriminalgeschichten durch die Ordnung der gemütlichen Region rauschte und so manche Leiche im Keller an die Oberfläche beförderte. Zehn Jahre fränkische Bestseller und preisgekrönte Geschichten – das ist für uns ein Grund zum Feiern und der passende Anlass, die beliebtesten Krimiautoren dieses einzigartigen Landstrichs zu würdigen. Norbert Treuheit hat sich dafür durch einen ansehnlichen Bücherstapel gearbeitet und die besten fränkischen Kurzkrimis aller Zeiten ausgewählt. Ein *Best-of* Frankenkrimi und ein echtes Highlight für alle Liebhaber guter Spannungsliteratur.

Norbert Treuheit, Jahrgang 1956, wurde in Fürth geboren und wuchs in Cadolzburg auf. Später studierte er in Erlangen und München, dazwischen arbeitete er zwei Jahre als Dozent an der University of Southampton (England). 1988 gründete er den *ars vivendi verlag*, startete 2005 die Reihe der Frankenkrimis und initiierte 2012 den zusammen mit den *Nürnberger Nachrichten* ausgelobten Fränkischen Krimipreis. Er ist Herausgeber mehrerer Anthologien, u. a. *Englische Erzähler des 20. Jahrhunderts* (Heyne Verlag), *Literarische Streifzüge durch Kneipen, Cafés und Bars*, der Reihe *Postcard Stories* sowie Mitherausgeber der »Edition moderne fränkische Klassiker« im *ars vivendi verlag*.

Norbert Treuheit (Hrsg.)

Best of Frankenkrimis

14 Crime Stories

ars vivendi

Originalausgabe

Erste Auflage März 2016
© 2016 by ars vivendi verlag
GmbH & Co. KG, Bauhof 1,
90556 Cadolzburg
Alle Rechte vorbehalten
www.arsvivendi.com

Umschlaggestaltung: FYFF, Nürnberg
Covermotiv: ars vivendi
Druck: Legra, Krakau

Printed in the EU

ISBN 978-3-86913-655-4

Inhalt

Sigrun Arenz
    Füße im Feuer — 7
Jan Beinßen
    Zeit zum Sterben — 18
Veit Bronnenmeyer
    Mord im Regionalexpress — 30
Theobald Fuchs
    Der Tote im Wehr — 55
Tommie Goerz
    Steinbruch — 66
Thomas Kastura
    Mafia Bamberga — 83
Tessa Korber
    Das Loch — 106
Dirk Kruse
    Das kalte Herz — 123
Killen McNeill
    Pfarrers Kinder, Müllers Vieh — 139
Petra Nacke
    Nightliner — 157
Horst Prosch
    Süß klangen die Glocken nie — 168
Jeff Röckelein
    Ja verreck — 180
Elmar Tannert
    Unter dem Apfelbaum — 192
Helmut Vorndran
    Untödlich — 205
Die Autoren — 225
Textnachweis — 232

Sigrun Arenz
Füße im Feuer

»Mein ist die Rache, redet Gott.«
(C. F. Meyer, *Die Füße im Feuer*)

Der Glühwein lag in der Tasse, rot und duftend, mit einem leicht öligen Film darauf. Ruhte und duftete nach Nelken und warmem Alkohol. Eine einzelne Schneeflocke segelte auf ihn herab und funkelte einen Augenblick lang beinahe, ehe sie auf der Oberfläche des heißen Weins zerschmolz. Rot lag er in der Tasse, schwer und duftend und flüchtig. Er roch nach Nelken und Zimt und Zitrone. Er roch, wie alle roten Dinge, nach Liebe und nach Blut.

Ein seelenloser Korridor, in hartes Kunstlicht getaucht, ohne Blick hinaus. Die Tür vor ihr öffnete sich, und trotz allem, was vorausgegangen war, zögerte sie, hindurchzutreten, die Hand krampfhaft um den Riemen ihrer Tasche geschlossen. Jenseits der Tür lag ihre Befreiung, und doch war sie sich für einen langen Moment des Zweifels nicht sicher, ob sie diesen Schritt wirklich machen sollte. Vielleicht war es Furcht vor dem, was danach folgen würde. Was kommt nach der Hölle?

Sie zögerte und ging dann doch weiter, hatte tief drinnen ja gewusst, dass sie es tun würde, wunderte sich immer noch, wie leicht es gewesen war. Die Tür hatte sich aufgetan, als wäre es das Selbstverständlichste von der Welt, ihr den Weg frei zu machen. Vielleicht lag es daran, dass Weihnachten war und selbst Beamte der Justizvollzugsanstalt es an diesen Tagen nicht so genau nahmen. Sie klammerte sich an den Gedanken, dass jetzt alles anders werden würde, sie wirklich frei werden und die Vergangenheit hinter sich lassen würde. Ein Schritt hindurch, und die Tür zum Zellentrakt schloss sich hinter ihr. Sie war drinnen.

Ein Besuchsraum, dessen kahle Nüchternheit durch einen Adventskranz halbherzig aufgebrochen war. »Besuch für Sie«, das war alles, was Meier zu ihm gesagt hatte, und ein wenig gegrinst hatte er dabei, ein wenig anzüglich, ein wenig verschwörerisch, als ob das alles ein abgesprochenes Spiel zwischen ihnen sei. Vielleicht, weil Weihnachten war und selbst Beamte der JVA an so einem Tag ein wenig anders tickten.
»Besuch für Sie.«
Mit ihr hatte er nicht gerechnet. Sie trug ihr Haar anders, kurz geschnitten und glatt geföhnt, und es dauerte einen Augenblick, bis er wirklich begriff, wen er da sah. Es war Weihnachten, und sie war gekommen. »Besuch für Sie.« Die Tür mit dem vergitterten Sichtfenster darin schloss sich hinter ihr. Sie waren allein.

Die Luft war frostig, und ein paar Schneeflocken segelten träge durch die Luft, fingen im Fallen das Licht von Hunderten von Lämpchen auf, um dann sofort unter Hunderte von Füßen getreten zu werden. Und überall gerötete Hände und Ohren und aufgestellte Kragen und Schals und Wollmützen und die Kälte. Christkindlesmarkt in Nürnberg; sie waren zu sechst, außer ihm noch das unattraktive blonde Mädchen, der Kommilitone mit den Hundeaugen, dann das Pärchen aus dem Proseminar, ineinander versunken die zwei, als gäbe es die Welt um sie herum nicht. Und sie, *mit ihrer bunten Umhängetasche und ihrem Lachen, das in der kalten Luft glitzerte wie die wenigen Schneeflocken, die es schafften, durch ihr Blickfeld zu treiben. Frostiger Atem dampfte vor den Gesichtern. Zugleich die Hitze: Körper, aufgeheizt von Glühwein und Feststimmung, die Menschenmassen, die Lichter, und die Gerüche nach Holz und Alkohol, feuchter Wolle, menschlichen Ausdünstungen, Zimt und Nelken, nach Fleisch, das auf den Grills der Würstchenbuden zischte und brutzelte. Der Gedanke an menschliches Fleisch, das sich unter Lagen von Jacken und Pullovern und Unterwäsche verbarg, und man konnte nicht wissen, ob es fror oder erhitzt war und aufgeregt.*

Irgendwann sah er, wie sie mit einer ungeduldigen Handbewegung ihre Mütze vom Kopf zog und in die blaue Winterabendluft atmete, ihr Gesicht ein wenig gerötet, und das lange Haar rollte, rötlichbraun, befreit, über den Kragen ihrer Winterjacke.

Er wusste, warum sie ihre Haare abgeschnitten hatte.

Sie setzte sich ihm gegenüber, ohne ein Wort zu sagen, schlüpfte unter dem Riemen ihrer Umhängetasche durch, die sie über der Schulter getragen hatte – war das erlaubt? Er konnte sich nicht erinnern, es war so lange her seit dem letzten Besucher, er hatte nie darauf geachtet. Vielleicht hatten sie eine Ausnahme gemacht, weil Weihnachten war, aber jedenfalls hatte sie eine Tasche dabei und legte sie auf den Tisch vor sich, die Hände ruhten auf dem bunten Stoff, ohne loszulassen. Schöne Hände, schlank und wohlgeformt, schmal, aber nicht schwach, nicht zerbrechlich.

Er wusste auch, dass die Tasche eine Mauer war zwischen ihm und ihr. Früher wäre ihm das nicht aufgefallen. In seinem alten Leben, als er nur wahrgenommen hatte, was er sehen wollte, als die Welt sich um ihn gedreht hatte und alles, alles nur in Bezug auf ihn und seine Wünsche und Abneigungen wichtig gewesen war. Halsstarrig war sie gewesen, damals. Schön und halsstarrig. Nicht, dass er das Wort jemals benutzt hätte in seinem alten Leben – jetzt kam es ihm in den Sinn, mit den Worten aus einer Ballade, die er gelesen hatte – »ein fein, halsstarrig Weib«. Auch Balladen gehörten zu seinem neuen Leben, in dem er in den Gesichtern seiner Mithäftlinge lesen konnte und Dinge verstand, die niemand aussprach. In dem er wusste, warum sie sich die Haare abgeschnitten hatte, warum sie nicht mehr dieselbe sein wollte, weder äußerlich noch innerlich.

Was er nicht deuten konnte, auch nicht nach diesen zwei Jahren, nicht nach dem Prozess und nicht nach den vielen einsamen Stunden des Lesens und Beobachtens, war ihr Gesichtsausdruck, als sie die Tasche zwischen ihnen öffnete und einen länglichen Gegenstand heraushob.

»Ich habe dir etwas mitgebracht«, erklärte sie und schraubte den Deckel der Thermoskanne auf.

Zwischen ihnen, auf dem blanken Holztisch, stand eine Tasse mit dampfendem Glühwein.

»Ich hol uns noch was zu trinken«, hat er gesagt und ist zum Stand zurückgegangen, wo er erst einmal stehen bleibt, dankbar für den Anorak, der lang genug ist, um seine Erregung zu verbergen. Er ist überhitzt, die paar Schneeflocken, die aus der immer dunkler werdenden Luft auf sein Gesicht fallen, bewirken nichts weiter, als ihm zu zeigen, wie heiß er ist. Der Schnee scheint auf seiner Haut zu glühen, ihn zu verbrennen, ist so heiß wie die Berührung ihrer Hand vorhin, als sie ihn gestreift hat. Beim Umdrehen, im Gespräch mit der blonden Freundin, die er hasst,

weil sie sich für sie umdreht, mit dem Kommilitonen, den er verachtet, weil er dieses Lächeln aufsetzt, wenn er mit ihr redet, bewundernd, ein bisschen hilflos. Der Typ ist verliebt in sie, sie, die er hasst, weil sie halsstarrig ist und schön und ihn anmacht und dann so tut, als sei nichts gewesen.

Wie sie ihr Haar befreit hat, als sie die Mütze abgestreift hat, wie es, rötlichbraun und plötzlich lose, das Licht gefangen hat von den Weihnachtssternen und Lichterketten über dem Christkindlesmarkt. Wie sie sich umgewandt hat, sodass ihr bloßer Hals direkt vor seinen Augen lag, weiß und glatt, und das Blut hat in ihren Adern gepocht. Wie ihre Hand ihn gestreift hat beim Umdrehen, tausend Grad heiß, sodass er die Stelle noch jetzt spürt wie eine Wunde, wie ein Brandzeichen – und dann hat sie sich abgewendet und mit den anderen geredet, und als er etwas zu ihr gesagt hat, hat sie ihm diesen Blick zugeworfen. Einen Blick, als ob er ein Niemand wäre, oder jemand, der da sein könnte oder auch nicht, der keinen Unterschied macht, der keine Bedeutung hat. Du Schlampe, hat er gedacht, und dann hat er ihr Haar wieder gesehen, mit den Lichtpünktchen darin, und hat die Worte gesagt. Um wegzukommen von ihr, ja, aber vor allem, um sie zu bestrafen.

»Ich hol uns noch was zu trinken.«

Der Glühwein lag in der Tasse, ein leicht öliger Film darauf, und erfüllte den kleinen Besuchsraum der JVA mit dem Duft nach Nelken und Zimt und Zitrone. Er roch, wie alle roten Dinge, nach Liebe und nach Angst.

Ihm wurde kalt, als er ihr ins Gesicht sah. Ihre Augen – ein lichtes Braun – waren unverwandt auf ihn gerichtet, unerbittlich, rätselhaft. Sie sagte nichts. Nicht »trink« und nichts sonst, starrte ihn nur an, auffordernd, erbarmungslos. Und er wusste, dass sie gekommen war, um mit ihm abzurechnen, mit ihm abzuschließen, die Vergangenheit endgültig hinter sich zu lassen.

Was er nicht wusste, was er nicht deuten konnte, war das Wie.

Er hatte erst dem Kommilitonen seinen Becher gereicht, dann der Blondine. Für das ineinander versunkene Pärchen hatte er keinen Glühwein mitgebracht. Seinen eigenen Becher stellte er auf dem wackligen Tisch ab, um den sie herumstanden; es war der dritte – oder der vierte? Ganz sicher war er sich nicht.

Den letzten Becher reichte er ihr. »Danke«, erwiderte sie, und ihr Lächeln hatte dieselbe Farbe wie die Lichterketten an der Bude neben ihnen, wie der Schnee und wie die vereinzelten Sterne am dunkelblauen Winterhimmel. »Ich sollte gar nichts mehr trinken, ich hatte schon zwei«, fügte sie hinzu, mit einem Kichern, das nicht ganz so klar klang wie noch vor einer Stunde, »aber ich bin ja mit der U-Bahn da, gut, dass ich nicht mehr fahren muss, aber hoffentlich sind nachher nicht so viele Betrunkene unterwegs, die einem vor die Füße kotzen.« Ihre Stimme klang lebhaft, aber die Worte kamen ein wenig zu schnell, und die Silben rannen ein bisschen ineinander; sie vertrug nicht viel. Seine Hände zitterten, als sie ihre Hand ausstreckte, um ihm den Becher abzunehmen. Einen Moment lang sah er auf den dunklen Glühwein darin, mit dem leicht öligen Film darauf, der nach Zimt und Nelken duftete, und etwas in ihm wollte schreien: »Trink nicht!«, wollte ihr die Tasse aus der Hand schlagen und vergessen, dass er ihn ihr je hatte geben wollen, wollte den Glühwein und die Tropfen, die er hineingekippt hatte, im Schneematsch verschüttet sehen, rot wie die Liebe, wie ihr Haar, wie vergossenes Blut. Aber dann wandte sie sich von ihm ab, dem Kommilitonen und der Blonden zu, lächelte, dass die Sterne zerschmolzen, und ihr Lächeln war nicht für ihn, nicht für ihn alleine, sondern für den anderen mit seinem albernen, liebeskranken Blick, und für die Freundin, deren nichtssagendes Gesicht von Kälte und Glühwein gerötet war, umfasste sogar das Pärchen, das von nichts etwas mitbekam. Und ihm blieb der Blick auf die Lichtpünktchen in ihrem Haar und auf ihren entblößten Nacken, und er dachte an ihre Halsstarrigkeit, und dass es ihr recht geschah, dass sie es nicht anders verdient hatte, und er dachte an das Rot von Wein und von Liebe, und an das Blut, das durch ihre Adern rann. »Trink«, dachte er voller Lust und Verzweiflung und Rachsucht.

»Trink«, sagte sie nun doch. Nichts weiter. Die braunen Augen sahen ihn unverwandt an, nur ihn diesmal, als gäbe es niemanden auf der Welt außer ihm. Der Blick machte ihm Angst. Es war absurd, überlegte er mit klopfendem Herzen, Angst zu haben. Was konnte sie ihm antun, hier und jetzt, unter dem kümmerlichen Adventskranz des Besuchsraums der JVA? Wenn sie sich rächen wollte, wenn sie diesen Glühwein ... unmöglich. Dann hätte sie sich keinen schlechteren Ort aussuchen können, keine unpassendere Gelegenheit. Jeder würde wissen, dass sie es getan hatte. Vielleicht würde sie das Gebäude noch unbehelligt verlassen können, aber sie würde niemals davonkommen. Der Duft von Nelken und Zimt und heißem Alkohol strich zu ihm herüber, und sein Magen zog sich zusammen. Natürlich wusste sie das alles, überlegte er, als er wieder aufsah zu den braunen

Augen, die noch immer prüfend auf ihm ruhten. Aber was, wenn es ihr egal war, was mit ihr danach passierte? Wenn Rache das Einzige war, woran ihr noch etwas lag?

Der Geruch nach Alkohol und Erbrochenem war schwach, aber die ganze Zeit präsent. Um ihn die unvollkommene Dunkelheit der nächtlichen Stadt. Von weit her hörte er das Grölen einiger Betrunkener. Er war alleine mit dem Geruch nach Alkohol und Erbrochenem und Blut. Alleine, wenn man die reglose Gestalt nicht zählte, die auf dem Boden lag. Ihr Blick hatte Sterne zerschmelzen können, aber nicht jetzt, nicht, seit sie ihm lachend den Glühweinbecher aus der Hand genommen und getrunken hatte. Ohne ihren Blick und ihr Lachen und ihre wache Persönlichkeit war sie so klein gewesen, nichts als eine Puppe, ein lebloses Ding, mit dem er machen konnte, was er wollte. Und nun lag sie dort und hätte wie ein vergessenes Spielzeug gewirkt, wäre da nicht das langsame Heben und Senken des Brustkorbs gewesen, und das Blut.

Ihr Blick machte ihn klein, so als säße er am Ende eines umgedrehten Fernglases, winzig und weit entfernt von allem, ein Objekt zum Beobachten, kein Mensch.

Der Glühwein stand zwischen ihnen auf dem Tisch, rot und mit einem leicht öligen Film darauf. Ihre braunen Augen sahen ihn an, mit diesem distanzierten, kalten Ausdruck, vor dem er zurückschreckte. Sie wollte ihn dazu zwingen zu trinken, mit nichts als ihrem Blick, ihrem schrecklichen, unerbittlichen Blick. *Du musst das nicht trinken,* sagte er sich, wiederholte es in seinem Kopf wie etwas, das er sich einprägen musste, um es nicht zu vergessen. *Sie kann dich nicht zwingen.*

Er konnte die Tasse einfach stehen lassen. Aufstehen, fortgehen. Nach Meier rufen, der auf der anderen Seite saß, und ihn bitten, seine Besucherin wieder hinauszuführen. Er war ein Gefangener, aber diese Freiheit hatte er. *Du musst das nicht trinken.*

Als hätte sie seine Gedanken gelesen, stand sie langsam auf, schlüpfte wieder unter dem Riemen ihrer Tasche hindurch, sah ihn noch immer an, aber ohne diese schreckliche, erbarmungslose Intensität. Und auf einmal begriff er, was sie hinter diesem Blick verborgen hatte: die Hölle. Auf dem Tisch stand der Becher mit dem Glühwein, und er hatte die Wahl. Er konnte ihn stehen lassen und fortgehen, und niemand, selbst sie, konnte ihn daran hindern, diese Entscheidung zu treffen.

»*Warum haben Sie es getan?*«

Schweigen.

»*Haben Sie gar nichts zu sagen? Sind Sie sich eigentlich bewusst, wie schwer Ihre Tat wiegt? Wollen Sie nicht wenigstens um Verzeihung bitten, Ihre Schuld eingestehen? Wissen Sie eigentlich, was Sie da getan haben? Tut Ihnen Ihre Tat wirklich überhaupt nicht leid?*«

Er dachte an ihr Lächeln, als sie sich zu ihrer Freundin und dem Kommilitonen umgedreht hatte. An die Lichtpünktchen in ihrem Haar. An den Geruch nach Alkohol und Blut. An ihre unbewegte Gestalt im Dunkeln. An die Wärme ihrer Hand, zuvor, und an die kalte, schlaffe Hülle, zu der er sie gemacht hatte. Sah sie starr im Gerichtsraum sitzen, ohne Regung erzählen, als spreche sie nicht von sich, sondern von einer anderen Frau. Dachte daran, wie sein Verteidiger sie bedrängt hatte, ihre Glaubwürdigkeit und ihre Motive in Zweifel gezogen hatte. Dachte, dass er ihr Leben zerstört hatte, vielleicht nicht für immer, vielleicht nicht endgültig, aber wer konnte das wissen? Fühlte irgendwo unter seiner eigenen Angst und der Taubheit, die sich während des langen Prozesses eingestellt hatte, unter der Wut über die aussichtslose Lage, in die sie ihn gebracht hatte, die Scham über sich selbst, so tief verborgen, dass er sie nicht aussprechen konnte.

»*Haben Sie wirklich gar nichts zu sagen?*«
Er schwieg.

Sie hatte sich zum Gehen gewandt, ohne ein Wort zu sagen. Ihre Finger, schlank, aber nicht zerbrechlich, hatten sich um den Riemen ihrer bunten Tasche geschlossen. Er hatte sie nicht vernichtet. Sie war durch die Hölle gegangen und auf der anderen Seite herausgetreten, und eines Tages würde ihr Lächeln wieder Sterne zerschmelzen, wenn auch nicht für ihn. Und auf einmal begriff er, warum sie wirklich gekommen war und von ihm eine Entscheidung erwartet hatte. Er konnte trinken oder nicht, er hatte die Wahl. Sie hatte sie nicht gehabt. Welchen Grund hätte sie gehabt, ihm zu misstrauen? Und er hatte ihr Leben in der Hand gehabt und es beinahe zerbrochen. Es war Zeit, zu seiner Schuld zu stehen.

»Warte«, sagte er, und sie wandte sich an der Tür um.

Er nahm die Tasse mit dem Glühwein, der rot und schwer wirkte, nur noch lauwarm jetzt, und begann zu trinken. Der Geschmack von Zimt und Nelken erfüllte seinen Mund.

Sie nickte ihm zu, dann verließ sie den Besuchsraum. Ihre Schritte hallten durch den Korridor, als der Beamte sie hinausbegleitete. Die Tür zum Zellentrakt schloss sich hinter ihr, und sie trat in die kühle Dezemberluft hinaus.

Auf dem Hauptmarkt herrschte wie immer der vorweihnachtliche Wahnsinn. Menschenmassen pressten sich durch die engen Budenstraßen, über denen der Geruch nach Bratwurst, Alkohol und menschlichen Ausdünstungen lag. Einen Moment lang zögerte sie, die alte Beklemmung, die Angst, die monatelang ihr Begleiter gewesen war, schwer auf ihrer Brust. Dann holte sie tief Luft und betrat die Budenstadt zum ersten Mal seit jenem Abend.

Jan Beinßen
Zeit zum Sterben

»Wissen Sie, was das wirklich Tragische am Altwerden ist? Dass man unsichtbar wird. Ja, wirklich, es ist ein weitverbreitetes Phänomen. Als junger Mensch besitzt man gewisse Eigenschaften, die wahrgenommen werden: Man ist entweder dick oder dünn, groß oder klein, hübsch oder hässlich, in jedem Fall aber wird man beachtet. Das lässt mit dem Alter mehr und mehr nach, immer weniger Mitmenschen schenken einem Aufmerksamkeit – sie sehen durch einen hindurch. Unsichtbar, ja, man wird unsichtbar.«

Kriminaloberkommissarin Jasmin Stahl schmunzelte, als sie den betagten Mann ansah, der ihr gegenübersaß. Sein weniges verbliebenes Haar lag in sorgsam arrangierten Strähnen silbergrau auf seiner hohen Stirn, das Gesicht war mit Dackelfalten überzogen, der Rücken gekrümmt. »Ich sehe Sie klar und deutlich vor mir sitzen, Herr Brehmke«, sagte sie, »und ich bin glücklich, mich mit einem der erfolgreichsten Kriminalbeamten aller Zeiten unterhalten zu dürfen.«

Brehmke griff ihr Lächeln auf. »Danke, aber meine Verdienste sind längst verblasst. Das war eine ganz andere Zeit damals, ein anderes Handwerk. Was hätte ich drum gegeben, wenn wir in meiner Ära schon so fortschrittliche Fahndungshilfen wie den DNA-Vergleich gehabt hätten. Nun ja, wir haben ja auch ohne moderne Methoden eine gute Quote erreicht.«

»Das kann man wohl sagen. Vor Ihrer Spürnase konnte kein Ganove sicher sein«, schmeichelte Jasmin Stahl dem

Senior. »Ihr Ruf ist bis heute legendär.« Sie blickte sich in der mit dunklem Holz verkleideten Bibliothek des *Heilig-Geist-Spitals* um. Neben ihnen hielten sich einige andere Heimbewohner in dem überheizten Raum auf, stöberten in antiquarisch anmutenden Romanen und Bildbänden, beschäftigten sich mit Brettspielen oder starrten regungslos vor sich hin. Niemand schien ihnen Beachtung zu schenken. Dennoch senkte die junge Kommissarin die Stimme, als sie fragte: »Ich möchte nicht lange drum herum reden, Herr Brehmke: Sie haben mich mit Ihren Andeutungen am Telefon neugierig gemacht. Was genau ist vorgefallen? Sie sprachen von ominösen Todesfällen.«

Auch Brehmke redete leiser, als er antwortete: »Es ehrt Sie, dass Sie die wirren Worte eines Tattergreises ernst nehmen und mich nicht schon am Telefon abgewürgt haben. Ich an Ihrer Stelle hätte es nämlich wahrscheinlich getan. Schließlich ist es nichts Ungewöhnliches, wenn in einem Seniorenheim der ein oder andere das Zeitliche segnet. In diesem Fall eine immerhin schon einundneunzigjährige Frau.«

Jasmin Stahl schürzte die Lippen. Zugegeben: Hätte es sich bei dem Anrufer, der sich vor zwei Tagen bei ihr gemeldet hatte, nicht um den in ihren Kreisen hoch geachteten Altkommissar gehandelt, hätte sie dem Hinweis auf angebliche Unregelmäßigkeiten in dem altehrwürdigen Seniorenstift keine Bedeutung zugemessen. Noch dazu, wenn ein amtsärztlich ausgestellter Totenschein besagte, dass es sich um das natürliche Ableben einer Herzkranken handelte.

»Worin genau begründet sich Ihr Verdacht, dass es sich bei dem Tod der alten Dame ...«

»Elfriede«, unterbrach Brehmke sie. »Sie hieß Elfriede Rumreich.«

»Gut, danke. Also, Herr Kollege, weshalb sollte Elfriede ermordet worden sein? Haben Sie konkrete Anhaltspunkte oder gar Beweise?«

Der alte Kommissar schüttelte behäbig den Kopf. »Nein, mit Beweisen kann ich nicht dienen. Auch nicht mit Anhaltspunkten im ermittlungstechnischen Sinn. Es ist bisher lediglich eine Vermutung.«

Jasmin Stahl war etwas enttäuscht, dass ihr Vorbild offensichtlich nichts in der Hand hatte, um seine Andeutungen mit Fakten belegen zu können. Das passte so gar nicht zu dem, was sie sich von dem versierten Fahnder erwartet hatte. Dennoch zeigte sie weiterhin Interesse: »Vermutungen sind schon mal ein Anfang. Schießen Sie los, Herr Brehmke: Was haben Sie entdeckt?«

Brehmke hob seinen Blick und ließ ihn langsam und beobachtend wie ein Adler auf Beutesuche über die Köpfe seiner Mitbewohner gleiten. Erst nachdem er sich davon überzeugt hatte, dass sie noch immer nicht die Aufmerksamkeit der anderen erregt hatten, begann er mit seiner Erklärung: »Vor ungefähr einem Vierteljahr haben wir einen Neuzugang bekommen. Das ist an sich nichts Besonderes, denn die Abgänge – meist durch Tod oder Verlegungen ins Krankenhaus oder auf eine Palliativstation – werden in etwa durch das nachfolgende ›junge Blut‹, wie wir es nennen, aufgewogen. Alles Weitere folgt meistens einer Standardprozedur: Die Neuankömmlinge stellen zunächst klar, dass sie aus freien Stücken ins *HeiGei* eingezogen und selbstverständlich im Vollbesitz ihrer geistigen wie körperlichen Kräfte sind. Viele geben an, dass es sich um einen vorübergehenden Aufenthalt im Heim handele, etwa, weil ihre Angehörigen eine Auslandsreise unternähmen und sie in sicheren Händen wissen wollten. Die Neuen sondern sich anfangs ab und versuchen alles, um nicht in die Rituale und immer gleichen Abläufe des Heimlebens zu verfallen. Das hält zwei oder drei Wochen an, bei manchen auch etwas länger. Spätestens nach einem halben Jahr aber fügen sie sich in ihr Schicksal und akzeptieren, dass sie den letzten Lebensabschnitt erreicht haben und es kein Zurück gibt. Sie versuchen dann, dieses abschließende Kapitel mit Würde zu bestehen.« Brehmke sah seine junge Besucherin aus melancholisch verklärten Augen an. »Das mit der Würde ist der schwierigste Teil. Sie aufrechtzuerhalten, kostet unglaublich viel Energie. Doch sie zu verlieren, bedeutet das baldige Ende.«

»Wenn ich Sie ansehe, bin ich guten Mutes, dass Ihnen die Energie nicht so schnell ausgehen wird«, ermunterte Jasmin Stahl den Altkommissar und versuchte zu verbergen, wie nahe ihr seine Ausführungen gegangen waren.

»Das mag sein«, bestätigte Brehmke. »Denn ich habe einen starken inneren Antrieb, der meinen Lebenswillen über den achtzigsten Geburtstag hinaus beflügelt hat: Ich werde in Kürze zum zweiten Mal Uropa. Ich kann Ihnen gar nicht sagen, wie glücklich es mich macht, dass ich die Generationen nach mir noch kennenlernen darf.« Das Lächeln, das sich bei der Erwähnung seiner Kinder, Enkel und des Urenkels in seinem Gesicht gebildet hatte, verschwand, als er anknüpfte: »Ein gewisser Herr, der vor etwa drei Monaten ins *HeiGei* eingezogen ist, verfügt über einen mindestens ebenso starken Lebenswillen. Doch ich kann es mit jeder Pore meines Körpers spüren, dass er seine Energie aus keiner guten Quelle schöpft.«

»Könnten Sie etwas konkreter werden?«, hakte Jasmin Stahl ein.

»Entschuldigen Sie meine Abschweifungen und die blumige Sprache. Ich fürchte, das gewöhnt man sich im Heim an. Es gibt hier ja keinen Grund zur Eile, der Hang zur Gemächlichkeit spiegelt sich in der Redeweise wider.« Er räusperte sich. »Wie schon gesagt: Ich habe keinerlei Beweise, aber seit dieser Mann im Haus ist, liegt eine unheimliche Bedrohung in der Luft. Nichts Greifbares, aber man kann es fühlen. Ich bin sicher, dass seine Anwesenheit mit Elfriedes Tod in Zusammenhang steht.«

»Mit Gefühlen allein überzeugen wir keinen Staatsanwalt – und schon gar keinen Richter«, redete Jasmin Stahl nun Klartext.

Brehmke zuckte zusammen. »Ja, selbstverständlich, Sie haben recht. Schreiben Sie meine unpräzisen Angaben meiner einsetzenden Senilität zu und haben Sie bitte ein Nachsehen mit mir. Ich will versuchen, Ihnen etwas Überprüfbares an die Hand zu geben: Bei besagtem Neuzugang handelt es sich um Günther Barschel, Jahrgang 1929, pensionierter Verwaltungsbeamter, verwitwet, keine Kinder. Barschel übersprang die Eingewöhnungsphase, suchte und fand vom ersten Tag an zahlreiche Kontakte. Er verpasst keine gemeinsame Mahlzeit, keinen Kirchgang und kein Freizeitangebot oder sonstigen Anlass zum geselligen Zusammensein.«

»Klingt nach einem aufgeschlossenen, unternehmungslustigen Mann.«

»Ohne Frage, ja. Auf der anderen Seite gibt es eine Reihe von Heimbewohnern, die ihn meiden. Das meine ich wörtlich: Sie gehen ihm aus dem Weg, haben sogar ihre angestammten Plätze im Speisesaal aufgegeben, um eine größere Distanz zu Barschel zu schaffen.«

»Gibt es dafür irgendwelche triftigen Gründe?«, wollte Jasmin Stahl wissen.

»Mit Sicherheit ja. Aber ich kenne diese Gründe nicht – noch nicht.« Brehmke hob seine buschigen Brauen.

»Elfriede zählte zu dem Kreis derjenigen, die Barschel auswichen.«

Jasmin Stahl sah ihren alten Kollegen eine Weile nachdenklich an. Dann sagte sie: »Ihre Beobachtungen in Ehren, Herr Brehmke. Aber in der Tatsache, dass Elfriede Herrn Barschel eventuell nicht leiden konnte und daher ihren Tisch nicht mit ihm teilte, erkenne ich kein Mordmotiv. Nicht mal einen Anfangsverdacht, der offizielle Ermittlungen legitimieren würde.«

In Brehmkes fahle Wangen kam Farbe: »Vollkommen verständlich, junge Dame. Ich erwarte nicht von Ihnen, dass Sie morgen eine Soko bilden und mit Ihren Kollegen das *HeiGei* auf den Kopf stellen. Aber wäre es möglich, dass Sie den Namen Günther Barschel durch den Polizeicomputer schicken und überprüfen, ob etwas gegen diesen Herrn vorliegt? Vielleicht geben Sie auch Elfriedes Namen ein, um nach Übereinstimmungen zu suchen.«

Jasmin Stahl wusste sehr wohl, dass sie selbst diesen kleinen Gefallen ablehnen müsste, doch sie meinte, es dem verdienstvollen Vorgänger schuldig zu sein, und sagte zu. »Versprechen Sie sich aber nicht zu viel davon«, sagte sie und erhob sich.

Auch Brehmke stand langsam auf, musste sich aber sogleich an der Stuhllehne abstützen. »Wenn sich mein Verdacht nicht erhärtet, ist das auch in Ordnung. Doch ich würde mich freuen, wenn Sie mir die Ergebnisse persönlich übermitteln – in meinem Alter bekommt man nicht mehr oft Besuch von einer so reizenden und gescheiten jungen Frau.«

***

»Hallo, Jasmin«, wurde die Kommissarin von Carola Frommhold im K11 begrüßt. Die Assistentin stellte ihr einen Milchkaffee auf den Schreibtisch, legte den morgendlichen Pressespiegel dazu und trug die wichtigsten Neuigkeiten vor, einige dienstliche, die meisten jedoch privater Natur. Denn ihrem biederen Aussehen zum Trotz genoss Carola Frommhold ein recht turbulentes Liebesleben, an dem sie Jasmin Stahl durch ihre detaillierten und blumigen Berichte bereitwillig teilhaben ließ – ob diese sie nun hören wollte oder nicht.

Zur Fußnote degradiert wurde von Carola Frommhold eine Nachricht, die, obwohl nur beiläufig erwähnt, Jasmin Stahl elektrisierte wie ein Stromschlag:

»Ach ja, und dann meinen die Kollegen, dass jeder einen Obolus leisten sollte, vielleicht fünf Euro oder so, für den Kranz zur Beerdigung. Immerhin war er ja etliche Jahre hier angestellt, der alte Kollege. Obwohl ich persönlich ihn ja gar nicht mehr kennengelernt habe, den Herrn Brehmke.«

»Was?« Jasmin Stahl sprang von ihrem Bürostuhl auf. »Brehmke ist gestorben? Warum weiß ich davon nichts?«

Die blasse Assistentin mit dem braven Pagenschnitt zuckte mit den Schultern. »Ja, am Freitag, aber dann kam ja das Wochenende dazwischen, sodass es sich erst jetzt bis ins Präsidium herumgesprochen hat. Der alte Herr ist im Seniorenheim friedlich eingeschlafen. Soll schon längere Zeit krank gewesen sein.«

»Krank? Das ist mir neu!« Jasmin schob die Kaffeetasse beiseite und zog sich das Telefon heran.

»Geben Sie fünf Euro dazu oder nicht?«, wollte Carola Frommhold wissen.

»Ja, selbstverständlich. Später. Jetzt habe ich Wichtigeres zu tun!« Jasmin gab der Assistentin mit einem energischen Wink zu verstehen, dass sie sich trollen sollte. Kurz darauf hatte sie Fritz Wanka am Apparat, zuständig für die Einsatzplanung des Kriminaldauerdienstes. Sie erkundigte sich nach dem Fall Brehmke, wurde aber abgespeist:

»Kindchen, das ist kein Fall«, belehrte Wanka sie. Der Endfünfziger mit der pragmatischen Grundhaltung eines Polizisten, den nichts mehr umhauen konnte, machte ihr klar, »dass Kollege Brehmke Diabetiker war und sich glücklich schätzen konnte, überhaupt so ein langes und ausgefülltes Leben genießen zu können.« Der Arzt, der den Tod festgestellt hatte, habe jedenfalls keine Veranlassung gesehen, die Polizei hinzuzuziehen. Und er, Wanka, sehe sie auch nicht.

Jasmin Stahl konnte dieser klaren Ansage auf Anhieb nichts entgegensetzen. Dennoch war sie höchst alarmiert, ließ alles stehen und liegen und machte sich auf den Weg ins *HeiGei*.

Als sie eintraf, parkten zwei Fahrzeuge im Innenhof des historischen Gemäuers: ein Ambulanzauto und ein Leichenwagen. Jasmin schwante Böses, und tatsächlich bestätigte ihr eine unverbindlich freundliche Dame am Empfang, dass in der Nacht eine Heimbewohnerin verstorben sei. Jasmin Stahl zeigte ihren Dienstausweis und erfuhr den Namen der Toten: Gertrud Ebermann, siebenundachtzig Jahre. Todesursache: Herzversagen.

»Verdammt, noch ein Opfer!«, entfuhr es der Kommissarin, woraufhin sie einen verwunderten Blick der Empfangsdame erntete.

»Entschuldigen Sie, aber von Opfer kann wohl kaum die Rede sein. Todesfälle gehören bei uns zur Tagesordnung, das liegt in der Natur der Dinge«, klärte sie Jasmin Stahl auf.

Diese wischte den Einwand beiseite und erkundigte sich, ob der Arzt, der den Totenschein ausgestellt hatte, noch im Haus sei. »Ja«, sagte die Empfangsfrau und beschrieb den Weg zum Ambulanzraum, wo der Doktor wahrscheinlich noch sitze und frühstücke.

»Stahl«, stellte sie sich dem Arzt vor, einem gutaussehenden Mann mit braunem Teint und grauen Schläfen. Sie hielt ihm ihren Ausweis entgegen. »Ich muss etwas über die jüngsten Todesfälle erfahren. Wir suchen nach Unstimmigkeiten, womöglich wurde von jemandem nachgeholfen.«

Der Arzt sah sie bass erstaunt an. Dann musterte er die Kommissarin von oben bis unten, als wollte er ihren eigenen Gesundheitszustand abschätzen, und sagte: »Wenn Sie annehmen, dass bei einem der alten Herrschaften ein Messer im Rücken steckte, muss ich Sie enttäuschen. Das wäre mir sicher aufgefallen.« Da Jasmin Stahl ihn bitterböse ansah, fügte er eilig hinzu: »Nichts für ungut. Aber ich erledige meine Arbeit hier im Heim ebenso gewissenhaft wie überall anders auch. Es handelte sich durchweg um medizinisch zweifelsfrei erklärbare und nachvollziehbare Todesursachen, samt und sonders natürlich.«

»Ich habe triftige Gründe zu der Annahme, dass dem nicht so ist«, blieb Jasmin Stahl beharrlich.

Der Arzt lächelte herablassend. »Dann möchte ich Sie in Ihrem Eifer nicht bremsen. Es steht Ihnen frei, eine weitere fachliche Meinung einzuholen. Aber ich glaube, Sie benötigen dafür eine richterliche Verfügung.«

»Die bekomme ich!«, gab sich die temperamentvolle Kommissarin selbstbewusst. Sie verkniff es sich hinzuzufügen: Darauf können Sie Gift nehmen.

Oberstaatsanwältin Katinka Blohm, bei der Jasmin Stahl noch am selben Vormittag vorsprach, ließ sie eiskalt abblitzen. Damit hätte sie zwar rechnen müssen, da sich beide aufgrund der gemeinsamen Zuneigung zu ein und demselben Mann nicht ausstehen konnten, doch diesmal standen ausschließlich sachliche Argumente im Raum:

»Was haben wir?«, fragte Katinka Blohm und strich ihr langes blondes Haar von der Schulter, um das sie Jasmin Stahl mit ihrem rotbraunen Kurzhaarschnitt insgeheim beneidete. »Drei Tote, alle drei Bewohner eines Altenheims, alle drei hatten die achtzig deutlich überschritten – und damit die durchschnittliche Lebenserwartung eines Menschen.« Sie räusperte sich. »Was haben wir noch? Drei Totenscheine, die keinen Zweifel an natürlichen Todesursachen aufkommen lassen, sowie die Aussage des Arztes, dass er – was selbstverständlich ist – äußerste Sorgfalt hat walten lassen.« Abermals hustete sie in ihre Faust. »Was haben wir außerdem? Die vagen Spekulationen eines früheren Polizeibeamten, die jedoch völlig ohne Beweise daherkommen, gepaart mit dem blinden Ehrgeiz einer aufstrebenden Kommissarin.«

»Das ist nicht fair«, beschwerte sich Jasmin Stahl und biss sich auf die Zunge, da ihr im selben Moment klar wurde, wie unprofessionell dieser Einwurf in den Ohren der Oberstaatsanwältin klingen musste.

»Um das Gespräch abzukürzen«, sagte Katinka Blohm mit strenger Miene, »ich habe mich mit Ihrem Vorgesetzten, Herrn Schnelleisen, in Verbindung gesetzt. Wir sind beide ganz einer Meinung: Ihr Engagement in dieser Angelegenheit ist – wenn auch Ihre Beweggründe ehrenvoll sein mögen – ab sofort beendet.«

Niedergeschlagen schlich Jasmin Stahl zurück in ihr Arbeitszimmer und verrichtete ihren Tagesdienst. Als sie nach siebzehn Uhr allein im Büro war, gab sie den Anordnungen ihres Chefs zum Trotz die beiden Namen in die Datenbank ein, die Brehmke ihr genannt hatte. Ohne Resultat.

Als sie drei Tage später vom Tod eines weiteren Heimbewohners erfuhr, neigte sie dazu, sich der allgemeinen Meinung anzuschließen. Das Kommen und Gehen gehörte zum Leben, insbesondere zu dem in einem Seniorenstift.

***

»Ach, herrje!« Als Svenja Beyer in die Tasche ihres Kittels fasste, um nach einem Feuerzeug zu suchen, beförderte sie einen zerknitterten Briefumschlag zutage.

»Was ist denn das für ein Wisch?«, erkundigte sich Birgit Jankowsky, ebenso wie Svenja Altenpflegerin im *Heilig-Geist-Spital*. Beide standen auf der kleinen, von der Pegnitz umspülten Wiese am Fuße des Gebäudes, um gemeinsam ihre Zigarettenpause zu verbringen.

»Ein Brief von einem meiner Opis. Den sollte ich für ihn aufgeben. Hatte ich völlig vergessen. So'n Mist.«

»Halb so schlimm. Schmeiß ihn halt nachher in den Briefkasten. Wird ja nicht so eilig sein.«

Die zierliche Svenja verzog gequält das Gesicht. »Der Brief kommt vom alten Brehmke und ist ans Polizeipräsidium adressiert. Brehmke ist ja inzwischen ...«

»Tot, ja«, vollendete Birgit den Satz. »Okay, dann sieht die Sache anders aus. Mmm, das gibt Ärger, wenn es rauskommt, dass du den Brief unterschlagen hast.«

Svenja lief feuerrot an. »Was heißt denn unterschlagen? Ich habe es ja nicht absichtlich getan!«

Birgit, deutlich stämmiger und resoluter als die jüngere Svenja, griff nach dem Brief und riss das Kuvert kurzerhand auf. »Werfen wir mal einen Blick auf das Geschreibsel, dann wissen wir, ob es was Wichtiges ist.«

»Aber du kannst doch nicht einfach ...«, protestierte Svenja halbherzig.

Die andere faltete ein DIN-A4-Blatt auseinander und begann vorzulesen: »Liebe Frau Stahl, nach Ihrem freundlichen Besuch bei mir ... blablabla ... habe ich noch immer keine Beweise für meine Vermutung ... blablabla ... aber ich habe den Personenkreis der gefährdeten Kandidaten eingekreist ... blablabla ... dazu gehören nach meinem bisherigen Erkenntnisstand Frau Gertrud Ebermann sowie Herr ... blalabla ...« Birgit blickte auf. »Der Alte hat wohl bis zum Schluss nicht verstanden, dass er kein Polizist mehr ist, was? Traurig, das geht ja leider vielen so, dass sie es nicht wahrhaben wollen, wenn sie nicht mehr gebraucht werden.« Sie zerknüllte den Brief. »Ich denke, diesen Unsinn können wir der Kripo ersparen. Die haben bestimmt Wichtigeres zu tun, als den Hirngespinsten eines Senilen nachzugehen.«

Mit diesen Worten warf sie den Brief in die Pegnitz, deren Strömung ihn sogleich erfasste, eine Weile wie ein Papierschiffchen auf und ab spülte, um ihn dann in einem kleinen Strudel versinken zu lassen.

Veit Bronnenmeyer
Mord im Regionalexpress

Zugegeben, das alles klingt nicht so furchtbar glaubhaft, aber es gibt diese Stürme, vor allem im Frühjahr und im Herbst. Dann stoßen die warmen Luftmassen aus dem Süden und die kalten aus der Polarregion zusammen, verwirbeln mit großer Geschwindigkeit und machen sich gierig als Orkane über das europäische Festland her. Wiebke war zum Beispiel so ein berühmter Orkan, oder Kyrill. Wie dieser hier geheißen hat, müsste man mal nachsehen, Kunigunde vielleicht oder Sebald oder Walburga, wenn es nach dem Landstrich ginge, den er am stärksten erwischt hat. Jedenfalls hat dieser Orkan, wie es gute Sitte für seinesgleichen ist, ein wenig die Dächer abgedeckt, die Flüsse über die Ufer treten lassen und natürlich haufenweise Bäume umgeknickt. Und zwar nicht nur so mickrige Storzen, die wir selbst als Christbäume verschmähen würden, sondern auch gestandene Kiefern und Buchen, selbst die eine oder andere Eiche musste dran glauben. So weit, so gut. Dass manch einer von diesen Bäumen nun einen Waldweg blockiert, wird jedem einleuchten. Auch eine Nebenstraße wird schon mal von so einem Gehölz befallen, wenn es in die falsche Richtung kippt. Ja, selbst die Meldungen, dass umgeknickte Bäume den Zugverkehr beeinträchtigen, weil sie die Oberleitungen beschädigen, kommen uns noch ziemlich vertraut vor. Jetzt muss man aber wissen, dass die Strecke von Bayreuth nach Nürnberg gar nicht elektrifiziert ist und die Züge noch allesamt von Dieselloks angetrieben werden. So einem 4.000-PS-Monster sind die beschädigten Oberleitungen egal, solange es noch genug Sprit im Tank hat und kein Öl ausläuft. Das mag der eine Grund gewesen sein, warum der Regionalexpress Nr. 3112 überhaupt auf der Strecke war. Dazu kommt, dass der Orkan, von dem hier die Rede ist, sehr schnell aufgezogen ist und die Wetterfrösche bis etwa zwei Stunden vor seinem Erscheinen noch davon ausgegangen sind, die Sache wäre mit ein paar kräftigeren Windböen erledigt.

Weniger plausibel erscheint uns ein Herr, der mit einem merkwürdig überheblich-zufriedenen Lächeln alleine mit einem Hund in einem Viererabteil des Zuges sitzt und aus dem Fenster schaut. Er war zu einer kleinen Wandertour unterwegs und hat danach ein Schäufele mit zwei Klößen verdrückt. Dann noch zwei Willi. Der Mann ist ein Feinschmecker, jetzt geht's ihm gut und er freut sich, dass er seine Zeitplanung mal wieder so genial hingekriegt hat, dass der aufziehende Orkan während seiner Wanderung noch ein gelungenes Naturschauspiel war und sich just in dem Moment zur vollen Größe aufgeblasen hat, als der Mann den Zug bestieg. Lediglich sein Magen zwickt ein wenig, sodass er sich überlegt, ob er vorsichtshalber eines der kleinen weißen Tütchen öffnen soll, die ihm sein Arzt jedes Mal verschreibt. Es ist sein Dilemma, dass er gerne gut isst und auch selbst locker als Koch in einem Sternerestaurant anheuern könnte, wenn dem nicht verschiedene Marotten entgegenstünden. Doch nun wird er von einem Schaffner gestört, oder besser Zugbegleiter, wie das heute heißt.

»Den Fahrschein, bitte«, sagt der eher schmächtige Mann in der blauen Uniform.

»Was wollen Sie?«, erwidert der Wanderer in einem Ton, der eine Unteroffizierslaufbahn beim Militär vermuten lässt.

»Ihren Fahrschein will ich sehen«, wiederholt der Zugbegleiter.

»Wissen Sie überhaupt, mit wem Sie reden?« Nun hebt auch der Hund den Kopf und knurrt den Schaffner leise an.

»Wie soll ich das wissen?«, grinst dieser schadenfroh, »aber wenn Sie mir Ihren Ausweis geben, schreibe ich Ihnen sofort einen Beleg über die erhöhte Beförderungsgebühr wegen Fahrens ohne Fahrschein.«

Und tatsächlich langt der Wanderer in seine Brusttasche und zieht eine Brieftasche hervor, die er dem Kontrolleur vor die Nase hält. »Kriminalpolizei, Hauptkommissar Maul«, vermeldet er mit erhobener Stimme.

Hauptkommissar Maul heißt nicht nur so, er hat auch eines und zwar ein großes. Und er ist es gewöhnt, sich an tatsächlichen oder gefühlten Privilegien seiner Position schadlos zu halten. Nie käme er auf die Idee, bei einer kleinen Wandertour für die Beförderung in öffentlichen Verkehrsmitteln zu zahlen. Das hat etwas mit seinen Prinzipien zu tun und mit seiner Ex-Frau. Nach Mauls Erinnerung war sie die meiste Zeit damit beschäftigt, in ihrem noblen Kleinwagen durch die Gegend zu fahren und diverse Plastikkarten in Automaten und Zahlterminals zu schieben. Sie dagegen behauptete nach 15 Jahren Ehe, sie könne mit ihm nicht mehr leben, und zog mit den zwei Kindern aus. Nun muss Maul kräftig Unterhalt zahlen und hat seine Spar-Prinzipien daher nochmals verfestigt. Und tatsächlich murmelt der Zugbegleiter nur ein halblautes »In Ordnung«, nachdem er den Dienstausweis eingehender betrachtet hat, und geht weiter.

Kurz darauf passiert eine Stewardess, oder wie auch immer das in einem Regionalexpress heißt, den Hauptkommissar mit einem Wagen voller kleiner Flaschen und

Süßigkeiten, ein paar Brezen sind auch dabei. Maul winkt ab und denkt sich, dass die Frau lieber früher in der Schule besser aufgepasst hätte, dann wäre sie heute keine Saftschubserin in einem schäbigen Regionalzug. »Gesellschaftsversager«, sagt er zu seinem Hund, der leicht den Kopf hebt und zustimmend seufzt.

Noch ein paar Minuten später – der Zug befindet sich kurz vor Neuhaus – wird Maul unsanft aus dem leichten Schlummer geweckt, in den er zwischenzeitlich gefallen ist. Der Zug bremst sehr scharf, die Räder quietschen und zischen auf den Schienen, und Maul glaubt Funken springen zu sehen, als sie ruckartig zum endgültigen Stillstand kommen. Er überlegt kurz, ob er sich deswegen bei dem Würstchen von Schaffner beschweren soll, entscheidet sich dann dagegen und schließt wieder die Augen, in der Hoffnung, dass es bald weitergeht.

Doch davon kann so schnell keine Rede sein. Denn der Sturm hat eine mächtige Buche gefällt, die nun quer über den Schienen liegt. Zum Glück ist die Strecke an dieser Stelle eine lange Gerade und der Lokführer hat den Baum noch rechtzeitig erkannt, um vor ihm abzubremsen. Andernfalls wäre der Zug wahrscheinlich entgleist. So 4.000 PS sind zwar nicht ohne, aber eine ausgewachsene Buche darf man auch nicht unterschätzen. Der Lokführer und der Zugbegleiter informieren die Gäste, dass sich die Weiterfahrt verzögern wird, und nehmen Kontakt zu den Fahrdienstleitungen in Bayreuth und Nürnberg auf. Sie stehen mitten im Veldensteiner Forst, um sie herum nichts als Wald, und es ist völlig klar, dass so schnell keiner diesen Baum von den Schienen kriegt. Nach einer guten halben Stunde haben die Fahrdienstleitungen die Sache soweit geklärt, dass der Zugverkehr auf der Strecke vollkommen eingestellt wird. Dadurch kann der Regionalexpress gefahrlos zurück bis Pegnitz fahren, wo man die Fahrgäste in Bussen weitertransportieren will, sofern der Orkan das zulässt. Da trifft es sich gut, dass die modernen Züge sowieso an beiden Seiten geführt werden können. In diesem Fall befindet sich die Lok an der Spitze des Zuges. Hinten am letzten Wagen ist ein Führerstand, von dem aus man die Lok fernsteuern kann, sodass der Lokführer die Strecke vor sich auch sieht. Also stellt der Lokführer die Steuerung von der Lok aus um, öffnet die Tür und springt heraus aus dem Ungetüm. Für die 20 Meter bis zur ersten Waggontür braucht er fast eine Minute, weil der Orkan in der Zwischenzeit noch stärker geworden ist und so heftig bläst, dass der Lokführer immer wieder Halt an der Unterkante der Lok und des ersten Wagens suchen muss.

»Na dann wollen wir mal«, sagt er zum Schaffner, der neben ihm im Cockpit steht, und löst die Feststellbremse. Just in diesem Moment glauben die beiden, ihren Augen nicht zu trauen, als zehn Meter vor ihnen eine stattliche Eiche aus dem Waldrand herauskippt und sich knarzend und krachend über die Schienen legt.

»Wann geht denn das jetzt endlich weiter?«, raunzt Maul den Schaffner an, der nicht zufällig an ihm vorbeiläuft, sondern gezielt nach ihm gesucht hat.

»Ich glaube, wir könnten jetzt einen Polizisten gebrauchen«, meldet der Schaffner hektisch.

»Erstens bin ich nicht nur Polizist, sondern Hauptkommissar«, erklärt Maul, »dazu muss man nämlich studieren, wissen Sie? Und zweitens erwarte ich, dass Sie meine Frage beantworten: Wann geht es weiter?«

»Frühestens morgen früh«, erklärt der Schaffner und grinst dabei etwas verlegen, gleichzeitig wirkt er nervös.

»Was?« Mauls Ausruf übertönt die Sturmgeräusche und hallt wie Donner durch den Waggon. »Das bringt aber meinen Power-Konsequenz-Plan durcheinander!«

»Vielleicht könnten Sie jetzt aber trotzdem mal ...«, versucht der Schaffner sein Anliegen erneut zu Gehör zu bringen.

»Wenn ich heute Abend nicht meine Tagliatelle mit Lachs und grünem Spargel vorbereite, habe ich morgen Mittag im Präsidium nichts zu essen. Der Kantinenfraß ist nämlich ungenießbar«, erläutert Maul, »und wenn ich danach nicht zu meiner Mutter fahre, kriegt auch Nero morgen Abend nichts zu essen.« Er tätschelt mitleidig seinen Hund.

»Da vorne liegt wahrscheinlich ein Toter«, brüllt der Schaffner nun, einerseits, weil der Sturm so laut bläst und der Regen gegen die Fenster trommelt, andererseits, weil er wegen Mauls Zwangsneurose langsam hysterisch zu werden droht.

»Sofort weg da! Kriminalpolizei!«, befiehlt Maul im barschen Ton, als er den Mann halb sitzend, halb liegend zwischen zwei Sitzbänken erblickt und einen zweiten, der sich über ihn beugt. Um das Duo herum hat sich eine Ansammlung von zehn anderen Fahrgästen gebildet.

Da stehen drei Jugendliche, die nach Nürnberg auf ein Rockkonzert wollten, oder wie die moderne Musik heutzutage so heißt. Ein älteres Ehepaar befindet sich, der Kleidung nach zu schließen, ebenfalls auf dem Rückweg von einer Wandertour. Eine jüngere Frau mit ungepflegter Kleidung sitzt am Fenster gegenüber, sieht hinaus und zappelt hektisch mit dem linken Fuß. Dann sind da noch ein korrekt gekleideter Herr in Anzug und Mantel, eine geschniegelte Frau mit Hochsteckfrisur und ein jüngerer Bursche in Monteurskluft. Neben der Tür zum anderen Waggon stehen der

Lokführer und die Saftschubserin. »Ich bin Rettungsassistent«, erklärt der Mann, der neben dem offenbar Bewusstlosen am Boden kniet.

»Ich glaube aber, dass da nicht mehr viel zu retten ist«, entgegnet Maul nun etwas sanfter.

»Woher wissen Sie das?«, fragt der Sanitäter, während er sich erhebt.

»Da habe ich einen Blick dafür«, nun geht Maul in die Knie und nähert sich schnüffelnd dem Gesicht des Toten. »Und ein Näschen«, fährt er fort. »Der Bursche hat Hasch geraucht, das riecht man ja noch zehn Meter selbst gegen diesen Sturm da draußen!«

»Was sind Sie eigentlich für ein Polizist?«, fragt der Mann im Anzug.

»Kriminalpolizist«, konkretisiert Maul, »Kriminaldirektion Nürnberg.«

»Und was machen Sie dort genau?«

»Das geht Sie überhaupt nichts an«, erklärt Maul, während er sich daran macht, die Kleidung des Toten zu durchsuchen, »aber ich habe schon genug geleistet im Beruf und kenne mich sowohl mit Drogen als auch mit Morden aus ...«

»So ein Zufall«, hört man von weiter hinten.

»... und mit dem Leben!«, fährt Maul in der Aufzählung seiner Fachgebiete fort. »Ich bin ein Lebensweiser. Mir macht keiner mehr was vor. Ich durchschaue sie alle!«

»Was sollen wir denn jetzt tun?«, fragt der Schaffner hilflos.

»Aha!«, triumphiert Maul, »habe ich es nicht gleich gesagt?«

Er hält ein Päckchen Zigarettentabak hoch und zieht einen dunklen Klumpen heraus. »Ein Kiffbruder! War mir doch gleich klar! Bestimmt arbeitslos! Fauler Schmarotzer! Diese Gesellschaft macht mich krank!«

»Dürfte ich das mal haben?«, fragt der Herr im Anzug und deutet auf das Tabakpäckchen.

»Warum?«, fragt Maul.

»Ich bin Pharmazeut«, erklärt der Mann.

»Ja und?«

»Ich habe studiert und kenne mich gut mit giftigen Substanzen aus.«

»Was fahren Sie für ein Auto?«, fragt Maul, und dem Mann verschlägt es kurz die Sprache. Mauls Hund blickt ihn neugierig an.

»Einen Mercedes Kompressor«, sagt er schließlich, »aber ...«

»Schein gezwickt«, fährt Maul fort, »kenne ich, wäre mir auch schon öfter passiert, wenn ich nicht bei der Truppe wäre. Welche Farbe?«

»Schwarz«, erklärt der Pharmazeut und lässt sachte Zweifel an Mauls psychischer Gesundheit erkennen.

»Sehr gut«, urteilt Maul und überreicht dem Mann das Päckchen. Dann fährt er mit der Durchsuchung des Toten fort, bis er einen Geldbeutel findet, der neben einer kleinen Menge Bargeld auch einen Personalausweis enthält.

»Das ist äußerst reiner Stoff und außerdem ziemlich viel«, erklärt der Pharmazeut nach einer kurzen Prüfung, »entweder der Bursche ist nicht so arm, wie Sie denken, oder er ist ein Dealer.«

»Natürlich ist das ein Dealer«, erwidert Maul, der inzwischen in seiner Visitation fortgeschritten ist. »Hier haben wir nämlich auch noch ein Flugticket nach Amsterdam. War in seinem Rucksack ... und da haben wir ja auch endlich ...«, er zieht ein Mobiltelefon aus dem Rucksack, »... geht ja heute nicht mehr ohne!«

»Entschuldigung«, meldet sich der ältere Herr in

Wanderkluft, »aber wäre es vielleicht möglich, uns hier herauszulassen, dann könnten wir uns mit etwas Glück zu Fuß bis Neuhaus durchschlagen und dort übernachten ...«

»Und wir müssen unbedingt nach Nürnberg«, meldet sich einer der minderjährigen Burschen, »die Slamming Doors spielen nur ein einziges Konzert in Süddeutschland!«

»Nix gibt's«, antwortet Maul, wobei er zeitgleich mit seinem Hund aufspringt, »in diesem Zug befindet sich mindestens ein Mörder, und den werden wir nicht laufen lassen!«

»Das kann nicht Ihr Ernst sein«, erwidert der Mann.

»Er hat recht«, schaltet sich der Pharmazeut wieder ein, der inzwischen zusammen mit dem Sanitäter die Leiche näher untersucht und ihr auch in den Mund geleuchtet hat, »vom Haschisch kriegt man keine Schleimhautblutungen, aber von bestimmten Giften! Dabei ist es merkwürdig, dass wir kein Getränk in seiner Nähe gefunden haben ...«

»Wieso?«, fragt nun der Schaffner.

»Weil diese Haschraucher davon immer einen Brand haben«, erklärt stattdessen Maul. »Ich habe ja zuerst gedacht, der hätte in die Hose gemacht, aber eigentlich sind diese Flecken da viel zu braun ...« Er deutet auf das rechte Hosenbein des Toten. Der Pharmazeut reibt seinen Zeigefinger darauf und unterzieht ihn dann einer Geruchsprüfung, was einem der Jugendlichen ein halblautes »Iiiiiih« entlockt.

»Das dürfte Cola sein«, sagt er schließlich, »und diese Flecken sind noch nicht trocken.«

Irgendwo weiter hinten klingelt ein Handy.

Das Mobiltelefon bringt Maul auf die Idee, dass er ja noch seine Mutter anrufen muss, und die versammelte Mannschaft staunt nicht schlecht, als er, sowie klar ist, dass die Mobilfunknetze noch funktionieren, Order gibt, die frischen Knochen und das Fleisch für Nero einzufrieren. Sodann ruft er das Polizeipräsidium an und meldet, dass er in einer dienstlichen Angelegenheit auf der Strecke zwischen Bayreuth und Nürnberg aufgehalten worden ist und sich schleunigst mehrere Streifenwagen auf den Weg in den Veldensteiner Forst zu machen hätten, seine Überstunden würde er aktenkundig machen, sobald er wieder ins Büro käme. Dann erst lässt er sich mit dem Kriminaldauerdienst verbinden und gibt die Personalien des Toten durch.

»Diese Schleimhautblutungen sind typisch für eine Zyanidvergiftung«, erklärt unterdessen der Pharmazeut, der Hofmann heißt und für eine Nürnberger Firma als Referent tätig ist. »Auch bekannt als Zyankali. Das gibt es in verschiedenen Formen, ist aber immer auf den Wirkstoff Kaliumzyanid aus der Bittermandel zurückzuführen ...«

»Es führt zu innerem Ersticken, nicht wahr?«, fragt der Rettungsassistent dazwischen.

»Richtig«, bescheidet Hofmann, »schon 150 Milligramm können für einen Erwachsenen tödlich sein! Und es lässt sich sehr gut in Wasser lösen, wobei der charakteristische Geruch in so etwas wie Cola nicht mehr so deutlich wahrzunehmen sein dürfte.«

»Das gibt ein sattes Überstundenkonto«, sagt Maul, als er den Waggon in Begleitung seines Hundes wieder betritt. »Der Abgleich mit unserer Verbrecherkartei läuft, und jetzt will ich von jedem hier den Ausweis sehen und zwar zack, zack! Sie sammeln ein!«, befiehlt er dem Schaffner, »und Sie ...«, er schnippt mit den Fingern und deutet auf den Pharmareferenten, »Sie sind ein guter Mann, Sie kommen mit mir, als Assistent!«

»Unglaublich«, meldet sich der Wanderer, der widerstrebend dem Schaffner seinen Ausweis übergibt.

»Haben Sie ein Problem?«, erkundigt sich Maul.

»Was wollen Sie denn für ein Polizist sein ...«

»Kriminalhauptkommissar«, korrigiert Maul.

»... ohne Herrn Hofmann zu nahe treten zu wollen, aber er ist ja wohl derjenige, der sich in diesem Zug am besten mit Giften auskennt und sicher auch sehr einfach an welche herankommt. Ist es da nicht etwas leichtsinnig, ihn in Ihre Ermittlungen einzuweihen?«

»Sie vergessen, dass ich ein Lebensweiser bin«, erklärt Maul, »Herr Hofmann hat studiert und er fährt einen schwarzen Kompressor, mehr muss ich nicht wissen!«

»Ich habe auch studiert«, meldet sich nun erstmals die chic gekleidete blonde Frau.

»Das mag schon sein«, erwidert Maul und sieht die Ausweise durch, die ihm der Schaffner mittlerweile übergeben hat, »aber Sie haben einen Doppelnamen!«

Kurz nachdem sich Maul mit Hofmann, den Ausweisen und dem Rucksack des Toten in ein Abteil erster Klasse zurückgezogen hat, nehmen die Orkanböen noch einmal um eine Windstärke zu. Nero liegt vor der Leiche, weil sein Herrchen ihm befohlen hat, niemanden an den Toten heranzulassen. Nun sollte man meinen, dass sich heftige Diskussionen um einen Mord im Regionalexpress entzünden, aber die Leute ziehen es vor, sich mit anderen Dingen zu beschäftigen. Irgendwie ist ihnen klar geworden, dass auch die angeforderten Streifenpolizisten so furchtbar schnell nicht da sein werden. Es gibt keine Straße in der Nähe der Gleise und die Beamten müssen sich erst mal im Wald orientieren, um an die Unglücksstelle zu kommen. Die drei Jugendlichen haben Stöpsel im Ohr und nicken in unterschiedlichen Geschwindigkeiten mit den Köpfen. Der Schaffner spielt mit dem Lokführer und dem Monteur Karten, der Sanitäter tippt auf seinem Handy herum und die Stewardess verteilt Kaffee, der langsam kalt wird. Die nachlässig gekleidete junge Frau raucht im Ausstiegsbereich eine Zigarette nach der anderen. Lediglich das Rentnerpaar und die Frau, die Harter-Ellinger heißt und Dozentin an der Universität ist, unterhalten sich. Wobei sich ihr Gespräch weniger um den Mord, als um die Unverschämtheiten des Kommissars dreht.

Etwa eine Dreiviertelstunde später erscheint der Lebensweise wieder auf der Bildfläche. Hofmann trägt ihm mehrere beschriftete Blätter hinterher, die er zu sortieren versucht.

»Dann wollen wir dieses Kompott einmal aufklären«, sagt Maul, nachdem er die Fahrgäste zusammengetrommelt und sich an einem Vierersitz mit Tisch niedergelassen hat.

»Komplott?«, fragt der Rentner.

»Habe ich doch gesagt«, antwortet Maul und pfeift nach seinem Hund, damit er sich wieder zu seinen Füßen setzt. »An Ihrer Stelle würde ich jedenfalls diesen Kaffee nicht trinken, aber das ist ja jetzt auch schon rum!«

»Der Tote hieß Dieter Wolter«, beginnt Hofmann, den Stand der Arbeit zusammenfassend, »33 Jahre, wohnhaft in Hof und arbeitslos ...«

»Was so nicht stimmt«, ergänzt Maul, »weil er ja mit Drogen gedealt hat. Er ist mehrfach wegen Rauschgiftdelikten aktenkundig, und da war nicht nur Haschisch im Spiel!«

»Das Flugticket nach Amsterdam lässt vermuten, dass er sich sozusagen auf einer Dienstreise befunden hat«, fährt Hofmann fort, »wobei wir uns sicher alle vorstellen können, dass man Marihuana oder gar härtere Drogen nicht so einfach auf einer Flugreise mitnimmt, da sind andere Wege weniger gefährlich. Daher kam Herr Maul zu der Vermutung ...«

»... dass er auf und davon wollte«, setzt Maul wieder ein, »dazu passt, dass er nächste Woche eine Verhandlung in Hof gehabt hätte wegen einer Jugendlichen, die vor einem halben Jahr an einer Überdosis gestorben ist. Außerdem hatte er viel zu viele Klamotten für einen Kurzurlaub dabei und einen ganzen Haufen Bargeld.«

»Und warum erzählen Sie uns das alles?«, fragt der alte Wanderer. »Machen Sie das immer so?«

»Damit wir genug Zeugen haben, wenn ich die Täter überführe«, erklärt Maul kurz angebunden und erhebt sich ächzend. »Hofmann! Weitermachen ... bitte!«

»Wenn wir davon ausgehen, dass Wolter mit Zyanid vergiftet wurde«, spricht Hofmann weiter, »dann geschah dies höchstwahrscheinlich durch die Aufnahme von Flüssigkeit, in der das Gift gelöst war. Und wir haben ja auch Cola-Flecken an seiner Hose gefunden, jedoch keine dazu passende Flasche ...«

»Da ist was dran«, bestätigt der Sanitäter mit einer Zigarette in der Hand.

»Da Wolter offenbar selbst ein starker Marihuanakonsument war, können wir davon ausgehen, dass er fortwährend einen trockenen Mund hatte und daher sicher irgendwelche Getränke mit sich führte«, fährt Hofmann in seiner Erklärung fort, »und da wir keine Flasche oder einen ähnlichen Behälter in seiner Nähe gefunden haben, muss es jemand weggeräumt haben.«

»Was ist mit den Müllbehältern?«, fragt der Sanitäter.

»Fehlanzeige«, meldet Maul, der zwischenzeitlich jeden

der etwa schuhkartongroßen Metallkästen geöffnet hat. »Das ist aber auch kein Wunder, solche Drecksäue werfen ihren Müll doch am liebsten aus dem Fenster ...«

»Dann hat er vielleicht ...«, meldet sich der Rentner.

»Probieren Sie's mal«, fordert Maul ihn auf, indem er eine Plastikflasche vom Wagen der Saftschubserin nimmt und dem Mann zuwirft. Dieser fängt sie gar nicht ungeschickt auf, erhebt sich und wendet sich dem Fenster zu.

»Ähm ...«, sagt er und sein Blick wandert fragend zu den Nachbarfenstern.

»Fenster zum Öffnen gibt's bei der Bahn schon lange nicht mehr«, erklärt der Schaffner.

»Wo also steckt die Colaflasche?«, fragt Maul seinen Hund, der ihn erst treu anschaut, dann gähnt und schließlich zielstrebig auf den Wagen der Stewardess zugeht, wo er leise knurrend stehen bleibt.

»Sie!«, ruft Maul und deutet auf die Frau, die sichtlich erschrickt.

»Ja«, antwortet sie leise.

»Sammeln Sie auch Müll ein?«

»Ja, sicher mache ich das.« Sie blickt sich hektisch um.

»Dann haben Sie nicht zufällig eine Colaflasche aus der Nähe von diesem Gangster weggeräumt?«, fragt Maul, während er drohend auf die Frau zugeht.

»Nein, ganz sicher nicht«, erklärt die Stewardess, die Stefanie heißt und sich schützend vor ihren Wagen stellt.

»Lügen Sie mich nicht an«, warnt Maul und schiebt sie weg.

Der Wagen, den Stefanie stundenlang tapfer durch Züge manövriert, besteht aus mehreren Ablagen für Flaschen, Schokoriegel, Thermoskannen und Plastikbecher. Vorne unten befindet sich ein blauer Müllsack, den der

Hauptkommissar jetzt durchwühlt. Er sagt zweimal »Pfui Teufel«, einmal »Dreckbären« und »Säue«. Schließlich zweimal »Aha« und noch einmal »Wusst ich's doch!« und stellt dann zwei Cola- und eine Mezzomix-Flasche auf dem Tischchen ab. Er fischt eine Serviette vom Servierwagen und schraubt die Flaschen vorsichtig auf. Zwei davon sind völlig leer, in einer befindet sich etwa ein Zehntelliter braune Flüssigkeit.

»Hofmann«, befiehlt er, und der Pharmazeut beginnt umgehend mit einer Geruchsprüfung.

»Bittermandel, kein Zweifel«, sagt er sofort, nachdem er die Flasche mit der Restflüssigkeit beschnuppert hat. »Es ist für einen Laien nicht so einfach zu erkennen, weil dieser Zucker und die Aromen den Geschmack überdecken ... und hier, sehen Sie, Herr Kommissar ...«

»Hauptkommissar«, präzisiert Maul und folgt mit dem Blick Hofmanns Zeigefinger, der auf ein winziges Einstichloch am Flaschenhals deutet.

»Es sieht ganz so aus, als ob das Gift in die noch verschlossene Flasche gespritzt worden wäre«, erläutert Hofmann.

»Genau!«, sagt Maul, »und jetzt lügen Sie mich nicht noch einmal an, Frau ...«

»Stefanie«, sagt die Stewardess.

»Diese Flasche hat er von Ihnen, oder?« Mauls Frage klingt eher nach einem Befehl.

»Nein«, erwidert Stefanie und vermeidet es, den Lebensweisen dabei anzusehen, »ich habe diesem Mann keine Cola verkauft.«

»Weiß jemand von Ihnen, was diese komische Nummer auf dem Etikett zu bedeuten hat?«, fragt Maul in die Runde und hält eine der vollen Flaschen von Stefanies Wagen hoch.

»Unter dem Verfallsdatum?«, fragt der Monteur, der Maul zu diesem Zeitpunkt am nächsten steht.

»Genau!«

»Das habe ich mich auch schon oft gefragt.«

»Es wird irgendeine Seriennummer sein, die bei der Abfüllung angebracht wird«, spekuliert der Rentner.

»Hätte ich auch gesagt«, pflichtet Hofmann bei, »ohne fortlaufende Nummerierungen geht doch in Zeiten von Qualitätsmanagement gar nichts mehr!«

»Ich habe keine Ahnung«, gibt Maul zu, »so was interessiert mich nämlich nicht. Aber wenn die Nummern fortlaufend sind, dann werden wir das ja gleich sehen ...« Er dreht die vier verbliebenen Colaflaschen auf dem Servierwagen alle in die selbe Richtung und kneift die Augen zusammen.

»Verdammte Weitsichtigkeit«, flucht er und deutet dann auf einen der Jugendlichen. »Du! Du hast sicher noch gute Augen!«

»Zum Abschreiben in der Schule langt's«, bestätigt der Bursche unter dem Feixen seiner Freunde.

»Vorlesen!«, befiehlt Maul.

»LK 683301504«, beginnt der Junge, »dann LK 683301505 und ...«

»Nicht anfassen!«, donnert Maul dazwischen.

»Jaja, schon gut. Also LK 683301506 und hier dasselbe mit 07 am Ende.« Der Bursche schaut Maul halb fragend, halb bewundernd an und bekommt alsdann die aus dem Müll sichergestellte Flasche vor die Nase gehalten.

»LK 683301503«, liest er vor und wird blass.

»Also, Stefanie«, sagt Maul und wendet sich der jungen Frau zu, »wie sieht das aus?«

Stefanie blickt sich hektisch um und macht Anstalten, einen ungeordneten Rückzug durch die Abteiltür anzutreten, woran sie aber vom laut knurrenden Nero gehindert wird.

»Guter Hund«, erklärt Maul, »Deutsch-Drahthaar. Folgt mir aufs Wort, eine Seele wie Gold. Ist mir lieber wie jeder Mensch!«

»Ich, ich, ähm, kann mir das wirklich nicht erklären«, stammelt Stefanie, die noch weißer geworden ist als der Junge.

»Vielleicht können Sie das ja«, sagt Maul und wendet sich der nachlässig gekleideten jungen Frau zu, die die meiste Zeit im Ausstiegsbereich vor den Türen geraucht hat und der die Zigaretten nun ausgegangen sind, »Fräulein Burkhard?«

»Ice« oder auch »Crystal Speed« ist eine synthetische Droge, die sich einfach und billig in einer normalen Küche aus frei erhältlichen Schnupfenmitteln zusammenbrauen lässt. Sehr gefragt ist Ice in den östlichen Gebieten Deutschlands, wo es billig aus Tschechien bezogen wird. Das Methamphetamin in der Droge bewirkt sehr schnell eine körperliche und psychische Abhängigkeit. Ice ist eine Droge, die ähnlich wie Ecstacy häufig von Discopublikum genommen wird. Sie erhöht das Leistungspotential und die Wachheit, sodass man nächtelang durchtanzen kann. Zusätzlich werden die Konsumenten jedoch oft aggressiv. Eine Überdosierung führt leicht zu Schizophrenie und Kreislaufstörungen. Auch ein Koma oder Atemstillstand kann die Folge sein, vor allem, wenn noch andere Drogen zeitgleich konsumiert werden.

So musste es auch bei der 17-jährigen Andrea Burkhard gewesen sein, die vor einem Jahr nach einem Discobesuch in der Nähe von Hof nicht nach Hause gekommen war. Auf der Heimfahrt um halb fünf Uhr früh hatte sie im Auto Streit begonnen und war auf offener Strecke ausgestiegen.

Höchstwahrscheinlich hatte sie dann in der Dunkelheit Halluzinationen bekommen und war in den Wald gerannt, wo sie – das konnte mit Sicherheit festgestellt werden – noch mal drei der Tabletten schluckte. Zuviel für den jugendlichen Körper, der nur 45 Kilo wog. Sie stolperte, fiel einen Abhang hinunter und schlug mit dem Kopf gegen einen Felsen. Todesursache war jedoch der infolge der Überdosis einsetzende Atemstillstand gewesen. Die Leiche wurde erst zwei Tage später gefunden.

Maul kannte den Fall mittlerweile, weil er der Auslöser für den Prozess gegen Dieter Wolter war, der die Jugendliche erst eineinhalb Jahre mit Haschisch versorgt und sie schließlich überredet hatte, einmal etwas auszuprobieren, das richtig wirkte. Die Übereinstimmung der Nachnamen mit der im Zug sitzenden Schwester Agnes war Maul natürlich sofort aufgefallen, nachdem er die Personalausweise nochmals durchgesehen hatte. Der Kriminaldauerdienst hatte ihn auch noch über die familiären Verhältnisse der Schwestern informiert, deren Mutter selbst alkoholabhängig war und sich kaum noch um die Töchter kümmerte, zumal diese schon fast erwachsen waren. Der Vater schien ein ebenfalls alkoholkranker Schläger gewesen zu sein, der jedoch nach einer Haftstrafe verschwunden war.

Nun wollen wir uns Hauptkommissar Mauls Ausführungen zu alleinerziehenden Müttern und verwahrlosten Familien ersparen, die nur auf Kosten der Gesellschaft die Hand aufhalten. Agnes hat jedenfalls mittlerweile zugegeben, dass sie Andreas ältere Schwester ist und den Dealer gekannt hat. Auch dass sie selbst Haschisch raucht, hat sie gestanden, nachdem Maul ihr mit einer Taschenlampe in die Pupillen geleuchtet hat, die sich dabei nicht verkleinerten.

Mit härteren Drogen will sie aber nie etwas zu tun gehabt haben.

»Aber Fräulein Burkhart hat dem Mann die Colaflasche nicht gegeben«, erklärt der Rentner, »sie ist ihm die ganze Fahrt über nicht nahegekommen.«

»Das stimmt«, bestätigt Frau Harter-Ellinger, »ich saß auf der anderen Seite.«

»Das habe ich auch nicht behauptet«, sagt Maul, »mir ist nämlich klar, dass hier mehrere unter einer Decke stecken! Und wenn die zuständigen Kollegen später das private Umfeld der Schwestern näher untersuchen, werden sie schon rauskriegen, woher sich Agnes und Stefanie kennen. Schule, Disco, Kiffrunde ... egal, das ist jetzt hier nicht so wichtig. Wichtiger ist, dass es mindestens noch eine dritte beteiligte Person geben muss.«

»Es ist ziemlich unwahrscheinlich, dass der Tote den Zug ohne Getränke bestiegen hat«, erläutert nun wieder Hofmann, »die permanente Trockenheit im Mund musste er ja schon lange gehabt haben. Daher sollten wir davon ausgehen, dass Herr Wolter mindestens eine Flasche seines Lieblingsgetränks dabeihatte ...«

»Was kostet so ein Fläschchen hier?«, fragt Maul Stefanie, die sich mittlerweile mit Agnes Burkhard einen Sitz teilt und von dem grimmig dreinschauenden Nero bewacht wird.

»2 Euro 50«, antwortet sie widerstrebend.

»Dafür kriegt man woanders schon fast einen Kasten«, erklärt Maul, »Hofmann, weiter!«

»Herr Maul wollte offensichtlich darauf hinweisen, dass sich nur ein Millionär eine Cola im Zug kaufen würde«, erläutert Hofmann süffisant. »Also noch einmal: Wenn wir davon ausgehen, dass der Tote ein eigenes Getränk mitgebracht hat, wo ist es dann hingekommen? Irgendjemand muss es entwendet haben, damit Wolter gezwungen war, sich die tödlich präparierte Flasche von Fräulein Stefanie zu kaufen.«

»Also«, wendet sich Maul mit erhobener Stimme an Agnes und Stefanie, »wer gehört noch dazu?«

»Ich sage gar nichts mehr«, erklärt Stefanie trotzig.

»Ich war's«, sagt unverhofft Agnes, »ich habe ihm die Flasche geklaut, während er auf dem Klo war ...«

»Lügen«, ruft Maul, »Sie waren am anderen Ende des Zuges und sind erst, als wir stehen geblieben sind, nach hinten gegangen, und zwar an mir vorbei! Sie wollten dem Burschen beim Sterben zusehen, habe ich recht?«

»Nein ... ich ...«

»Der hat Sie doch gekannt, höchstwahrscheinlich haben Sie Ihren Stoff auch von ihm gekriegt«, fährt Maul fort.

»Außerdem ist es eher unwahrscheinlich, dass Wolter die Toilette aufgesucht hat«, meldet sich nun Hofmann, »das THC trocknet den Körper aus, daher ja auch der trockene Mund. Darauf hätte ich mich nicht verlassen!«

»Also, zum letzten Mal«, Maul baut sich vor den zwei jungen Frauen auf, »wer gehört noch dazu?«

»Dann gebe ich dem oder der Dritten jetzt die Chance, sich zu stellen«, spricht er weiter, nachdem von den zwei Frauen nur trotziges Schweigen kommt. »Ich verwette ein Monatsgehalt, dass die Person noch hier im Zug ist!«

Leider fruchtet aber auch dieser Appell nichts, obwohl ihn alle gehört haben, selbst die drei Jugendlichen haben ihre Ohrstöpsel seit geraumer Zeit entfernt und verfolgen mit steigender Spannung das Geschehen in dem Waggon.

»Gut«, seufzt Maul, »dann erkläre ich Ihnen allen, wie

wir jetzt weitermachen. Zunächst werde ich jedem hier einmal tief in die Augen sehen. Ich bin ein Lebensweiser, habe ich das schon erwähnt? Mir macht keiner was vor! Ich erkenne gleich, wer hier noch etwas zu verbergen hat.«

»Das ist doch lächerlich«, sagt Frau Harter-Ellinger, »solche Ermittlungsmethoden können nicht Ihr Ernst sein. Wir leben schließlich in keiner Bananenrepublik!«

»Finden Sie?«, kontert Maul.

»So etwas ist doch nicht rechtsverwertbar«, ergänzt die Dozentin.

»Aber Mobiltelefone sind rechtsverwertbar«, triumphiert Maul, »und die will ich jetzt haben, und zwar als Erstes von euch«, er stellt sich vor Stefanie und Agnes hin und hält die große Hand auf.

Aus Zeitgründen überspringen wir die Ausreden der zwei jungen Frauen und die Art und Weise, wie Maul dann doch an die Handys gekommen ist. Jetzt hat er sie jedenfalls und sitzt mitsamt den ausgebreiteten Personalausweisen wieder an seinem Tischchen. Dass von den Anwesenden jeder ein Mobiltelefon besitzt, kann nicht mehr bestritten werden, weil im Lauf der letzten drei Stunden und im Zuge der Verzögerung alle mindestens einmal davon Gebrauch gemacht haben. Und man kann Hauptkommissar Maul sicher vieles ankreiden, aber eine Beobachtungsgabe hat er wie kaum ein Zweiter. Und dann kommt die Gruppendynamik. Wenn alle befohlen kriegen, ihre Handys rauszuholen und ja nicht auszuschalten, dann traut sich keiner, nein zu sagen, weil man sich damit ja höchst verdächtig macht.

»So, dann wollen wir mal sehen«, beginnt Maul und

kreist mit dem Zeigefinger über den ausgelegten Ausweisen. »Sie beide schließe ich aus«, sagt er in Richtung des Rentnerehepaars, »Sie sind zu alt!«

»Sehr freundlich«, entgegnet die Rentnerin.

»Oder sind Sie gar die dazugehörigen Großeltern?«, fragt Maul, während er in die Richtung von Agnes deutet.

»Lächerlich!«

»War nur so ein Gedanke«, murmelt der Hauptkommissar abwinkend, »... alsdann ... DU!«, er deutet auf einen der jungen Burschen, »du heißt Manfred?«

»Ja, Manfred Weber, geboren ...«

»Ja, das sehe ich ja hier alles«, unterbricht Maul, »... herkommen, Handy herzeigen! Eingeschaltet?«

»Ja!«

»Gut, hier haben wir nämlich einen Manni im Adressbuch.«

Maul hält eines der beschlagnahmten Geräte hoch und drückt auf »Anrufen«. Etwa eine halbe Minute lang könnte man nun in dem Waggon eine Stecknadel fallen hören, wenn der Wind nicht so heulen und der Regen nicht so gegen die Fenster prasseln würde. Schließlich meldet sich jemand, aber Manfreds Handy bleibt stumm.

»Gut«, sagt Maul, während er den Gesprächspartner wegdrückt, »schau mir noch in die Augen!«

»Alles klar, kannst gehen«, wird der Junge gnädig entlassen.

»Dann haben wir hier einen Tommy«, wieder hält er ein Handy hoch, »und hier einen Thomas Feuerlein!« Er deutet auf den Monteur.

»Ich, ähm«, der Mann räuspert sich und drückt verlegen auf seinem Handy herum, »ich glaube, mein Akku ist leer ...«

»Tatsächlich«, sagt Maul und steht auf, um ihm tief in

die Augen zu sehen. »Darf ich mal«, fragt er schließlich und hält die Hand auf.

»Sieht eher so aus, als wenn gar kein Akku drin ist«, stellt Hofmann fest, dem Maul das Gerät zur Prüfung übergeben hat. Er selbst kennt sich nämlich nicht so mit den technischen Details aus.

»Gestehen Sie?«, fragt Maul den Monteur.

»Was? Sie sind doch ...«

»Wir könnten zum Beispiel den Akku von meinem verwenden, wenn der dazugehörige nicht auftauchen sollte«, bietet Hofmann an, »ich habe dasselbe Modell.«

»Ihnen ist schon klar, dass die Kollegen alles absuchen werden«, erläutert Maul, »alle Bahnhöfe, alle Mülltonnen, die ganze Bahnstrecke, diesen Zug. Und dann wird jede leere Colaflasche sichergestellt und untersucht und wenn keine Fingerabdrücke drauf sind, dann DNA-Spuren, Fussel, was weiß ich. In ein paar Jahren wird die Kriminaltechnik uns Ermittler arbeitslos machen ...«

»Komm schon, Tommy«, hört man Agnes von hinten sagen, »das hat doch alles keinen Sinn mehr!«

»Ich fasse zusammen«, sagt Maul eine halbe Stunde später. »Agnes Burkhard hat sich den Plan ausgedacht, um den Tod ihrer Schwester zu rächen. Stefanie hier ist eine Schulfreundin von Agnes und hat vor drei Monaten darum gebeten, hauptsächlich auf der Strecke Nürnberg-Hof-Dresden eingesetzt zu werden. Und Herr Feuerlein hier war der Fahrer des Wagens, aus dem die kleine Schwester damals nach einem Streit ausgestiegen ist. Sie alle hatten Schuldgefühle und wollten Rache üben. Und heute war die letzte Möglichkeit, weil sie irgendwie mitbekommen haben, dass der Dealer sich absetzen wollte. Und das hätte alles funktioniert, wenn dieser Sturm nicht dazwischengekommen und vor allem, wenn ich nicht hier im Zug gewesen wäre ...«

»Und wie haben Sie dem Dealer seine Colaflasche entwendet?«, will Hofmann von dem Monteur wissen. »Ich kann mir das gerade nicht vorstellen.«

»Ich habe so getan, als ob ich am WC arbeiten würde«, erklärt der junge Mann geknickt, »dann bin ich zu dem Mistkerl hingerannt und gesagt, ich bräuchte ganz schnell farbige Flüssigkeit, um etwas zu prüfen, habe die Flasche gepackt und ins Klo geschüttet ...«

»Woraufhin er sich sicher aufgeregt hat, und da kam zufälligerweise die Stewardess und spendierte ihm eine neue Flasche«, ergänzt Hofmann. »So langsam lichtet sich das Dunkel!«

»Das hat sich für mich schon lange gelichtet«, sagt Maul, während man draußen, linker Hand, kleine Lichtkegel erkennen kann, die sich durch den Wald bewegen.

»Ich glaube, da kommt endlich jemand«, meint der Schaffner.

»Nun ja, alle Einzelheiten haben wir natürlich noch nicht geklärt«, widerspricht Hofmann dem Lebensweisen.

»Ich kann mich auch nicht um jeden Furz kümmern«, erklärt Maul und Nero schüttelt sich dazu.

»Das ist die Polizei«, ruft der Schaffner. »Dann wollen wir mal die Türblockierung aufheben.«

»Fast könnte man bedauern, dass der Plan nicht ganz geklappt hat«, meldet sich der Rentner zu Wort.

»Dieser Verbrecher hat doch nur bekommen, was er verdient hat«, pflichtet seine Frau bei.

»Das Recht kann manchmal schon grausam sein«, nickt die Dozentin.

»Muss man das unbedingt alles weitergeben?«, fragt der Sanitäter den Kommissar.

»Ich werde gar nichts weitergeben«, entgegnet Maul bestimmt, »da sollen sich die zuständigen Kollegen jetzt drum kümmern ... Sie da! Polizeimeister ...« Die ersten Streifenbeamten haben gerade den Zug betreten.

»Wo steht Ihr Fahrzeug?«, fragt Maul.

»Etwa 500 Meter westlich«, erwidert der Beamte, »auf der nächsten Forststraße.«

»Sie fahren mich jetzt sofort nach Nürnberg ...«

»Aber Herr Hauptkommissar«, widerspricht der Mann, »soviel wir wissen, ist hier ein Mord passiert.«

»Widersprechen Sie nicht, ich habe noch was Dringendes zu erledigen«, befiehlt Maul. »Ober sticht Unter!«

»Wollen Sie heute Nacht noch einen Bericht schreiben?«, erkundigt sich Hofmann.

»Bericht?«, Maul runzelt die Stirn. »Wo denken Sie hin, ich muss meine Tagliatelle vorkochen!«

In der Kirschenallee, die zum Friedhof führte, sauste Pauline den Hang hinunter auf uns zu. Ich lief dem Trauerzug mit dem Kreuz voraus und wusste sofort: Das würde Ärger geben. Pauline hätte eingesperrt sein sollen, aber mein Vater hatte es wieder nicht geschafft.

Theobald Fuchs
Der Tote im Wehr

An dem Abend des Tages, wo der Muckl ... ja, wie sag ich's? Wo der Muckl gestorben wurde? Wo er dahinzugehen genötigt wurde? ... Nun, kurz und gerade heraus: an dem Abend des Tages, wo der Muckl ermordet wurde, ging ich zum Pechwirt. Seinerzeit ging ich jeden Abend zum Pechwirt, wie die anderen Junggesellen auch. Was soll einer sonst schon machen, ohne Frau, ohne Kinder? Viel ferngesehen haben wir damals ja nicht, wenn überhaupt eines schon einen Fernseher daheim hatte. Das hatten die wenigsten. Ein anständiges Tagewerk verrichteten wir, sommers wie winters, und wenn die Nacht anbrach, traf ich mich mit den anderen beim Pechwirt, zum Schafkopfen.

Die Hagestolzen nannten sie uns, und irgendwie waren wir wohl wirklich stolz darauf, dass wir nicht bei einer Frau hinterm Ofen hockten und Kräutertee tranken. Der Muckl war allerdings kein Hagestolz. Nepomuck Sörgel stand in seinem Taufschein, und seine Frau war eine geborene Brenner von Großmeinfeld.

Gegen neun muss es gewesen sein, weil der Pechwirt hatte schon das elektrische Licht angezündet, und Ende April war es, die ersten warmen Tage hatten wir schon gehabt, alle bereiteten sich vor, auf die Saat und die erste Mahd. Muckls Frau stürzte rein in die Stube, wo wir saßen und Karten spielten, und alle schauten auf, weil sonst niemand mehr da reinkam, zu dieser Stunde, erst recht keine Frau, nur die Mutter vom Wirt, die saß am Ofen und stopfte Socken.

Dass der Nepomuck noch nicht nach Haus gekommen wär, sagte sie, und sie war so aufgeregt, dass sie tief schnaufen musste, um Luft zu kriegen, zum Reden. Und dass das ganz gegen seine Gewohnheit sei, und dass er die Kühe nicht gemolken hätte und kein frisches Heu in den Stall geschafft, sodass sie, die Frau, das zuerst hätt erledigen müssen, eh sie losging, nach ihm umzusehen, und dass sie ihn nirgendwo hätt finden können, nicht im Heuschober und nicht beim Traktor, auch nicht beim Brotofen und vor der Brücke am Schloss, wo der Schuppen fürs Brennholz steht.

Die Mutter vom Wirt brachte der Frau vom Muckl einen Schnaps, damit sich ihr Herz beruhigt, und uns brachte sie auch allen einen Kirsch, damit wir besser nachdenken haben können, was zu tun sei.

Wo er nach dem Mittagstisch hin sei, fragten wir, und was er sich hatte vorgenommen.

Er hätt davon gesprochen, hoch zur Wacht zu gehen, schluchzte die Sörgelsche, die Zäune prüfen, auf der oberen Weide. Es hatte ja viel Schnee gegeben diesen Winter, und da seien gewiss ein paar Pflöcke geradezurücken und ein paar Bretter zu flicken. Und jetzt sei es schon finstere Nacht, und ihr Muckl sei noch nicht zu Hause, und sie befürchte das Schlimmste, in Herrgotts Namen, was solle sie nur tun?

Und dann fing sie an zu weinen, und wir Männer konnten das nicht mehr länger mit ansehen und gingen hinaus, der Pechwirt mit uns, und Nepomucks Witwe blieb bei der Mutter auf der Ofenbank.

Nun – der Muckl war tot, das wussten wir gleich, und welchen Grund sollte es sonst auch gehabt haben, dass er nicht zur Nacht zurück in der warmen Stube war, weil's ja auch schüttete, schon seit Mittag, gräußlich feucht war's, und einem im Handumdrehen kalt bis auf die Knochen. Der

Muckl war ein guter Kerl gewesen, war gut gestanden mit jedem im Dorf, das wurde später ja noch ganz akribisch herausgeforscht, von den Kriminalern aus Nürnberg. Doch das kam danach. Noch war's Montagnacht, schon nach zehn Uhr, und wir beratschlagten, draußen vor der Wirtschaft, und dann schickten wir den Dainzer, der ja aus Vorra heraufgekommen war, nach dorthin zurück, damit er Bescheid sagt, dass vielleicht noch die Vorraer Wehr gebraucht wird, die dort hockten ja alle beim Heißmann, und zwar bis spät in die Nacht, und spielten Karten wie wir.

Wir übrigen drei knöpften unsere Jacken fest zu und stapften die Wirtsleite hoch und dann rechts am Naturfreundehaus vorbei zur Wacht. Eine Stunde wohl brauchten wir, bloß mir allein war klar, dass die Mühe für die Katz war, weil der Muckl nämlich gar nicht auf die Weide gegangen war, nach dem Mittagstisch, sondern der war flussaufwärts nach Enzendorf gewandert, weil er dort jemanden treffen wollte. Ich hatte ihn ja getroffen, als er losgezogen war, und auf dem Rückweg war ich ihm noch mal begegnet, bloß da war er schon ... aber schön der Reihe nach!

Wir fanden nichts und niemanden da oben, und wie wir dann endlich wieder unten im Dorf waren, war auch schon die Polizei da, und der Hahnrieder, der die Leiche gefunden hatte, und ein halbes Dutzend Vorraer, die gleich dem VW-Käfer hinterher sind, in dem damals die Hersbrucker Polizei unterwegs war.

Im Wehr hing er, Nepomuck Sörgel, und als ihn der Duschner vom oberen Dorf und der Poppendörfer mit den langen Fischerhaken herausgezogen hatten und er vor dem alten Schulhaus auf der Wiese lag, da wo heute die Kanufahrer Rast machen und die Stromschnelle umgehen, da sagte einer der Polizisten, ein gewisser Meister, aus Hohenstadt stammend, dass der Muckl wohl schon tot gewesen sei, als er ins Wasser gefallen war. Das hätte jeder von uns auch sofort sagen können, denn wenn einem der Schädel so eingeschlagen ist, dass das weiße Gehirn herausquillt, dann braucht man nicht auch noch zu ertrinken, um zu sterben.

»Also«, sagte da der andere Wachtmeister, den ich nicht kannte, weil er erst vor Kurzem aus der Oberpfalz herversetzt worden war. »Also ist er wahrscheinlich oberhalb vom Wehr ermordet und in den Fluss geworfen worden.«

Ich wusste natürlich, dass er gar nicht so unrecht hatte, mit seinem kriminalistischen Instinkt, denn ich hatte den Muckl ja beobachtet, wie er Richtung Enzendorf spazierte, über die Pegnitzwiesen, hinter dem Bahndamm, so als wollte er nicht, dass ihn zufällig jemand dort laufen sieht.

Eigentlich ging alles mit den Karnickeln los. Wir waren zusammen bei mir auf den Scheunenboden gestiegen, Muckl und ich, und er hatte dort auf einen alten Schrank gedeutet.

Den würde er sehr gerne haben, hatte er gesagt, freilich wenn ich den ihm überlassen wollte. Ich bräuchte das Ding doch sowieso nicht mehr, und er würde einen Stall für sein Hasenvieh hineinbauen.

Heute würden die Leute in der Stadt sich alle zehn Finger ablecken für so ein Stück. Für mich war das allerdings nur ein Haufen modriges Holz, Futter für die Holzwürmer, die den staubigen Kasten schon völlig zerlöchert hatten.

»Nimm ihn mit«, sagte ich daher, »ich brauch ihn nimmer.«

Wir schafften den Schrank zu ihm, in den kleinen Hof, wo er seine Hühner hielt. Das war an einem Sonntag gewesen.

Und einen Monat später leuchteten die drei Scheinwerfer, die so hell waren, dass mir die Augen wehtaten, auf die

Leiche vom Muckl und die Polizisten und die ganzen Leute, die betreten herumstanden. Keiner sagte etwas, nur der dünne Regen pritschelte, und eine seltsame Traurigkeit hing wie ein kaputter schwarzer Schirm über uns, weil alle ans Sterben dachten und darüber ganz vergaßen, wie nass wir schon geworden waren. Immerhin: wir waren zwar nass, aber noch am Leben.

Der Pohl hatte seinen neuen Mähdrescher herübergefahren, von seinem Hof. Der Mähdrescher war ganz modern und hatte vorne drei Flutlichtscheinwerfer, wie der Pohl sich ausdrückte, damit er auch nachts dreschen konnte. Auch der Pfarrer war da, aber der wusste nicht recht, was er tun sollte, und vielleicht bloß, damit alle merken, was für ein gescheiter Mann er ist und dass er studiert hat, sagte er: »Vielleicht ist er nur gestürzt und hat sich dabei den Kopf verletzt. Dann könnte er in die Pegnitz gefallen sein.«

Die Polizisten schauten ihn schief an, doch ich freute mich, denn unser Pfarrer brachte diese Möglichkeit ins Spiel, die dann auch später von den Nürnbergern nie endgültig ausgeschlossen werden konnte. Wer sich in der Gegend auskennt, weiß, dass es nicht einfach ist, im Pegnitzgrund zwischen Oberartelshofen und Enzendorf erst so zu stürzen, dass das Gehirn herausspritzt, und dann in die Pegnitz zu fallen, aber immerhin: wenn einer so unvorsichtig ist und meint, er muss in den Eisenträgern unter einer der schönen alten Bahnbrücken herumklettern, dann bitte: dabei kann einer schon hart mit dem Kopf anstoßen und hernach ins Wasser kullern ... wie gesagt, ich war froh darüber, was der Pfarrer sagte, denn zu guter Letzt hatten die Kriminaler den Berber freilassen müssen, den sie in der Woche nach Muckls Tod verhafteten. Dem Berber konnte ich nichts Böses wünschen, denn der Muckl war ja eigentlich selbst schuld gewesen.

Ich schwieg davon, dass ich einen Streit mit dem Nepomuck Sörgel gehabt hatte wegen der Goldmünzen. Die Kriminaler befragten mich an jenem Mittwoch freilich gute zwei Stunden lang, sodass ich schon dachte, sie wollen mir Löcher in die Stirn bohren und meine Gedanken herausziehen wie Würmer aus einem morschen Stumpf, allein von dem Streit sagte ich nicht eine Silbe, der ging ja außer dem Muckl und mir keinen sonst etwas an. Dafür erzählte ich von Muckls Spaziergang nach Enzendorf und seiner Verabredung mit dem Berber, der ihm eine Schweizer Uhr aus Gold und mit Diamantlagern verkaufen sollte. Muckl wollte sich einen Kindheitstraum erfüllen. Schon immer wollte er eine Schweizer Präzisionsuhr besitzen, das Feinste vom Besten, und er erfüllte sich den Wunsch auch, kaufte die Uhr von den Goldmünzen meines Vorfahren. Eine dieser Münzen war über fünfhundert Mark wert, teilweise noch mehr. Eine Menge Geld war das damals. Ich weiß das genau, weil ich es ja schließlich doch noch gekriegt habe, zumindest das meiste.

An dem Montag, um den es geht, war ich nämlich kurz nach dem Mittag vom *Gasthaus Juraschanze* her gekommen und hatte gerade noch gesehen, wie der Muckl an der Biegung, wo sich der Fluss unter der Eisenbahnbrücke windet, in die Pflanzgärten verschwindet. Ich dachte dabei überhaupt nichts, ich hatte nichts geplant. Ich entschied mich ganz unwillkürlich, aus dem Bauch heraus, dem Muckl hinterherzulaufen und zu fragen, was er denn vorhat.

Er erzählte von dem Berber und von seinem Wunsch, eine Uhr zu kaufen, und dass er mit dem Berber telefoniert hätte, von der Telefonzelle aus, die neben der Bushaltestelle steht, gleich beim Gemüsegarten vom Schmitt, jenseits des Brückleins über den Rumpelbach. Dass er dort telefoniert hatte, konnte der Schmitt später bezeugen, weil der ja nichts anderes zu tun hat, als den ganzen Tag über den Bach zu glotzen und zu schauen, wer telefoniert und wer in den Bus einsteigt.

Jetzt könnte man sich natürlich fragen, wieso mir Muckl so freimütig von seinen Plänen erzählte. Ich denke, er wollte mich trietzen, weil er sich seiner Sache sicher fühlte. Freilich steckten wir beide in einer seltsamen Zwickmühle: er hielt den Fund vor seiner Frau geheim, weil er Angst hatte, sie könnte die Münzen zur Bank tragen. Muckl wollte sich unbedingt seinen Wunsch erfüllen, und deswegen durfte niemand davon wissen. Außer mir wusste ja niemand davon, und ich wollte auch mit niemandem darüber reden, weil: es waren zwar meine Münzen aus meinem Schrank, aber wie sollte ich das beweisen, wenn es vor Gericht gegangen wär? Und was, wenn plötzlich das Landratsamt käme mit einem studierten Klugschwätzer, der sagte: halt, liebe Leute, ihr braucht euch gar nicht groß zu streiten, die Münzen sind kulturhistorisch bedeutsam, keiner von euch kriegt sie, sondern das Heimatkundemuseum in Hersbruck? So oder so hätte ich den Kürzeren gezogen, also wartete ich, bis ich mir mein Eigentum vom Muckl zurückholen konnte. Und tat nur so, als verabschiedete ich mich, und folgte ihm, immer schön mit Abstand, dass er mich nicht bemerkte.

Der Polizist sagte dann noch, dass der Muckl nicht weit oberhalb vom Dorf erschlagen worden sein kann. Er wär ja zu Fuß unterwegs gewesen, und viel weiter als in Enzendorf hätt's nicht passiert sein können. Gar nicht dumm, der Oberpfälzer Polizei-Polizist, dachte ich insgeheim, zumal ich ja genau wusste, wo's geschehen war. Die Nürnberger

Kriminaler haben dann auch die Stelle entdeckt, da wo hinter der Kurve das Tal recht schmal wird, wo sich der Fluss, die Straße und die Bahn ganz eng zusammendrängen, weil sie kaum Platz nebeneinander haben. Mit Hunden kamen sie und einen Fotografen hatten sie dabei, die Kriminaler, und die Stelle in der Wiese, wo das Blut im Gras geklebt hat und der Stein lag, der dem Muckl den Schädel zerbrochen hat, hatten sie im Handumdrehen gefunden. Nur wer es wirklich gewesen ist, haben sie nicht herausgekriegt, und von den Goldmünzen und dem Hasenstall haben sie nie etwas erfahren, und auch die Nachbarn vom Muckl wussten rein überhaupt gar nichts, und das sagten sie den Kriminalern auch.

Der Stein lag neben dem toten Muckl im Gras, und daneben lag sein Hut. Er hätte niemals die anderen Goldstücke zu Hause gelassen, wo seine Frau sie hätte finden können. Er hatte alles Gold hinter das Schweißband von seinem Hut genäht, und da suchte ich danach und fand alles.

Ich könnte nicht erklären, weshalb, aber drei Tage, nachdem der Muckl den Schrank zu sich hinübergeschleppt hatte, auf seinem Handkarren, da fragte ich mich plötzlich, ob er schon fertig geworden wäre, mit seinem Karnickelstall. Ich muss etwas geahnt haben, deshalb bin ich rübergelaufen und hab ihn auf frischer Tat ertappt. Mit der Holzhacke hatte er schon die Tür vom Schrank zertrümmert, weil er da den Maschendraht einziehen wollte, und dann noch den Boden im Schrank, das unterste Fach. Darunter war ein Hohlraum, kaum breiter als ein Daumen, und im Hohlraum waren die Goldmünzen. Die waren uralt, von Max dem Heizbaren, wie meine Mutter gesagt hätte, aber in Wahrheit waren sie aus der Zeit, wo die Truppen vom Napoleon durchs Land gezogen waren. Das sagte jedenfalls später der Händler, dem ich ein paar Münzen zeigte. Der Muckl saß vor dem Schrank und hatte beide Hände voller Gold. In dem Moment kam ich in den Hühnerhof und erwischte ihn. Ich wusste sofort, was die Stunde geschlagen hatte. Wahrscheinlich hat der Muckl gar noch nicht begriffen gehabt, was los war, als mir schon das Bild von meinem Urahn vor Augen stand, der das Geld, welches er mit Müh und Not zusammengespart hatte, in fliegender Hast im Geheimversteck verschließt, ehe die katholischen Franzmänner einfallen und plündern, wie es der Soldaten Art ist.

Ich fing beileibe nicht gleich an zu streiten. Zuerst war ich sogar bereit, mit dem Muckl zu teilen, nur wie ich ihm gesagt hab, dass die Münzen mir gehörten, weil sie in meinem Schrank versteckt gewesen waren, hat der Muckl gleich dagegen geredet und gesagt, der Schrank sei nun seiner, mit allem Drum und Dran, also auch mit allen Münzen, die er darin findet. Ich hab gesagt, er soll nicht dumm sein und einsehen, dass es so nicht geht, weil ich ja nicht hätt wissen können, dass mein Vorfahr sein Geld unter dem doppelten Boden geborgen hatte. Da wurde er böse und sagte, ich sei selber schuld, ich hätt den Schrank jahrzehntelang nicht beachtet und auf einmal sei's mir verflixt wichtig, dass er mir gehört hätt. Da gab ich den Gedanken auf, ich könnte mir das Geld schon teilen mit dem Muckl, und ich wurde stur und sagte, er solle mir die Münzen geben, und zwar alle und gleich an Ort und Stelle. Er hat darauf gar nicht geantwortet, sondern mich ganz eigentümlich angesehen, mit Augen, als ob er Fieber hätte, und mir lief es eiskalt den Rücken hinunter, weil er plötzlich aussah wie der Leibhaftige. Außerdem hatte er immer noch seine Axt in der Hand, und die ließ er auf und nieder wippen, als überlege er sich den nächsten Schlag.

Ich sagte darauf nichts mehr, aber ich dachte mir meinen Teil. Der Muckl sah mich immerzu an wie einer, der den Verstand verloren hat, und so machte ich erst einen Schritt zurück, und dann noch einen, und dann ging ich aus dem Hof hinaus, fort vom Muckl und fort vom Schrank, in dem meine Münzen gelegen hatten, in vermoderte Tücher gewickelt, sodass es nicht geklappert hatte, wie wir den Schrank auf den Leiterwagen geladen hatten.

Eine Woche nach der Nacht, in der wir den Leichnam aus der Pegnitz gezogen haben, gab's dann die Beerdigung und hinterher den Leichenschmaus beim Pechwirt, wo es dann schon wieder lustig zuging, und sich alle fürchterlich betranken, auf die Kosten von dem Muckl seiner Witwe. Natürlich nahmen alle an, dass der Berber den Mord begangen hatte. Die Kriminaler hatten jeden Menschen von Vorra bis Enzendorf befragt, und der eine hatte hier was gesehen oder dort der andere was gehört, und am Schluss hatten sie das ganze Bild, bloß dass sie dem Berber halt doch nichts beweisen haben können, weil sie keine Fingerabdrücke und auch kein Motiv fanden, denn von den Goldmünzen weiß nur ich und sonst keine lebende Seele, und ich habe schön still geschwiegen bis zum heutigen Tag.

Vielleicht nur, damit es kein Missverständnis gibt, muss ich klipp und klar sagen: erschlagen hab ich den Muckl nicht. Erschlagen hat ihn der Berber, das schwöre ich beim Barte meiner Großmutter. Der Berber war ihm hinterhergeschlichen, so wie ich, und hat dem Muckl mit einem Stein den Schädel eingeschlagen. Der Berber hat wie ein erfahrener Schurke Handschuhe getragen und ihm die Uhr wieder abgenommen, die er dem Muckl kurz zuvor verkauft hatte, und dazu bestimmt noch ein paar Münzen, die der dumme Muckl herzeigen hat müssen. Doch der Berber bemerkte nicht, wie schwer der Hut war, der auf den Boden fiel, und er rechnete nicht damit, dass der Muckl das ganze Gold bei sich hatte. Den Hut, an dem Blut und Haare klebten, ließ der Mordbube jedenfalls einfach liegen, und vielleicht haben die Münzen ihr Teil dazu beigetragen, dass es dem Muckl den Schädel so leicht entzweisprengte.

Wie ich die Münzen gefunden hatte, hab ich den Körper zum Ufer geschleift. Siehst du, Muckl, hab ich zu ihm gesagt, das führt zu keinem guten Ende, wenn eins zu gierig ist. Das fällt alles auf einen zurück, hab ich gesagt, aber schau: deine Uhr hast du noch gekriegt in diesem Leben, und vielleicht war es ein schöner Tod, weil du glücklich warst, als es dich getroffen hat. Und dann hab ich ihn mit dem Stiefel getreten und in die Pegnitz gestoßen. Es wär schon möglich, dass er dabei noch einen winzig kleinen Schnaufer gemacht hat, aber da kann ich mich auch sehr gut getäuscht haben. Viel Glück, Muckl, hab ich ihm nachgerufen, und eine ganz kurze Weile war mir, als müsste ich weinen, wennschon nur ganz kurz ...

Tommie Goerz
Steinbruch

Dass nur *er* immer diese komischen Hemden hatte. Mit denen war es jedes Mal das Gleiche: Oben ein Knopf zu viel und unten ein Knopfloch mehr. Oder andersherum, das konnte er sich nie merken. Die Dinger passten einfach nicht, nie so wie bei den anderen. Und er wusste auch genau, woran das lag, da war er längst dahintergekommen: Weil er sich nie selber etwas kaufen durfte. Immer kaufte seine Mutter für ihn ein, ohne ihn zu fragen, und die kaufte nur billiges Zeug. Billigstes. Allerbilligstes. Weil sie ihn hasste, ja. Und er lief dann rum wie ein Trottel, mit diesen blöden Hemden. Zum Kotzen war das. Die glaubte immer, er sei dumm. Dabei war er schlau. Ziemlich sogar. Warum aber die Hemden dann trotzdem manchmal passten und das mit den Knöpfen und Knopflöchern ganz plötzlich aufging, das war ihm unerklärlich. Waren halt einfach Scheißhemden. Und eine Scheißmutter.

Bei dem Girch war das ganz genauso. Nicht das mit den Hemden, aber sonst. Der wohnte genauso bei seiner Mutter unterm Dach, musste ständig springen, wenn die rief, durfte nicht zur Arbeit wie all die anderen, sie durften ja nicht einmal mehr in die Werkstatt, wo sie früher immer waren. Wo sie der Bus abgeholt und hingefahren hatte, zu den anderen. Nichts mehr. Sie mussten den ganzen Tag zu Hause bleiben, den Diener spielen und sich anschreien lassen. Müll rausbringen, Holz hacken, sägen, stapeln, Straße kehren, Garten umgraben, stillsitzen, Rasen mähen, Äpfel auflesen oder Zwetschgen, die ganze Palette. Immer daheim und immer nur blödes Zeug. Und dazu immer dieses Geschrei. Dieses Herumkommandieren.

Aber jetzt hatten sie einen Plan, der Girch und er, der Siggers. Einen, wo sie bis an ihr Lebensende unabhängig sein würden, immer Geld haben würden, keine Sorgen. Und nicht immer nur das Gekeif der Alten. Fürchterlich waren die, dem Girch seine Mutter und die vom Siggers. War ja auch kein Wunder, die waren Schwestern. Grässliche Schwestern. Und einen Vater gab es auch nicht, nur einen Opa, den Papa der beiden Alten. Von einem Vater war nie die Rede und wehe, du hast das Thema einmal angesprochen, nur mit einem Wort. *Dann* war vielleicht ein Geschrei!

Komisch. Dabei hatten dem Girch seine Mutter und seine, also die vom Siggers, dem immer alles gemacht, wenn der rief. Das soll einmal einer verstehen.

Der Opa aber war tot, Gott sei Dank. *Der* war vielleicht ein Arschloch gewesen. Aber jetzt war er weg. Der Siggers hatte das erst gar nicht begriffen, was das hieß. Tot. Aber als der Opa dann dagelegen war und er ihn angefasst hat und gestoßen und schließlich gezwickt, und der überhaupt nicht gezuckt hat und nichts, da hatte der Siggers eine Ahnung davon. Wenn einer tot ist, dann kann er sich nicht mehr wehren, zumindest kennt er keinen Schmerz. Denn der Siggers hat schon richtig fest zugezwickt, und der Opa hätte sich das lebendig nicht gefallen gelassen. Nicht mal halb so fest. Und dann werden die verbuddelt, wenn einer tot ist, so tief, dass er nicht mehr rauskann und weg ist. Ist eine gute Sache für schlechte Menschen, der Tod, weil dann sind die weg. So dachte sich das der Siggers.

Jetzt aber hatten sie einen Plan. Das Problem mit dem Plan war nur: Sie brauchten dazu ein Auto. Nur – der Girch hatte keins und er auch nicht. Auch keinen Führerschein.

Woher denn. Immerhin, der Siggers übte schon immer, heimlich. Mit dem Teller in der Hand als Lenkrad und dem Mund als Motor. Brrrm ... Brrrrmmmm ... Brrrmmmmm! Er konnte schon ganz schnell fahren, so in seinem Kopf drin. War ja auch ganz einfach mit dem Automatik von der Mutter vom Girch. Nur vorwärts und rückwärts musste man einstellen, da hatte er ganz genau aufgepasst. Und dann raus aus dem Hof, das kurze Stück Straße runter und ab in den Wald, weiter mussten sie ja nicht für ihren Plan. Nur weit genug in den Wald und er dann wieder zurück. Er hatte sich die Strecke auch schon sehr gut eingeprägt und war sie mit dem Fahrrad gefahren. Mehrmals. Bis in den alten Steinbruch hinten, dachten sie, der war weit genug weg vom Dorf, und von da aus war nichts zu hören. Konnte eigentlich nichts mehr schiefgehen. Bald würde er das Fahren draußen einmal probieren, wenn dem Girch seine Mutter und seine zusammen weg waren. Und dem Girch seine ohne Auto, vielleicht mit dem Bus, einkaufen in die Stadt. Er, also der Siggers, musste sowieso immer aufpassen, wenn er übte. Dass seine Mutter nichts merkte, weil sonst fragte sie bloß, und dann käme womöglich der ganze Plan raus. Nichts wäre es dann mit einer sorgenfreien und überhaupt einer freien Zukunft. Nichts mit der Unabhängigkeit und der Ruhe vor den keifenden alten Schwestern.

Nur das mit dem Schalten war doof. Mit einem Kochlöffel ging das nicht so gut, den musste er sich immer zwischen die Beine klemmen, damit der nicht herunterfiel, aber der Schaltknüppel war ja immer rechts. Andererseits – das Auto von Girchs Mutter hatte keine Schaltung, das hatte ja Automatik. Also brauchte er sich darüber keine Gedanken zu machen. Und trotzdem, zum richtigen Autofahren gehörte das Schalten dazu. Der Busfahrer schaltete ja auch immer, das hatte der Siggers ganz genau beobachtet. Und wenn er schon das Fahren übte, dann richtig, nicht so wie für Frauen. Also mit Schalten und nicht ohne, auch wenn er es nachher vielleicht gar nicht brauchte. Egal.

Siggers wischte sich über das Gesicht. Er schwitzte bei der Vorstellung, Auto zu fahren. Das regte ihn immer so auf. Er schwitzte sowieso viel zu viel, eigentlich dauernd, er war aber auch sehr dick. Die Leute sagten immer »Du isst zu viel« und »Friss doch nicht immer!« War völliger Quatsch. Wenn die immer so viel hinstellten – das musste doch alles weg, das wusste er schon. Beim Essen darf man nichts übrig lassen. Man darf damit auch nicht spielen, denn in Indien und woanders verhungern die Kinder. In Afrika und so. Wo das war? Keine Ahnung, es war halt so. Über Unterweilersreuth war er nie hinausgekommen, und Indien musste irgendwo dahinter liegen. Und in der anderen Richtung Afrika, ist doch logisch. Die Welt hörte ja nicht auf hinter Unterweilersreuth, die ging ja weiter. Da kam erst der Wald und der Steinbruch, dann Oberweilersreuth, ja und dann irgendwann Forchheim. Und Nürnberg, München, Paris, Bamberg, New York und wie die alle hießen. Gaiganz und Unterzaunsbach. Wusste er doch alles. Eine richtige Qual war das manchmal mit dem Essen. Da passte schon lange nichts mehr in dich rein, aber dann war da immer noch ein Stück Brot. Oder Fleisch oder Wurst. Käse mochte er nicht so, den stellten sie ihm auch nicht mehr hin. Aber sonst alles andere. Presssack und Bratwürste, Bierschinken und Göttinger, Stadtwurst und Schnitzel und was sie noch alles fanden. Mit Senf oder ohne, mit Kren oder Ketchup, Preiselbeeren, Mayonnaise oder dieser scharfen, braungrünen Marmelade mit Rosinen drin, so einem modernen Zeug ...

Und dann freuten die sich doch auch, wenn er aß. Lachten immer so. Und er wollte ihnen doch eine Freude machen. Wollte freundlich sein. Mitlachen. Dazugehören und im Mittelpunkt stehen. Die wären doch traurig, wenn er das Zeug nicht aufaß, und enttäuscht. Aber aufessen müssen, immer viel zu viel, und dann immer noch lachen und so tun, als wenn nichts wär, und sich dann sagen lassen zu müssen, er soll doch nicht immer so viel fressen – manchmal verstand er die nicht. Ihm ging es danach immer schlecht, aber den anderen gut. Die lachten auf jeden Fall, und das war doch ein gutes Zeichen, oder nicht?

Letzte Woche hatte der Girch seiner Mutter eine runtergehauen. So wie die das sonst immer macht, bei ihm und vor allen Leuten. Mit der Hand ins Gesicht. Klatsch. Da hatte er eine Scheißwut gehabt, der Girch, und es einfach nicht mehr ausgehalten. »Einen Dreißigjährigen schimpfst du nicht mehr so!«, hatte er gesagt. »Ich will endlich mein eigenes Leben leben. Ich bin groß genug!«

Ein riesiges Geschrei hatte das gegeben. »Du kommst ins Heim, wenn du das noch einmal machst«, hatte seine Mutter gezetert, und dass sie das nächste Mal die Polizei holt. Natürlich hatte sie sich bald wieder beruhigt, aber dann hatte sie noch gesagt: »Kindern, die ihre Eltern schlagen, wächst die Hand aus dem Grab.«

Waren doch gar nicht seine Eltern, war doch nur seine Mutter, und der Opa war schon längst tot.

Letzte Woche dann hatten sie auf dem Friedhof nachgesehen, der Girch und er. Hatten sich hineingeschlichen und alles genau untersucht. Jedes Grab. Aber keine Hand gefunden. Nicht eine einzige wuchs da irgendwo raus. Das kann doch nicht sein, dass nur die Eltern ihre Kinder schlagen dürfen und die Kinder nicht zurück! Das ist doch ungerecht! Aber die Welt war wohl so, sonst hätten sie ja die Hände sehen müssen, die aus den Gräbern wuchsen. Bisher hatten noch keine Kinder ihre Eltern geschlagen, der Friedhof war der Beweis! Da hat der Girch Angst bekommen und schlecht geschlafen, hat er erzählt.

Aber das mit dem Plan war genial. Gucken würden sie alle, wenn er und der Girch unabhängig sein und Geld haben würden und ein eigenes Leben führen. Jawohl. Bis an ihr Lebensende.

Heute früh war der Siggers falsch herum in seine Hose gestiegen. Das war vielleicht blöd, da war der Schlitz hinten, und die hat überhaupt nicht gepasst. Da musste er erst wieder aus der Hose raus und andersherum hinein. Da hat die Mutter schon wieder geschrien von unten, wo er denn bleibt. »Was dauert denn da schon wieder so lang?!« Immer dieses Gekeif. Aber wenn doch die Hose falsch herum ... oder er ... ? Warte mal – wenn ... nein, das war zu kompliziert. Außerdem hatte er keine Zeit zum Überlegen, seine Mutter tobte ja schon wieder unten und wartete. Und wenn er jetzt nicht gleich käme, dann könnte er wieder etwas erleben.

Ist das eigentlich bei allen so?, fragte er sich, als er, sich noch den Gürtel bindend, endlich die Treppe herunterkam. Heute musste er wieder eines dieser Scheißhemden anziehen, bei denen das mit den Knöpfen nicht passte ...

»Aber du darfst niemandem was verraten!«, hatte Siggers dem Girch eingebläut, immer und immer wieder. »Wenn irgendjemand davon erfährt, klappt das nicht.«

»Ist doch logisch«, hatte der Girch geantwortet, jedes Mal neu, und fühlte sich dabei richtig wichtig. »Ehrensache.« Das sagte man so. Hatten sie im Wirtshaus gehört, wenn sich die Männer unterhielten. Und wenn die das sagten, ging es garantiert um wichtige Sachen. Bei »Ehrensache«

waren sie immer ganz ernst. Im Wirtshaus war der Siggers auch auf die Idee gekommen. Da saß der alte Henners, der mit den drei abgesägten Fingern, eigentlich immer, wenn man hinkam. Der machte auch jedes Mal seinen alten Witz, spreizte die restlichen zwei Finger und den Stumpf vom Daumen von seiner Hand weg und bestellte »Fümf Bier fürs Sächwerg.« Dann lachten alle, obwohl der Witz schon so alt war. Aber er machte ihn immer wieder, und immer lachten alle.

»Das war ein gutes Geschäft«, hatte der Henners einmal gesagt, so ganz im Vertrauen, als sie wieder so beisammengesessen waren an einem Nachmittag, und hatte sich seine Hand gestreichelt.

»Jetzt streichelt er wieder seine Finger, die er nicht hat«, hatte der Fischers Karl gesagt, und wieder hatten alle gelacht. Ein ganz schöner Blödsinn, hatte sich der Siggers gedacht, das geht doch gar nicht, sich etwas streicheln, was man nicht hat. Irgendetwas stimmte da nicht, aber er kam nicht dahinter. War aber auch nicht so wichtig, denn was der Henners *dann* gesagt hatte, das hatte den Girch auf seine Idee gebracht:

»Wenn ich die Finger, die ich net hab, net hätt, dann könnt ich net jeden Tag mei Bier trinken.« Weil er nämlich für die Finger, die er nicht mehr hat, Geld kriegt. Jeden Monat, ein Leben lang. Und das musste viel sein, so viel wie der Henners trank. Und das hat der Siggers verstanden und der Girch dann auch, nachdem es ihm der Siggers erklärt hatte. Der Henners kriegt Geld für die Finger, die er nicht mehr hat. Weil er sie nicht mehr hat. Von der Versicherung, hatte der Henners gesagt. Und dieses Geld war sicher, Monat für Monat.

»Das kriegst du ein Leben lang.«

Eine Versicherung habe ich auch, hat der Girch dann

gesagt, nachdem er das mit dem Henners verstanden hatte. Das wusste er von seiner Mutter. Denn als er einmal mit dem Rechen eine Fensterscheibe kaputt gemacht hatte, hat sie zwar, wie immer, ganz fürchterlich geschimpft, dann aber gesagt: »Das zahlt die Versicherung.« Dann haben sie das Fenster reparieren lassen, und irgendwann hat die Mutter gesagt, als sie von der Bank kam: »Das Geld von der Versicherung ist da.« Also habe ich auch eine Versicherung, so wie der Henners. Da fühlte er sich richtig groß, wie ein Mann. Wenn der Henners – und der war ein Mann, und was für einer! – eine Versicherung hatte und er, der Girch, auch, dann war er ein Mann wie der Henners. Nur ein Bier wollte ihm die Wirtin nicht geben. Trotzdem nicht.

Aber der Henners ließ ihn trinken, aus seinem Glas, heimlich, wenn die Wirtin gerade nicht schaute. Und das Bier war gut, das machte einen so richtig schön! Der Henners war wirklich ein toller Kumpel!

Das mit dem Auto hat dann nicht geklappt. Sie hatten sich gerade den Schlüssel genommen und wollten hinaus, da hat der Girch Gott sei Dank noch einmal in den Hof geschaut, vom Fenster aus – und hat gesehen, wie seine Mutter gerade wieder zurückkam. Hatte mit dem Bus in die Stadt gewollt, weil ihr der Verkehr mit dem Auto dort zu hektisch war, und hatte den Bus verpasst. Die war zu blöd, den Bus zu erwischen. Ihnen, dem Girch und dem Siggers, war das nie passiert. Da hatte der Bus immer unten gestanden und gehupt und gewartet, bis sie endlich kamen, und dann sind sie mit den andern in die Werkstatt. Und abends wieder zurück. Wie blöd musste eigentlich dem Girch seine Mutter sein? Die einfachsten Dinge der Welt nicht zu schaffen, nicht mal den Bus zu kriegen! Jetzt aber hatte er gesehen, dass seine Mutter schon wieder zurückkam.

Scheiße. Aber Glück gehabt. Wie unterschiedlich das Gleiche doch sein kann – Scheiße und Glück zugleich. Auf jeden Fall kam sie da gerade wieder um die Ecke in den Hof. Da mussten sie ihren Plan ändern und sich halt heute Nacht hinausschleichen, dass sie nichts merkt, und dann zu Fuß los, denn Plan war Plan, und heute sollte es sein. Das hatten sie so beschlossen. Warum, war da keine Frage. Es war beschlossen und gut. Nur – jetzt hatte er umsonst so viel Fahren geübt. Aber das konnte er ja vielleicht später einmal gebrauchen. Also versteckten sie ihre Rucksäcke unterm Bett, taten scheinheilig, als wäre nichts, freuten sich sogar so, dass es die Alte glaubte, und schlichen sich dann in der Nacht aus dem Haus. Das konnten sie gut und hatten es auch schon ein paar Mal gemacht. Nachts war es draußen spannend, viel spannender als am Tag. Wirklich.

Ins Wirtshaus aber gingen sie diesmal nicht. Sie gingen nicht zu den Männern und zum Henners mit den fehlenden Fingern. Die lachten zwar immer und freuten sich, wenn der Siggers und der Girch ausgebüxt waren und kamen. Und verraten würden die einen auch nicht, man war halt unter Männern. Aber heute Nacht gingen sie nicht ins Wirtshaus, sie hatten einen ganz anderen Plan. Sie schlichen sich aus dem Dorf hinaus nach hinten in den Wald. Aufgeregt waren sie beide, denn jetzt begann ihre große Zukunft!

Eine schöne Lärche, dachte sich Bauer Dietzhofer und maß den Stammdurchmesser. Siebenundfünfzig Zentimeter, das wäre genau der richtige. Er trat einen Schritt zurück und sah am Stamm entlang nach oben. Auch schön gerade gewachsen, nickte er anerkennend. Da kriege ich etliche Bretter raus und aus dem unteren Stück ein paar Riegel, sieben auf zwölf. Perfekt. Dickere Balken konnte man aus dem Baum nicht schneiden, denn Lärchen musst du erst einmal am Kern entlang der Länge nach trennen, sonst verwindet sich das Holz beim Trocknen. Und Holz, das sich verdreht hat, kannst du nicht verbauen.

Dietzhofer war schon seit Stunden im Wald, am Hang hinter Oberweilersreuth, in aller Frühe, gleich nach dem Stall, war er hinaus. Er ging von Baum zu Baum, hatte die Holzliste in der Hand und maß und prüfte, welche Stämme er im Winter für seinen Neubau schlagen sollte. Ein schönes neues Wohnhaus wollte er bauen für den Nebenhof, das alte hatte er im letzten Jahr abgerissen. Das Tragholz und das Dach waren morsch gewesen und durchgefault, das machte keinen Sinn mehr, es zu reparieren. War auch schon über hundertfünfzig Jahre alt, katastrophal isoliert und stand seit zwanzig Jahren leer. Nur die Obstkisten waren drinnen gestapelt, sonst nichts. Da war nichts mehr zu retten. Die Balken hatte er zersägt und den ganzen Winter damit geheizt, die Steinbrocken auf die Wege verteilt. Das musste man alle paar Jahre tun, denn mit den schweren Maschinen heute drückte man immer alles in den Schlamm. Die Wege hatten halt keinen Unterbau.

Zwei Drittel seiner Holzliste waren bereits abgearbeitet. Die Liste stammte vom Zimmermann, der den Holzständer des Hauses geplant hatte, also das Fachwerk außen und innen. Die Balken hatte er inzwischen so weit alle beieinander, die konnte er auf der Liste schon abhaken. Jetzt brauchte er noch ein paar Lärchen, weil er den Schuppen hintenraus aus Lärche machen wollte, auch mit Lärche verkleiden. Das war ein dankbares Holz, weil es hart war und harzig, manchmal mit richtigen Harznestern drin, und weil es ewig hielt. Lärche faulte nicht. Hobeln ließ sie sich zwar nur schlecht, wegen dem Harz und weil sie spreißelte, aber gehobelt brauchte er es auch nicht. Sägerau würde völlig genügen. Lärche musste man auch nicht behandeln, die wurde im Lauf der Zeit einfach silbergrau und sah Jahrzehnte lang schön aus. Er freute sich schon auf den Schuppen, der würde ein Schmuckstück werden, wie der gesamte Nebenhof, wenn er einmal fertig war. Da würden dann seine Schwiegerleute einziehen, das wäre wie ein richtiger Austragshof. Dietzhofer mochte diese alten Traditionen und versuchte sie zu pflegen, deshalb baute er ja auch ein Fachwerkhaus. Und die alten Leute ins Heim schicken kam überhaupt nicht infrage. Bei so etwas musst du immer denken, du bist das selber. Und dann?

Er hatte gerade einen weiteren Strich auf seiner Holzliste gemacht, um dann den Baum fürs Fällen im Winter zu markieren, da sah er vorsichtshalber noch einmal nach dem Grenzverlauf. Da drüben muss der Stein stehen, dachte er und entdeckte auch, wo er ihn vermutete, eine leicht eckige Erhebung im Waldboden, schön grün mit Moos überwachsen. Ja, das muss der Stein sein. Und hier, folgte er mit seinem Blick einer kaum erkennbaren Linie, verläuft die Schneise hinunter zum nächsten. Scheiße, dachte er sich, der steht ja gar nicht mehr bei mir. Der Baum gehört ja dem Deininger – und mit dem war nicht zu spaßen. Der Deininger war ein ganz Spezieller, mit dem kam keiner gut aus. Der zog den Streit richtig an. Gut, dass er sich noch einmal vergewissert hatte, das hätte nur Ärger gegeben, wenn er den Baum markiert, geschweige denn im Winter gefällt hätte. Mannomannomann!

Dietzhofer faltete die Holzliste zusammen, steckte sie in seine Jackentasche und machte sich erneut auf die Suche. Drüben, jenseits vom alten Steinbruch, überlegte er, da am

Hang, da hab ich noch ein paar Lärchen. Mal sehen, ob ich da die richtige finde.

Soll ich hinuntergehen zum Weg, dachte er sich, und auf dem neu gemachten Forstweg ...? Ach was, ich gehe quer durch den Wald bis zum Steinbruch und dann hinauf. Da kann ich gleich mal in den Steinbruch sehen, ob da wieder jemand seinen Müll abgeladen hat. Seit der Forstweg hier hinauf gemacht worden war, lud immer wieder irgendjemand dort seinen Müll ab. Und der, der das tat, war nicht doof, denn es war nie etwas Persönliches dabei, ein Brief mit Anschrift oder so. Schon drei Mal hatte er Müll von dort aufgeladen und weggefahren und ihn immer nach einem Hinweis auf das Dreckschwein inspiziert, aber nie etwas gefunden. Dietzhofer hatte ja den Deininger im Verdacht, dem traute er so etwas zu – wenn es nicht irgendwelche Leute aus der Stadt waren. Glaubte er aber nicht dran, dazu lag der Steinbruch viel zu weit abseits, außerdem fielen Fremde auf, wenn sie hier in den Wald fuhren. Der Deininger aber hatte hier Wälder, und der fiel nicht auf, wenn er durch den Wald fuhr. Aber beweisen konnte er ihm natürlich nichts. Also behielt er seinen Verdacht schön für sich und hielt brav seine Klappe. Es wäre unklug, solche Verdächtigungen zu äußern, denn so etwas ging im Dorf schnell herum – und dann holt es dich von hinten wieder ein und du hast nur Ärger, dachte sich Bauer Dietzhofer. Nein, nein, mit einem Nachbarn streitet man nicht, das hatte ihm schon sein Großvater eingebläut. Auch wenn der noch so ein Arschloch ist. Wenn du mit deinem Nachbarn streitest, wirst du deines Lebens nicht mehr froh, das kriegst du nie wieder weg. Selbst wenn der Nachbar komisch ist und Sachen macht, die dich ärgern: Sieh drüber weg und denk nicht dran, das ist allemal besser als Streit.

Dietzhofer trat aus dem Wald auf eine kleine Lichtung. Das Gras hier war vollkommen aufgewühlt, ja fast umgepflügt. Wildschweine, dachte er sich, jetzt fängt das wieder an. Im letzten Jahr waren die eine richtige Plage gewesen, waren unten auch ins Korn eingebrochen und im Herbst in den Mais. Fünfzehn Stück hatten sie im Herbst erlegt, das waren etliche gute Braten, und verkauft hatten sie die auch ganz gut, die Städter waren richtig wild auf das Fleisch. War illegal, klar, aber den Städtern war das egal. Hauptsache Wildschwein. Das war das Gleiche wie mit den Bibern, die rissen sie dir nur so aus der Hand. Hatten aber auch ein leckeres schwarzes Fleisch – und wenn es zu viele wurden, musste man die Population halt eindämmen. Durfte man zwar nicht laut erzählen, weil sonst hatte man gleich wieder die Tier- und die Naturschützer am Hals, aber von Landwirtschaft hatten die ja keine Ahnung. Mit den Bibern klappte das viel besser, wenn man die abschoss, da hatte man erst einmal wieder ein paar Jahre Ruhe. Aber die Wildschweine? Je mehr du davon schießt, desto mehr wachsen nach, eigentlich wusste das jeder. Und desto schneller. Trotzdem – wenn sie die Äcker verwüsten und die Ernte, dann musst du etwas tun. Sah ganz schön wild aus auf der Lichtung, aber hier war es ja egal.

Dietzhofer schlug sich am Lichtungsrand gegenüber durch Brombeer- und Schlehenranken und trat wieder in den Wald. Die Vormittagssonne leuchtete in Streifen durchs Geäst, malte Sonnenflecken auf Heidelbeersträucher und Moos, der letzte Morgendunst waberte durchs Licht, und ab und zu sprang ein Hase auf und flüchtete. Spinnfäden glänzten. Oben klopfte ein Kleinspecht und äugte zu ihm herunter, seltener Vogel hier, ansonsten hörte er nur Meisen, von weit den Schrei eines Kleibers. Es roch nach Rinde,

Pilz und Moos, und unter seinen Stiefeln knackten trockene Äste. So stieg er längs des Hanges leicht bergan hinüber zu der Stelle, wo er noch Lärchen vermutete.

Zehn Minuten später erreichte er den Rand des Steinbruchs.

»Siggers!«

Siggers zuckte zusammen. Er saß in seinem Zimmer unterm Dach und verstand die Welt nicht mehr. Der Girch musste doch anrufen! Warum rief denn der nicht an?

»Siggers!!«

Die Stimme seiner Mutter klang schon wieder so gereizt. So gehässig und widerlich. Oh, wie er diese Stimme hasste! Aber nicht mehr lange, warte nur ab! Bald bin ich frei und kann mein eigenes Leben leben! Wenn nur der Girch endlich ...

»Siggers!!!«

Siggers stapfte die Treppe hinunter.

»Ja, Mama?«

Die Mutter stand in der Speis vor dem Vorratsregal und deutete auf die Flaschen.

»Siggers – wo ist der Schnaps?«

Siggers stellte sich dumm, das konnte er gut. Gucken wie eine Kuh und sich wegdenken.

»Welcher Schnaps?«, fragte er scheinheilig.

»Der Zwetschger. Gestern stand er noch da!«

»Ich hab keinen ...«

Natürlich hatte er. Aber das musste die doch nicht merken, da standen doch so viele von den Flaschen. Jeden Herbst musste er die Zwetschgen hinten im Garten aufsammeln, säubern und in die Fässer schmeißen, sie einmaischen und wochenlang jeden Tag einmal rühren und stampfen, bis sie sich endlich absetzten. Und dann die scheißschweren Fässer zum Kreuzer rüberfahren mit der Sackkarre, damit der daraus Schnaps brannte. Die ganze Speis stand voll mit den Flaschen – und jetzt merkte die, dass eine fehlt?! *Eine?* Das gibt's doch gar nicht.

Siggers schüttelte nur störrisch den Kopf. »Nee. Keine Ahnung.«

Patsch. Schon hatte er eine sitzen. Mit der flachen Hand, mitten ins Gesicht.

»Lüg mich nicht an, eklige Missgeburt! Wo ist der Schnaps!?«

Siggers war erstarrt. Sagte gar nichts mehr, schaute nur auf den Boden. Abwesend.

Patsch, schon hatte er wieder eine gefangen.

Siggers schnaufte tief durch. Er bebte. Dann machte er einen Schritt nach vorn und packte die Mutter am Hals. Erst fest, dann immer fester und fester. Aber das musste er ja, weil die so schrie. Die musste doch aufhören zu schreien! Und loslassen konnte er auch nicht, denn dann wäre ja erst recht die Hölle los.

Endlich wurde die Mutter leiser, sie röchelte nur noch, dann war sie still und sackte in sich zusammen.

Endlich!, dachte sich Siggers, endlich ist sie still! Warum nur ruft der Girch nicht an? Ich muss einmal rüber zu ihm, fragen, was da los ist.

Siggers ließ seine Mutter liegen, das würde ein Theater geben, wenn die wieder zu sich kam nachher, und verließ das Haus. Er wollte einmal nach dem Girch sehen.

Beim Girch vor dem Haus stand Polizei.

Jetzt haben die doch tatsächlich schon wieder Müll ... diese Drecksferkel! Oh, wenn ich euch einmal erwische!, fuhr es Bauer Dietzhofer durch den Kopf, als er den Rand des Steinbruchs erreicht hatte. Er sah hinunter in das Geviert.

Klamotten waren es dieses Mal, ein ganzer Berg, ein richtig dickes Knäuel – und was für welche! Die sahen ja vielleicht aus ...

Da bemerkte er die Haare.

Dann den Kopf.

Scheiße.

Es war wirklich ein Kopf! Und Arme ... und ein Bein ... und noch eines!

»Das ist doch ... das ist ja ...!«

Dietzhofer rannte an der Kante entlang und hastete drüben den Abhang hinunter zur Einfahrt in den Steinbruch. Steine spritzten, Äste schlugen ihm ins Gesicht, er strauchelte mehr, als dass er rannte. Aber er spürte nichts, stolperte über Wurzeln, rannte wie in wilder Trance. Dann stand er an dem Bündel.

»Aber das ist doch ...! Herr im Himmel ... das ist doch ...«

Dem Bauern wurden die Knie weich. Er bekreuzigte sich. Und bekreuzigte sich. Und bekreuzigte sich.

Dann brachen seine Knie weg, der schwere Körper sackte ein und kippte seitlich auf die Steine. So lag er da, halb auf dem Rücken, die Beine angewinkelt. Er sah noch, wie es schwarz wurde um ihn, dann war er weg. Ein Eichelhäher schrie.

»Siggers!«

Girchs Mutter hatte ihn entdeckt. Obwohl er sich doch hinter einem Baum versteckt hatte! Der Siggers erstarrte. Krampfhaft dachte er nach. Hatte der Girch seiner Mutter wohl wieder eine geschmiert? Das hatte sie ja angedroht: Das nächste Mal hol ich die Polizei. Hatte der Girch erzählt. Und jetzt war sie da, die Polizei. Aber das konnte nicht sein, der Girch konnte ja nicht mehr stehen, so mit einem Bein. Das würde dauern, bis das verheilt war und der seine

Prothese hatte. Außerdem hätte der ja gar nicht herlaufen können nur mit einem Bein. Oder nur auf dem anderen hüpfen. Aber das schaffte der nicht, diesen weiten Weg.

»Siggers, komm mal her!«

Girchs Alte rief schon wieder. Die kommandierte und keifte schon wie seine.

»Siggers! Wo ist der Girch?«

War er also doch nicht hergehüpft! Und auch nicht geholt worden. Hat der denn nicht angerufen?

»Siggers!! Her jetzt!!«

Da war Siggers losgerannt. Den Weg hinauf am Bach entlang zum Wald hin.

»SIGGERS!!!«

Er nahm den Ruf schon nicht mehr wahr.

Im Steinbruch lag der Girch, die Säge neben ihm, fachgerecht ausgeschaltet, der Benzinhahn zu, die Sägezähne voller Fleisch und Blut. Neben dem Girch lag sein eines Bein, im Oberschenkel fast vollständig abgetrennt, die Schnapsflasche daneben, leer, ein Handy und der Dietzhofer. Und alles voller Blut. Er hätte nur noch anzurufen brauchen für die Rettung. Und für die Rente. Siebzig Prozent bekommt man für ein abbes Bein, so hatte's der Henners gesagt.

Aber siebzig Prozent von was?

Und auch von wem?

Das konnte der Siggers nicht sagen. Von der Versicherung, und lebenslang, das wusste er. Auch dass es viel war, wohl genug für zwei. Und dass die Versicherung bezahlt, das hatte die Mutter vom Girch ja damals bei der Fensterscheibe gesagt.

»Ich will zu meiner Mama«, heulte der Siggers dann. Die Mama aber lag daheim in der Speis und rührte sich nicht mehr.

Thomas Kastura
Mafia Bamberga

Ein langer, nicht enden wollender Rülpser schallte durch die Bamberger Polizeiinspektion. Die Fensterscheiben erzitterten.

»Mahlzeit!«, sagte Kommissar Küps im Tonfall einer milden Ermahnung und dachte an die letzte Betriebsfeier zurück. In seinem Büro war es schon bedeutend geräuschvoller zugegangen.

Doch dann erreichte ihn die Geruchswolke, welche dem Rülpser folgte: abgestandenes Bier, Schnaps unterirdischster Herkunft sowie Magensäfte, die auf den Genuss von Zwiebelfleisch und Schlimmerem hindeuteten.

»Du alter Dreckbär!«, entfuhr es ihm. »Fühlst dich wohl wie dahamm?«

Der Rauchbier-Rudi zuckte mit den Achseln. Er war ein gern gesehener Gast bei der Bullerei, wusste er doch stets Ergötzliches aus dem Bamberger Nachtleben zu berichten. Als Obdachloser kriegte er viel mit. Zum Beispiel konnte er präzise sagen, welcher feuchtfröhliche Stadtrat X zur Stunde Y Laternenpfahl Z umarmte. Seinen Spitznamen hatte der Rudi bekommen, weil er kein normales Bier trank, sondern ausschließlich Rauchbier. Für ihn war das eine Frage des Geschmacks und der Würde. Kein Lager, kein Helles, kein verdammtes Pils – nur Rauchbier. Alles andere soff er durcheinander, wie es gerade kam. Wodka, Franzbranntwein, Hauptsache Prozente.

»Noch mal von vorn«, versuchte es der Kommissar. »Wo genau hast du die Geldtasche gefunden?«

»Beim Pinkeln.«

»In dem Toilettenhäuschen am ZOB, gestern Abend um halb neun. Das hatten wir schon!«

»Echt?« Der Rauchbier-Rudi war immer noch rabenfett. Er öffnete den Mund zu einem weiteren Rülpser.

»Pass bloß auf!«, warnte ihn Küps. Über die Grundmuffigkeit seines Gegenübers sah er zwar großzügig hinweg, das Leben auf der Straße war kein Zuckerschlecken. Doch ein bisschen Beherrschung war nicht zu viel verlangt.

Es wurde ein Aufstoßer, den jeder züchtig nennen musste, der den Rauchbier-Rudi kannte. Er dachte scharf nach. Dieses Mal war er in einer ernsten Sache beim Küps, den er als Erstes immer fragte, ob er aus Oberküps oder Unterküps bei Ebensfeld stammte. Worauf Küps immer erklärte, dass Küps im Landkreis Kronach liege, also ganz woanders, er selber aber ein alteingesessener Bamberger aus dem Mühlenviertel sei.

»Wie war die Frage noch mal?«, lallte Rudi schließlich.

»Das Geld«, beharrte der Kommissar. »Wo hast du es gefunden?«

»Neben dem Klo.«

»Ganz sicher? Nicht neben dem Pissoir oder beim Waschbecken?«

»Klo.«

»Ist dir irgendjemand aufgefallen, dem die Tasche gehören könnte?«

»Nein.«

Küps machte eine Notiz. »Und warum hast du uns nicht gleich verständigt? Warum hast du erst heute Morgen eine Streife angehalten und den Kollegen zur Begrüßung auf die Kühlerhaube gekotzt?«

Der Rauchbier-Rudi machte eine fahrige Geste. »Also die

Daschn, die war so weich und bequem. Da hab ich sie einfach als Kissen benutzt. Zum Schlafen.«

»Eine Tasche mit fast dreißigtausend Euro? In losen, nicht durchnummerierten Scheinen.« Küps schnaufte durch. »Also, wer da nicht in Versuchung gerät ...«

»Geld verdirbt den Charakter. Hat schon mein Vater gesagt.«

»Aber für Notfälle zweigt man vielleicht etwas ab ...«

Jetzt merkte der Rauchbier-Rudi auf. »So einer bin ich net! Frag doch deine Kameraden, ob die was geklaut haben von dem Scheißgeld! Ich fass des Deufelszeuch net an!«

Mehr bekam der Kommissar aus der bekanntermaßen ehrlichen Haut nicht heraus. Eine Tasche mit einer ansehnlichen Geldsumme war im Toilettenhäuschen am ZOB »vergessen« worden. Was hatte es damit auf sich?

Die Tür öffnete sich, und Brandeisen stürmte herein. In Windeseile hatte sich die ominöse Fundsache bei den Gesetzeshütern herumgesprochen. »Wo ist die Tasche?«

Sie lag auf Küpsens Schreibtisch, ein billiges Fabrikat ohne Markenbezeichnung, dunkelgrau, aus Polyester. Fingerabdrücke waren bereits genommen worden. Daneben in ordentlichen Stapeln mit ein paar Münzen: 29.975,60 Euro.

Der Staatsanwalt betrachtete das Geld, als habe er eine Erscheinung. »Wissen Sie, was das ist? Ein ganz großer Fall! Der Beginn einer wunderbaren Ermittlung, die uns in ganz Franken, ach was, bundesweit berühmt machen wird.« Er war so aufgeregt wie ein Teenager beim ersten Rendezvous.

»Ich kann's kaum erwarten«, brummte Küps.

Der Rauchbier-Rudi wurde auf eigenen Wunsch in die Ausnüchterungszelle verfrachtet. Dort hatte er es schön warm und sauber. Am Mittwoch gab es immer Linsen mit Spatzen. Die mochte er für sein Leben gern.

Im Büro des Kommissars rauchten derweil die Köpfe. Operative Fallanalyse nannte der Staatsanwalt das, was für Küps nur das übliche Rätselraten war. Sie hatten so gut wie keine Hinweise.

»Das ist garantiert schmutziges Geld«, sagte Brandeisen. »Dreißigtausend. Damit lässt sich eine Menge anfangen.«

»Was denn?« Küps spielte wieder mal den Stichwortgeber.

»Vielleicht haben wir es mit einer fehlgeschlagenen Übergabe zu tun. Ich sage nur: Parteispendenskandal!«

»In Bamberg?«

»Die CSU ist bettelarm, seit sie sich mit den letzten Wahlkämpfen übernommen hat. Und die restlichen Parteien pfeifen sowieso aus dem letzten Loch. Die können alle eine kleine Finanzspritze vertragen.«

»Bestechung?«, zweifelte Küps. »Die ist bei uns viel billiger zu haben: Geben Sie den Burschen einen Schweinsbraten und ein Bier aus, dann stimmen die schon richtig ab.« Er schüttelte den Kopf. »Nicht, dass es irgendwas ändern würde.«

»Ein Punkt für Sie.« Brandeisen respektierte das Insiderwissen des Kommissars. In Fragen der Bamberger Politik war der Staatsanwalt schon manchem Irrtum aufgesessen. »Wie wäre es mit einer Entführung?«, schlug er vor. »Jemand wird erpresst und hat Angst, sich an die Polizei zu wenden. Also hat er das Lösegeld in der öffentlichen Bedürfnisanstalt am Zentralen Omnibusbahnhof deponiert.«

Diese Bandwurmwörter! Küps fragte sich, ob Brandeisen schon als Tüpferlesscheißer auf die Welt gekommen war. »Dreißigtausend Euro. Wen wollen Sie denn mit so einem Kleckerbetrag auslösen? Den Leiter der Verkehrsplanung?«

»Gilt er denn als vermisst?«

»Schmarrn! In Bamberg gibt es doch gar keine Prominenten, die man halbwegs rentabel entführen könnte.«

Brandeisen warf sich in die Brust und wollte im Hinblick auf seine eigene Wenigkeit widersprechen. Dann begriff er, was Küps meinte. Heimatpresse und Lokalstolz behaupteten zwar hartnäckig das Gegenteil, doch wahre Prominenz war in Bamberg dünn gesät. Es gab zwar zahlreiche Kandidaten, die sich auf ihrem Gebiet für bedeutend hielten. Wenn man die Stadtgrenzen jedoch um wenige Kilometer überschritt, kannte sie niemand mehr. »Vielleicht handelt es sich gar nicht um ein Lösegeld«, mutmaßte er.

»Sondern?«

»Das Geld ist eine Belohnung dafür, dass man nie wieder etwas von der betreffenden Person hört oder sieht. Mir kommen da so einige Gestalten in den Sinn.«

»Mir auch.« Küps nickte gewichtig. Dann musste er lachen. »Aber einen Auftragsmord gab es in Bamberg noch nie.«

»So?«

»Denken Sie nach! Ein Oberfranke, von Natur aus sparsam, würde nie so viel Geld ausgeben, um jemandem das Licht auszublasen. Solche Angelegenheiten erledigt er eigenhändig.«

»Auch wieder wahr.« Der Staatsanwalt verstand, worauf der Kommissar hinauswollte. Er legte zwar Wert auf einen hochdeutschen Umgangston, doch tief in seinem Herzen war er Bamberger. »Schließen wir die Eingeborenen also aus.«

»Einverstanden.«

»Bleiben die Ausländer.«

»Bayern? Preußen?«

87

»Nein, alle. Von überall her.«

Küps erhob sich und blickte aus dem Fenster, wie es Kommissare seit Urzeiten taten. Es wirkte irgendwie ... gedankenvoll. Er fand, das passte zu ihm. Schließlich hatte Brandeisen den Part der Intelligenzbestie nicht für sich allein gepachtet. »Ausländer«, wiederholte er und drehte sich um. »Machen Sie jetzt auf Sarrazin?«

»Keineswegs!«, entrüstete sich der Staatsanwalt. »Ich spreche nicht von unbescholtenen Bürgern, die sich bei uns niedergelassen haben, um ihrem Leben eine neue Richtung zu geben.«

»Wovon sonst?«

»Internationale Kriminalität.«

»Aha.«

»Wir steigen hinab in die Höhlen des organisierten Verbrechens. Davon gibt es in Bamberg mehr, als Sie denken.«

»Halten Sie mich für naiv?«

»Nehmen Sie nicht alles so persönlich, Küps. Seien Sie mein Begleiter in die Unterwelt!«

»Und wo fangen wir an?«

»Bei der Mafia!« Brandeisen setzte eine verschlagene Miene auf. »Die haben jemandem ein Angebot gemacht, das er abgeschlagen hat. Oder so ähnlich.«

Der Kommissar runzelte die Stirn. »Welche Mafia meinen Sie denn? Die sizilianische, die kalabresische, die französische, die russische, die ukrainische, die rumänische, die serbische, die albanische? Nicht zu vergessen die amerikanische, unterteilt in Buffalo, Chicago, Cleveland, Detroit, Florida, Kalifornien, Milwaukee, New England, New Jersey, New Orleans, New York City mit den fünf großen Clans, Philadelphia, Pittsburgh, St. Louis und Seattle. Aber die sind meines Wissens bei uns nicht aktiv.«

Brandeisen hatte nicht mit einer derartigen Auswahl gerechnet. »Natürlich das Original«, sagte er rasch. »La Famiglia. Cosa Nostra. Die ehrenwerte Gesellschaft.«

»Na dann: Pack mer's!«

Küps brachte die Geldtasche in die Asservatenkammer. Dann machten sie sich auf den Weg.

Immer, wenn in Bamberg eine neue Pizzeria aufmachte und der Besitzer einen Mercedes fuhr, kursierte das Gerücht: Da hat die Mafia ihre Hände im Spiel. Zum Bedauern der unterbezahlten Polizei war jedoch noch kein Consigliere mit Schmiergeldangeboten oder wenigstens einer Gratissalami an sie herangetreten.

Dennoch war klar, dass irgendwo im Fränkischen Rom ein Pate seine Fäden spann. So hatte sich das Stadtbild in den letzten Jahren merklich verändert. Wo früher in den Abendstunden nur Steppenbüsche über menschenleere Straßen wehten, herrschte inzwischen Jubel, Trubel, Heiterkeit. Jede verfügbare Freischankfläche war mit Tischen und Stühlen bestückt, die Leute tranken Vino Rosso und Espresso, man sprach von »italienischem Flair«. Das musste Methode haben!

Doch wo lag das Hauptquartier der Cosa Nostra-Dependance? Küps hatte ein bestimmtes Ristorante schon seit Längerem im Visier. Es war binnen Kurzem zum Szenelokal aufgestiegen und befand sich auf dem Michaelsberg, mit bester Aussicht auf Bamberg, zu Füßen der berühmten Klosterkirche.

Der Kommissar stellte seinen schlammfarbenen Opel auf dem Parkplatz ab. Das Auto nahm sich neben pechschwarzen Bonzenschüsseln und schnittigen Sportwagen wie ein Hundehaufen aus. Brandeisen war schon froh, dass sie es damit überhaupt den Berg hoch geschafft hatten. Die Kirchturmuhr schlug halb elf. Es war ein sonniger Septembervormittag.

Die beiden Ermittler wurden empfangen, als seien sie bereits erwartet worden. Ein Schrank von einem Mann mit Knautschgesicht und buschigen Augenbrauen führte sie in einen abgedunkelten Raum. Die Rollläden waren heruntergelassen, durch die Schlitze drangen Lichtstreifen herein.

Hinter einem Schreibtisch saß Don Federico. Er trug einen schwarzen Anzug und lächelte gewinnend wie ein Junge, der sich freut, seine Fußballkumpels zu sehen. »Buongiorno! Il commissario e il procuratore! Wenn das keine Überraschung ist! Was kann ich für Sie tun?«

Brandeisen und Küps nahmen Platz.

»Haben Sie sich extra für uns so herausgeputzt?«, fragte der Staatsanwalt.

Don Federico blickte an sich hinab und schnippte eine Fluse vom Revers. »Aber nein! Zufällig haben wir heute ein Familientreffen. Da muss man bella figura machen, non è vero?«

»Zufällig, so, so. Worum geht es bei diesem ... Treffen? Um die eine oder andere Gefälligkeit, die man sich gegenseitig erweist?«

»Wie das unter Verwandten so üblich ist.«

Brandeisen beschloss, nicht lange zu fackeln. »Sind Ihnen vielleicht dreißigtausend Euro abhandengekommen?«

»Sie fragen mich nach meinen Geschäften?«

»Nach Ihren Transaktionen, Machenschaften, Schiebereien. Nennen Sie es, wie Sie wollen!«

»Procuratore, procuratore!«, wunderte sich der Pate und strich mit dem Ringfinger über seinen dünnen Schnurrbart. Er stand auf und durchquerte gemessenen Schrittes den

Raum. »Was habe ich Ihnen bloß getan, dass Sie mich so respektlos behandeln?«

Der Staatsanwalt blickte sich um. War er in einem Film gelandet? In Bamberg wurden neuerdings sogar Hollywood-Streifen gedreht. Wo waren die Kameras versteckt?

»Ich kenne Sie schon lange«, sagte der Pate. »Sie nehmen immer den gleichen Tisch und bestellen Spaghetti aglio e olio, das billigste Gericht auf der Karte. Keine große Herausforderung für meine Küche. Ich kann mich nicht erinnern, wann Sie ein ganzes Menü in meinem Lokal gegessen haben. Aber heute kommen Sie zum ersten Mal zu mir um Rat oder um Hilfe.«

Das stimmte. Brandeisen war etwas knausrig, wenn er auswärts speiste. Aber was hatte das mit ihrem Fall zu tun?

Küps schritt ein. Der Staatsanwalt stellte sich an wie ein Anfänger. Mit dem Paten musste man anders reden. »Ich bitte um Entschuldigung, Don Federico, wir möchten Ihnen keine Unannehmlichkeiten bereiten. In der Innenstadt wurde eine größere Geldsumme gefunden, herrenlos, könnte man sagen. Und da haben wir uns gefragt, ob ein gut informierter Mann wie Sie etwas darüber weiß.«

»Ich bin kein Auskunftsbüro, auch wenn Sie es sich offenbar so vorstellen.« Don Federico sah betrübt auf die Ermittler herab. »Doch meine Antwort soll ein Geschenk an Sie sein zum Hochzeitstag meiner Tochter.«

»Verzeihung, das ist mir entgangen«, beeilte sich Brandeisen zu versichern. »Wie unsensibel.«

Mit einer Handbewegung gebot ihm der Pate zu schweigen. »Leider habe ich nicht die geringste Ahnung, wem diese Geldtasche gehört. Oder für wen sie bestimmt war.«

»Aber eine Tasche haben wir gar nicht erwähnt ...«

»Ich habe viele Augen und Ohren. Dreißigtausend, das

ist ... una bagatella. Uninteressant.« Don Federico machte eine Pause und schob den Unterkiefer vor, als hätte er Nackenschmerzen. »Ich liebe Bamberg. Ich möchte, dass Sie das wissen. Bamberg ist für meine Familie und mich das Paradies.« Er schaute Brandeisen und Küps lange an. »Wir sind nicht ins Paradies gekommen, um einen Apfel zu stehlen. Wenn Sie verstehen, was ich meine.«

Nach diesen Worten begleitete er die beiden hinaus und lud sie zur Feier des Tages auf einen Teller Antipasti ein. »Stärken Sie sich, damit Sie mit Ihrer Arbeit vorankommen. Die Hochzeit fängt erst in einer Stunde an. Seien Sie meine Gäste.«

Brandeisen hatte Skrupel, Küps nicht. Ein Happen zu essen war seiner Ansicht nach kein Bestechungsversuch. »Mille grazie.« Das wusste er noch von einem Urlaub am Gardasee.

Die Tische auf der Terrasse waren festlich eingedeckt, doch außer ein paar Kellnern ließ sich niemand blicken. Brandeisen und Küps waren ungestört. Sie nahmen Rindercarpaccio, leider kalt, wie Küps bemerkte. Der Pate war nach drinnen verschwunden.

»Aufgeblasener Kerl«, schnaubte der Staatsanwalt. »Möchte mal wissen, woher der schon wieder Bescheid weiß.«

»Die gesamte Kripo geht hier ein und aus. Die lieben Kollegen würden alles tun, um eine Reservierung zu bekommen.«

»Korruption, wohin das Auge reicht!«

»Vorauseilender Gehorsam«, präzisierte der Kommissar. »Die rufen Don Federico ganz von allein an.« Er schlang das letzte Stück rohes Fleisch runter. »Kein Wunder, schmeckt ja auch prima.«

»Kulinarisch war das schon mal ein guter Start.« Brandeisen faltete seine Stoffserviette zusammen. »Wohin jetzt?«

Küps funkte die Zentrale an, ob sich schon jemand gemeldet hatte, der dreißigtausend Euro vermisste. Fehlanzeige. »Zu den Russen.«

Sie fuhren ans andere Ende von Bamberg. Nach der Unterführung in der Memmelsdorfer Straße ging es irgendwann rechts. Mietskasernen und einförmige Häuserzeilen bestimmten das Bild. Der Himmel zog sich zu, und es war, als sänke die Temperatur um mindestens zehn Grad. Das Flair war nicht mehr südländisch, sondern sozialistisch.

Brandeisen hütete sich, darüber die Nase zu rümpfen. Er hatte seine Kindheit jenseits des Bahndamms im Osten der Stadt verbracht – da sah es eben so aus, wie es aussah. Die Gegend galt in besseren Kreisen allerdings als zweifelhaft. Nachdem der Staatsanwalt beruflich Fuß gefasst hatte, war er ins Berggebiet gezogen, wegen der Ruhe. Trotzdem dachte er mit Wehmut an die ungezwungene Zeit in Bambergs wildem Osten zurück, als es noch hieß, gleich hinter dem Hauptsmoorwald begänne der Todesstreifen.

Sie bogen auf das Gelände eines Supermarktes ein. Auf dem Parkplatz standen zahlreiche Rostlauben. Dieses Mal fiel das Küpsmobil nicht weiter auf.

»Wollen Sie einkaufen?«, fragte Brandeisen.

Der Kommissar stieg aus. »Am besten lassen Sie mich reden.«

Vor dem Supermarkt standen Paletten mit Sonderangeboten. Die Waren trugen ausschließlich Beschriftungen in kyrillischen Buchstaben. Er ging daran vorbei und steuerte auf eine Imbissbude zu.

Es gab nur einen einzigen Kunden. Nun war ja schon Küps von vierschrötigem Wuchs. Doch was da zusammen mit einer Flasche Wodka an einer Garnitur Gartenmöbel saß, war Küps mal drei, ein Mann wie ein Lenin-Monument: lange schwarze Lederjacke, ein Glatzkopf aus russischem Stahl, unbehaarte Wülste anstelle von Augenbrauen. Er glich einem Preisboxer, der ein paar Niederlagen zu viel kassiert hatte, und war bis zur Halskrause und darüber hinaus tätowiert. Offenbar hatte er die harte Schule diverser Strafvollzugsanstalten durchlaufen.

»Vadim, der Schlächter von Magnitogorsk«, raunte Küps dem Staatsanwalt zu und blieb ein paar Meter vor dem Monument stehen. Niemand sprach Vadim von sich aus an. Man wartete, bis man begrüßt wurde.

Aus dem Schatten der Imbissbude lösten sich finstere Gestalten, die einem Trainingslager für Meuchelmörder entsprungen schienen. Im Nu hatten sie die beiden Ermittler umringt.

Vadim entließ seine Leibgarde mit einem Wink, worauf sich die Gewitterwolke aus Muskeln, Fäusten und Händen in den Taschen verzog. »Zdravstvuj, Kommissar. Was machen die Kinder?«

Küps hatte keinen Nachwuchs, doch die Floskel gehörte zum üblichen Einschüchterungsritual. »Alles wohlauf, und selber?«

»Kann nicht klagen.« Vadim blickte in die Ferne, als erstreckten sich dort die Weiten der Taiga. »Was führt dich zu mir?«

Der Kommissar hielt sich nicht lange auf. »Es geht um dreißigtausend Euro. Lagen einfach so rum, mitten in der Stadt. Können Sie uns da irgendwie behilflich sein?«

»Es ist gefährlich, solche Fragen zu stellen.« Vadim ließ

die Worte ein paar Sekunden in der Luft hängen und richtete seinen Blick auf Brandeisen. »Wen hast du da mitgebracht?«

»Den Staatsanwalt.« Küps wollte Brandeisen vorstellen, doch der Russe unterbrach ihn.

»Das weiß ich! Aber ich weiß nicht, ob der Herr Prokuror mein Freund ist oder mein Feind.«

»Wenn ich an dieser Stelle auch etwas sagen darf«, fing Brandeisen an.

»Stoj!« Vadim machte eine Handbewegung, und wie aus dem Nichts standen zwei zusätzliche Bechergläser auf dem Tisch. »Verträgt dein Prokuror Wodka? Dann ist er mein Freund.«

»Muss das sein?«, sagte Brandeisen zu Küps, doch der legte den Finger an die Lippen und forderte ihn stumm dazu auf, gute Miene zum bösen Spiel zu machen.

Vadim wandte sich direkt an den Staatsanwalt. »Möchten Sie etwas über die russische Seele erfahren?«

»Warum nicht?« Brandeisen nahm Platz und fragte sich, ob die Klischees irgendwann ein Ende nahmen. »Schenken Sie ein!«

Und so geschah es. Vadim füllte die Gläser bis zum Rand. Die Flüssigkeit war nicht klar, sondern bernsteinfarben. »Eine Spezialität. Mit Honig und Pfefferschoten.«

»Sie leben ja nicht schlecht«, erwiderte Brandeisen.

»Johann Sebastian Bach«, sagte Vadim. Bei »Bach« stürzte er sein Glas hinunter.

Küps schätzte. Das waren locker 0,1. Nach dem ersten Schluck setzte er ab und rang nach Atem. Das Zeug brannte einem Löcher in die Speiseröhre. Mit Todesverachtung kippte er den Rest hinunter.

Brandeisens Glas war längst leer. »Ich muss schon sagen,

ganz ausgezeichnet! Diese Ausgewogenheit von Süße und Schärfe, zugleich kompromisslos im Abgang ...«

»Spasiba!« Vadim schenkte mit diabolischem Lächeln nach und brachte wieder seinen Johann-Sebastian-Bach-Spruch.

Küps sträubte sich, trank aber mit.

Brandeisen war wieder am schnellsten. »Bach. Sie sind ein Mann von Kultur!«

»Das ist eine traurige Geschichte.« Vadim seufzte und begann zu erzählen. Von seiner Jugend, als er aufs Petersburger Konservatorium gegangen war. Eine glänzende Zukunft als Bach-Interpret hatte vor ihm gelegen. Bis der Zusammenbruch der Sowjetunion ihm einen Strich durch die Rechnung gemacht hatte und er gezwungen gewesen war, sich nach handfesteren Berufsfeldern umzusehen. Noch heute könne er *Toccata und Fuge* im Schlaf spielen – was er sogleich unter Beweis stellte. Seine Mitarbeiter schafften ein Akkordeon herbei. Vadim brachte den Gästen ein Ständchen.

Drei Wodkas später sagte Brandeisen: »Die russische Seele ist nuancenreich.« Das trug ihm eine heftige Umarmung inklusive Bruderkuss ein.

Küps hatte bereits Schlagseite.

Vadim spendierte seinen neuen Freunden einen sauren Hering, damit sie wieder auf die Beine kamen. Dann erklärte er, dass er leider nichts über die dreißigtausend Euro wisse. Vielleicht sollte man den Bamberger Einzelhandel unter die Lupe nehmen. Der schleuse gerne mal ein Sümmchen an der Steuer vorbei.

Küps war völlig fertig, also fuhr Brandeisen. »Einzelhandel! Wo sollen wir da ansetzen?«, fragte er.

»Vadim hat doch keine Ahnung«, blubberte der Kommissar und kämpfte mit seiner Muttersprache.

Brandeisen schaffte es mit Mühe und Not zum Troppauplatz. Dort versorgten sie sich in einer Bäckerei mit Kaffee und Hörnla, einer Kombination, die jeden Franken stocknüchtern machte und neue Energien freisetzte.

»Sonst noch irgendeine Mafia, bei der wir es probieren könnten?«, fragte der Staatsanwalt.

»Keine, die bei uns viel zu melden hätte.«

»Heute Morgen klang das aber noch anders.«

»Na ja«, räumte Küps ein. »In Bamberg passiert nicht besonders viel. Prostitution, illegales Glücksspiel, Drogenhandel, Waffengeschäfte – das findet alles nur im Kleinformat statt, für den Hausgebrauch.« Plötzlich fiel ihm etwas ein. »An die Hells Angels hab ich noch nicht gedacht.«

»An wen?«

Küps erklärte, dass es sich dabei um eine Motorradrockergruppe handelte, die allerlei kriminellen Betätigungen nachging.

»Und was haben Motorradfahrer am ZOB verloren?«, zweifelte Brandeisen. »Nein, da liegen Sie falsch. Wo treiben sich diese Hells Angels überhaupt herum? Ich habe noch keinen von denen in der Stadt gesehen.«

»Aber auf dem Land«, konterte der Kommissar. »Bei der *Kathi* in Heckenhof.« Die *Kathi-Bräu* war ein beliebter Gasthof und ein Biker-Treff in der Fränkischen Schweiz. Das dunkle Lagerbier war legendär.

»Das sagen Sie nur, weil Sie Appetit auf ein Schäuferla haben«, mutmaßte Brandeisen.

»Ich brauch jetzt was Warmes im Bauch. Ein richtiges Mittagessen!«

Wenn Küps Hunger hatte, wurde er bockig. Angesichts

seiner geschwächten Konstitution hatte der Staatsanwalt ein Einsehen. »Gehen wir mal zu You Xie.«

»Häh?«

»Zum China-Imbiss im Uniiviertel.«

»Was wollen Sie denn da?«

»Haben Sie je von den Triaden gehört? Chinesische Mafia? Inzwischen operieren die weltweit.«

Der Kommissar stimmte widerstrebend zu. »Aber gibt's da was Anständiges zu essen?«

»Knusperente«, schwärmte Brandeisen. »Mit Bergen von Reis. Das hält tagelang vor.«

»Überredet.«

Brandeisen stellte den Opel mitten in der Fußgängerzone ab, schließlich repräsentierten sie das Gesetz. Die vielen Wodkas waren irgendwo in seinem Metabolismus versickert. Alkohol brauchte manchmal eine gewisse Zeit, um bei ihm Wirkung zu entfalten. Dagegen hatte Küps immer noch einen unsicheren Gang und schnürte dem forsch ausschreitenden Staatsanwalt hinterher.

»Hallo!« You Xie kam sofort hinter der Theke hervor. Er schüttelte Brandeisen die Hand und klopfte ihm auf die Schulter. »Wie geht's? Geht's gut? Wie viele Verbrecher hast du heute ins Gefängnis geschickt?«

Küps staunte nicht schlecht. Seines Wissens hatte Brandeisen keine Freunde. Und jetzt stand einer leibhaftig vor ihm.

You Xie und der Staatsanwalt kannten sich seit ihrer gemeinsamen Studienzeit. Brandeisen hatte nämlich zuerst einige Semester Germanistik in Bamberg belegt, bevor er auf Jura in Erlangen umgeschwenkt war. In beiden Fächern kam es darauf an, möglichst viel Unsinn zu verzapfen. Doch Juristen wurden dafür wenigstens einigermaßen bezahlt. In sentimentalen Stunden trauerte Brandeisen der Literaturwissenschaft hinterher. Wo sonst verbanden sich Schönheit und Wahrheit zu geistreichem Tun?

»Wo geht immer ein Gespenst um?«, fragte Brandeisen.

»Wo Geld ist«, antwortete You Xie. »Fontane!« Er hatte den Zitatentest wieder mal spielend bestanden.

»Tja, wir suchen ein Gespenst.« Der Staatsanwalt nahm seinen alten Weggefährten beiseite und setzte ihm den Fall auseinander. Die Triaden waren in Bamberg natürlich nicht aktiv, ebenso wenig wie die japanische Yakuza. You Xie bekam in seinem Imbiss jedoch so einiges mit, was nicht für fremde Ohren bestimmt war. Als Dissident, der sich für Pressefreiheit und Menschenrechte einsetzte und eine Zeitung für Auslands-Chinesen herausgab, verstand er es, genau hinzuhören.

»Am ZOB, sagst du? Abends um halb neun?« You Xie kratzte sich am Schädel. »Vielleicht suchst du einen Geschäftsmann. Jemanden, der jeden Tag viel Geld mit nach Hause nimmt.«

»Welcher Geschäftsmann läuft denn mit dreißigtausend Euro in der Tasche herum? Eine solche Summe trägt man doch zur Bank.«

»Wer traut schon einer Bank?«

»Auch wieder wahr.« Brandeisen nickte.

»Konfuzius sagt: ›Der sittliche Mensch liebt seine Seele, der gewöhnliche sein Eigentum.‹«

»Aber wie sollen wir diesen Menschen finden, der nur sein Eigentum liebt? Hast du irgendeinen Tipp?«

You Xie verfügte nicht nur über einen unerschöpflichen Zitatenschatz, sondern auch über gesunden Menschenverstand. »Leg dich auf die Lauer, mein Freund. Abends am ZOB.«

Küps hatte die Unterhaltung skeptisch verfolgt. Jetzt fiel es ihm wie Schuppen von seinem ausgebeulten Jackett. »Heilig's Blechla! Da hätten wir auch selbst draufkommen können!«

»Was darf's zu essen sein?«, fragte You Xie.

Brandeisen bestellte.

Sie fingen mit Suppe scharf-sauer an. Das Zeug war heiß und so gut gewürzt, dass es selbst den schlaffsten Rathausbeamten reanimiert hätte. Für den Hauptgang trieb You Xie seine Küchenschergen, allesamt Landsleute, lautstark zu Höchstleistungen an. Die Knusperente machte ihrem Namen alle Ehre. Zartes Fleisch, traumhafte Kruste – trotz kurzer Garzeit quasi das Schäuferla unter den asiatischen Gerichten. Als Nachtisch gab es Herbstrollen und Jasmintee. Küps fühlte sich wie im siebten Himmel und nahm noch ein Stützbier, um wieder auf Pegel zu kommen. Im Zuge der Nahrungsaufnahme war ihm bewusst geworden, dass die alten Chinesen in puncto Lebensweisheit mit den Franken verwandt sein mussten: Der Weg war das Ziel.

Der Abschied von You Xie war wieder sehr herzlich. Sie kehrten zum Wagen zurück. Unter dem Wischerblatt klemmte ein Knöllchen.

Brandeisen zerriss es in winzig kleine Fetzen. »Unverschämtheit!« Dann fuhr er zum nahegelegenen Omnibusbahnhof und parkte auf dem Gehsteig in Sichtweite des Klohäuschens. Es war noch reichlich Zeit bis zum Abend, das opulente Mahl forderte seinen Tribut. Hundschlagmüd stellten sie die Sitze in Liegeposition und hielten ein Verdauungsschläfchen.

Es klopfte. Küps schlug die Augen auf. Gerade waren noch gebratene Enten auf seinen Mund zumarschiert und hatten ihm ihre röschen Brüste dargeboten. Stattdessen glotzte ihn ein PÜDler durch die Scheibe an. Ein Blick aufs Armaturenbrett: 19.03 Uhr.

Der Kommissar gähnte ausgiebig. Dann möhrte er sich aus dem Wagen.

»Was is'n des!« Er wies auf das Polizeiwappen in einer völlig verdreckten Ecke der Windschutzscheibe und machte den Mann vom Parküberwachungsdienst rund. »Wir sind hier mitten im Einsatz. Sie behindern eine polizeiliche Ermittlung!«

Der PÜDler winselte um Gnade.

Küps zeigte sich barmherzig und befahl dem Störenfried, zur Wiedergutmachung zwei Kaffee zu organisieren, aber ruck, zuck! Er weckte Brandeisen.

»Wo sind wir?« Der Staatsanwalt brauchte eine Ewigkeit, bis er ansprechbar war. In seinem Kopf drehte sich alles. Er tastete wirr umher und hielt sich an Lenkrad und Türgriff fest. »Sofort anhalten!«

»Wir fahren doch gar nicht.«

»Karussell. Ich hasse Karussell!«

»Reißen Sie sich am Riemen, Mann! Sie haben nur einen Kater.« Küps drehte die Fensterscheibe herunter. »Frische Luft wird Ihnen guttun.«

»Um Himmels willen, schreien Sie nicht so!«

Es stellte sich heraus, dass Brandeisen mit Verzögerung auf den Alkohol reagierte. Alles, was er bei Vadim getrunken hatte, schlug erst jetzt und dafür umso heftiger durch. Er war ein wenig neben der Kapp.

Der Kaffee kam in einem Warmhaltebecher. Küps entließ den PÜDler. Dann flößte er Brandeisen ein paar Schlucke von dem heißen Gebräu ein.

Nach und nach bremste das Karussell, schließlich kam

es zum Stehen. »Dieser Wodka ist die reinste Zeitbombe.«

»Wird Ihnen hoffentlich eine Lehre sein.« Der Kommissar ließ sich in seinen Sitz sinken und ging in Wartestellung.

Die Observation des Klohäuschens begann.

Am Abend war der ZOB so belebt, wie es sich die Stadtplaner einst vorgestellt hatten. Aus allen Richtungen strömten Leute herbei und stiegen in Busse, die sie nach Hause brachten. Manche hatten einen Rucksack dabei oder Einkaufstüten. Die Toilette war relativ gut besucht. Man gab sich die Türklinke in die Hand und folgte dem Ruf der Natur.

Dann war es so weit. »Individuum mit verdächtiger Tasche«, meldete Küps. »Wusste ich's doch! Die Macht der Gewohnheit.«

Eine Frau schickte sich an, das Häuschen zu betreten. Ihre Tasche wies eine verblüffende Ähnlichkeit mit dem Corpus Delicti auf, obwohl streng genommen noch gar kein Delikt vorlag.

Vor dem Dameneingang hatte sich eine Schlange gebildet, aber bei den Herren war frei. Die Frau zierte sich nicht lange und nahm das Männerklo. Als sie wieder herauskam, presste sie die Tasche an sich, als habe sie Angst, das Ding zu verlieren.

»Zugriff!« Küps sprang aus dem Wagen und rannte los, Brandeisen hinterdrein.

»Hilfe, Überfall!«, kreischte die Frau, als sie den Kommissar auf sich zustürmen sah.

Er nahm die Verdächtige in den Polizeigriff. »Kripo Bamberg, halt die Pappn!«

Der Widerstand der Frau erlahmte. Doch was war das?

Küps schnüffelte. Ein wohlbekannter Geruch drang ihm in die Nase: Röststoffe. Überrascht stellte er fest, wen er da am Wickel hatte. »Die Kunni von der *Wörschtla-Hüttn*!«

Das Geständnis ließ nicht lange auf sich warten. Noch im Wagen des Kommissars gab die Kunni alles zu. Ja, am Tag zuvor habe sie das Herrenklo genommen, weil sonst alles besetzt gewesen sei. »Ich bin net zimperlich. Den ganzen Tag Wörscht braten. Irgendwann hat man halt seine Bedürfnisse.«

»Sie brauchen nicht ins Detail zu gehen«, meinte Brandeisen. Auch er kannte die Frau, die da auf dem Rücksitz neben ihm saß. Sie betrieb einen Imbiss auf dem Grünen Markt und verkaufte die besten Bratwürste der Stadt.

»Der letzte Bus nach Hallstadt fährt immer pünktlich ab«, fuhr sie fort. »Da hab ich mich gschickt und in der Hektik mei Daschn vergessen.«

»Wie sah die aus?«, fragte Küps.

Die Kunni beschrieb die Tasche haargenau.

»Und was war da drin?«

»Mei Tagesumsatz. 29.975 Euro und 60 Cent.«

Auch die Höhe der Summe stimmte. »So hoch ist Ihr Tagesumsatz?«, wunderte sich der Kommissar. »Da müssen Sie aber viele Wörscht auf den Grill schmeißen.«

»Jeder, wie er kann«, sagte sie stolz.

Küps hatte es schon lange vermutet. Die *Wörschtla-Hüttn* sah zwar unscheinbar aus, stellte jedoch eine wahre Goldgrube dar. Ganz Bamberg war verrückt auf Kunnis Bratwürste, die sie von einer Landmetzgerei bezog und mit jahrzehntelanger Erfahrung zu rösten verstand. Die Kunni selber galt als Original. Im Laufe der Zeit hatte sich ihre

Anatomie immer mehr der Beschaffenheit ihrer Brötla angeglichen: ovale Kipfform, saftig in der Mitte, die Wurstenden bzw. Beine standen irgendwie heraus.

»Warum haben Sie den Verlust der Tasche nicht einfach gemeldet?«, hakte Brandeisen nach.

»Dann weiß des Finanzamt ja gleich, was ich verdien«, erwiderte die Frau.

»Sollte es das nicht?«

»Ich zahl mei Steuern, so is des net!« Die Kunni druckste herum. Offenbar lag ihr etwas auf der Seele. »Aber wenn sich rumspricht, wie viel ich jeden Tag einnehm, dann kommt die bucklige Verwandtschaft und hält die Hand auf. Die denken dann, ich wär die Caritas.«

»Verstehe«, sagte der Staatsanwalt. »Niemand darf erfahren, wie reich Sie sind.«

»Geht ja auch niemand was an.«

Für eine Weile herrschte Schweigen im Auto. Keine Mafia, keine kriminellen Umtriebe. Schlicht und ergreifend Geiz, der in Anbetracht fränkischer Familienverhältnisse nicht einmal unbegründet war. Und um die Steuern der Wurstbraterin sollten sich mal schön die Finanzer kümmern. Solange nichts gegen die Kunni vorlag, gab es auch keinen Grund zu ermitteln.

Am Ende übernahm es Küps, sich bei der Frau zu entschuldigen. Er konnte ja nicht ahnen –

»Mei Bus is fort!«, beschwerte sich die Kunni. »Wie komm ich jetzt heim?«

»Wo wohnen Sie denn?«

»Und mei Geld? Wiedersehen macht Freude!«

Also fuhr der Kommissar zur Polizeiinspektion, übergab die Kunni dem Wachhabenden und bat sie, ein paar Minuten Geduld zu haben. Der drohende Papierkrieg wegen der Herausgabe der dreißigtausend Euro versetzte ihn in Angst und Schrecken. Mittlerweile war er total groggy.

»Können Sie das nicht erledigen?«, fragte er Brandeisen. »Mit einem Federstrich und fertig?«

»Auch das noch!« Dem Staatsanwalt steckte der aufreibende Tag erst recht in den Knochen und nicht nur dort, sondern auch im Magen und im Blut. Doch es war wohl am besten, dieses traurige Kapitel schnell hinter sich zu bringen. Einstellung des Ermittlungsverfahrens, et cetera, et cetera.

Wie zwei begossene Pudel standen sie an der Pforte und warteten darauf, dass sich einer von beiden in Bewegung setzte und den Anfang machte.

Da tauchte plötzlich der Rauchbier-Rudi auf. Er hatte in aller Ruhe ausgeschlafen und war wieder nüchtern. Zum Abschied winkte er einem Wachtmeister zu, der ihm schnell noch ein Käsebrot zusteckte.

»Mahlzeit!«, sagte er munter kauend, als er an dem deprimierten Duo vorbeiging.

Brandeisen und Küps schauten sich an. Dann kam das Sodbrennen.

Tessa Korber
Das Loch

Das Forchheimer Rathaus stand noch. Seit die Stadt Gengenbach die Idee geklaut hatte, bildeten seine erleuchteten Fenster zwar nicht mehr den »größten«, sondern nur noch den »schönsten« Adventskalender der Welt; aber was man hatte, hatte man.

Weg war allerdings die gesamte östliche Häuserzeile, der Juwelier, die Boutique und der Bäcker; das Areal zur Holzstraße offen wie nach einem Dammschnitt. Unter anderem war das Lieblings-Frühstücks-Café des Lokalredakteurs Fritz Häfner verschwunden.

»Du denkst an Kaffee, Mann, das war unersetzliche Bausubstanz«, meinte Peter Gmeinsen, Archäologiestudent und Volontär bei den *Nordbayerischen Nachrichten*.

»Halb so schlimm, war doch bloß Barock, höchstens.«

Sie betrachteten das Foto, das Häfner geschossen hatte und das die nächste Titelseite zieren sollte unter der Überschrift: »Das Loch wird zugemacht«. Es zeigte die Einsturzstelle mitsamt den halbverfallenen umliegenden Häusern, den kreuz- und querliegenden Balken, die die enorme Tiefe des Risses verdeckten, der sich da von einem auf den anderen Tag aufgetan hatte, und das rotweiße Absperrband. Ein Witzbold hatte ein handgemaltes Schild aufgestellt, das hinunterwies und die Aufschrift trug: »Tor zum Hades, 666 km«.

»Man merkt, dass ihr hier ein humanistisches Gymnasium habt.«

In dessen Turnhalle es aussah wie in einem bosnischen Flüchtlingslager. Oder flüchtete man heutzutage anderswo?

Die evakuierten Familien der umliegenden Häuser kampierten dort, Carepakete-beschenkt, Seelsorger-betreut und von einem begeisterten THW versorgt, das hauptsächlich die spendenwilligen Mitbürger und ihre Altkleidergaben abzuwehren hatte, die zur Plage zu werden drohten. Der Pausenhof sah aus wie eine Kreuzung aus Sperrmülltag, Flohmarkt und Gazastreifen, zur großen Freude der Kinder und zum Ärger der Eltern, die täglich vor dem Büro des Bürgermeisters standen und Eingaben machten bezüglich des Ersatzes ihres Wohneigentums.

Versicherungsvertreter mit Klemmblöcken schlichen um die Unglücksstelle, faszinierte Feuerwehrleute, ratlose Geologen, Statiker, Tiefbauingenieure, Katastrophenschutzberater, die die Warum-Frage durchkauten, neugierige Hunde und wagemutige Teenager. Eine Dönerbude hatte sich nähergewagt, und der Kinderschutzbund verkaufte Kaffee für einen guten Zweck.

Aber jetzt war zumindest eines entschieden: Morgen würden lastwagenweise Sand, Kies und Bauschutt herangekarrt, mit Sondergenehmigung durch die Fußgängerzone der Altstadt geleitet und in das Loch gekippt werden, bis es wieder geschlossen war. Früher wäre daraus vielleicht eine Pilgerstätte geworden, mit ansässigem Eremiten und einer Kapelle, in der man über die strafende Hand Gottes hätte meditieren können: Sodom, Gomorrha, Jericho, Forchheim. Heute fand sich nicht mal *ein* Verrückter, der daraus ein Denkmal machen wollte. Alle wollten ihr Café wiederhaben.

Nur Peter Gmeinsen hatte eigene Pläne.

»Haben sie deine Petition abgeschmettert?«, fragte Häfner mit flüchtigem Mitfühlen.

»Da unten ist etwas zu finden, das spüre ich.« Gmeinsen legte erbittert die Zeitung weg. »Aber diese Ignoranten von der Stadtverwaltung wollen ja nicht hören. Da haben sie Jahrzehnte gebraucht, um zu entdecken, dass sie einige der ältesten Wandmalereien Süddeutschlands in ihrer Kaiserpfalz haben. Aber das Wunder ist geschehen. Und jetzt? Jetzt haben sie die einmalige Chance, die echte Pfalz zu finden, den Ort, an dem deutsche Könige residiert haben. Und was tun sie?«

»Sie denken an die Sicherheit.«

»Sie haben mir nicht mal zugehört.«

»Du hast drei Gutachten à 200 Seiten hingeschickt, Peter. War vielleicht 'n bisschen viel.«

»Ich hab jedenfalls genug.« Peter schaute seinen Vorgesetzten und Freund an. »Heute Nacht geh ich da runter.«

»Du tust was?«

»Und wenn ich karolingische Ruinen finde, darfst du die ersten Bilder davon schießen. Wir werden berühmt, Fritz. Du wirst berühmt, ich werde berühmt. Forchheim wird berühmt werden. Wenn ich erst mal auf das gestoßen bin, was ich mir erwarte, dann werden sie von allen Seiten hierher strömen, das sage ich dir. Von Zumachen ist dann keine Rede mehr. Das Landesdenkmalamt, das Kultusministerium, die Universitäten, alle werden sie mobil machen. Und denk meinetwegen auch an die Touristen.«

»Ich denke an dich heute Nacht in diesem schwarzen Loch. Mensch Peter, das Ding ist einsturzgefährdet. Lies meine Lippen: E-r-d-r-u-t-s-c-h-g-e-f-a-h-r.«

»Brauchst ja auch nicht mit. Du wartest im *Neder*, da ist es schön warm. Und ich bin schließlich Mitglied im *DAV*. Lies meine Lippen, Fritz: B-e-r-g-s-t-e-i-g-e-r. Okay?«

Noch einmal betrachteten sie das Bild, das zwischen ihnen auf dem Schreibtisch lag. Den Wegweiser zum Hades hatte der Bürgermeister im Zuge der Pressekonferenz, die er am Rande des Loches gehalten hatte, öffentlichkeitswirksam aus dem Schutt gezogen und in den Abgrund hinuntergeworfen. Forchheim war immer noch das Tor zur Fränkischen Schweiz. Manche meinten, das hätte er nicht tun sollen.

Als schwierigster Punkt erwies es sich, einen festen Halt für das Seil zu finden. Peter Gmeinsen stakte durch rutschenden Schutt, über zerbrochenes Geschirr, zerrissene T-Shirts, zerschmetterte Möbel und eine verstaubte Herbstkollektion billiger Uhren – die teuren waren schon aufgelesen –, bis er ein vertrauenswürdiges Balkenkreuz gefunden hatte, das sein Gewicht tragen würde. Mit einem letzten Blick auf den um diese Zeit menschenleeren Rathausplatz setzte er seine Stirnlampe auf und ließ sich hinab. Hades, ich komme. Die Spalte war unregelmäßig; immer wieder musste er klettern und rutschen, um einen tiefer führenden Gang zu finden. Peter sah Heizungsrohre, aufgerissene, halbe Kellerappartements, nacktes Erdreich mit Kieselsteinen, verkohlte Balken, rieselnde Wasserrohre, die kleine Fälle ins Dunkle hinab bildeten. Er sah eine Espressomaschine, verhakt an Metallgittern, ein Bettgestell, kopfüber über dem Abgrund hängend, und dazu Schwärze, Schwärze, Schwärze, aus der seine Lampe zum Verzweifeln kleine Bilder ausschnitt. Immer wieder zog er den gezeichneten Querschnitt zu Rate, den er sich eingesteckt hatte, um seine Reise durch die Jahrhunderte einigermaßen bestimmen zu können. Das hier war nicht Troja, aber für den geübten Archäologen sollte es doch Anhaltspunkte geben, in welcher Tiefe sich welcher Zeitabschnitt befand. Nur dass der Einsturz alles durcheinandergebracht hatte.

Peter fand einen Absatz und hielt erst einmal inne, um sich zu orientieren. Da hörte er Stimmen über sich.

Unwillkürlich drückte er sich an die Wand und knipste den Lichtstrahl seiner Lampe aus, um sich nicht zu verraten. Tatsächlich, dort oben waren Schritte zu hören, geflüsterte Anweisungen, ein »Hauruck«. Dann ein Knall.

»Verflucht!« Peter hielt sich den Arm vor das Gesicht, um es gegen herumfliegende Scherben und Steine zu schützen. »Was zum Teufel ...« Als er sein Licht wieder angefingert hatte, sah er die Bescherung: einen zerborstenen Fernseher. »Arschlöcher«, wollte er gerade schimpfen, als ein Computerbildschirm hinterhergeflogen kam. Als Draufgabe noch ein Vierundzwanzignadeldrucker.

»Dreckschweine.« Peter stieß mit dem Fuß gegen den frohgemut entsorgten Müll; der rutschte tiefer und verschwand. Na, wer hier in tausend Jahren mal Ausgrabungen machte, würde sich aber wundern. Der junge Archäologe vergaß seinen Ärger und kehrte zu seiner Karte zurück. Im Prinzip befand er sich auf der richtigen Höhe; die Kellermauern der Häuser standen auf wesentlich älteren Fundamenten, die wiederum ... oder nein, er musste die Karte andersherum halten. Peter klemmte sich die Handschuhe zwischen die Zähne und positionierte sich neu. Wenn er nur mehr Licht hätte.

»Plumps«, machte es hinter ihm.

Reflexartig hob Peter die Hand und pflückte einen Packen Karten aus der Luft. Starrte überrascht auf den nackten Hintern einer Frau auf allen vieren. Ein klasse Hintern. Nächstes Bild. Der Busen war auch nicht schlecht. Peter zwang sich, Busen zu denken und nicht ... toller Mund, aber was aß sie da? Ach so. Peter errötete alleine im Dunkeln.

Oben erklang eine Grabesstimme. »Alles ist einmal zu Ende. So nimm denn Gott ...« Der Rest ging in Murmeln unter.

Eine hellere Stimme fügte hinzu: »Und eins, und zwei ... nein, ich bin zu traurig dazu!«

»Nein«, schrie Peter, »nicht springen.« So schnell er konnte, kletterte er nach oben. »Das ist doch wirklich kein Grund ...«, keuchte er, als er über den Rand kam. »Es sind doch im Grunde sehr ästhetische ... äh ...«

Er verstummte, als er in das Gesicht einer Sechsjährigen sah, die einen Schuhkarton umklammerte. Hinter ihr stand ein junger Mann und hatte ihr die Linke auf die Schulter gelegt. In der Rechten hielt er eine alte Kommunionskerze, deren brennender Docht leicht flackerte.

»Bist du der Petrus?«, fragte das Mädchen. Tränen liefen ihr über die Wangen.

»Äh, nein, nicht ganz.« Peter setzte sich auf den Rand. Ihm taten die Arme weh.

Sie schob die Unterlippe vor. »Mümmel war der beste Hase der Welt, also soll er auch das beste Begräbnis bekommen.«

»Ich hab's ihr versprochen«, sagte der Mann. Er reichte Peter die Hand. »Thomas Heinlein. Meine kleine Schwester Hannah.«

»Peter Gmeinsen.«

»Das ist doch nicht verboten, oder?«

Peter überlegte. »Ist das nicht der halbe Spaß?«, fragte er. Sie grinsten einander an.

»Also hepp!« Mümmel flog im hohen Bogen der Karolingerzeit zu. »Amen.«

»Friede seinen Knochen.«

»Ach, übrigens, Sie«, rief Peter, als er eine Gestalt im ungünstig beigefarbenen Trenchcoat sah, die sich aus den Ruinen in Richtung Straße schlich. Sie kam nicht recht voran, was an den Stöckelschuhen liegen konnte oder an der

Sonnenbrille, die nachts um elf ein wenig deplatziert wirkte. »Sie hätten wirklich einen Schredder nehmen können, wissen Sie. Das Zeug flog mir direkt auf den Kopf.« Er hielt ihr die Bilder hin und fügte, als sie zögernd näher kam, hinzu: »Ich hab mir schon Sorgen um Sie gemacht.«

Sie verzog den geschminkten Mund zu einem bitteren Lächeln. »Dreitausend hat der Dreckskerl mich dafür zahlen lassen. Ein Schredder reicht da einfach nicht.«

Interessiert neigte Thomas sich über die Bilder. »Hat er Ihnen auch die Negative gegeben?«, fragte er.

Sie nahm die Brille ab und starrte ihn erschrocken an. Ihre roten Lippen murmelten einen Fluch.

»Ist doch heute alles digital«, wagte Peter einzuwerfen, was die Sache nicht besser machte.

Keiner von ihnen bemerkte, dass die Kleine sich die Bilder aus den fühllosen Händen der schönen Unbekannten geschnappt hatte. »Das ist ja mein Relilehrer!«, rief sie. Sie zog Thomas am Sweatshirt. »Guck mal, wie komisch der aussieht.«

Rasch nahm er die Fotos an sich. »Das ist schon mal gar nix für dich.«

Die Frau ging in die Knie. »Das ist dein Lehrer? Sie hob den Kopf und funkelte die beiden an. Und mir hat er erzählt, er sei Chirurg.« Ihre Stimme wurde weicher, sie gurrte beinahe. »Weißt du denn, wie er heißt und wo er wohnt, Schätzchen?«

Das Mädchen strahlte. »Klar weiß ich das. Seine Frau verkauft doch immer die tollen Kuchen auf dem Sommerfest.« Sie nannte den Namen und eine Adresse in der Fränkischen Schweiz.

»Wenn Sie wollen, bringe ich Sie hin«, erbot sich Thomas. »Wir sind mit dem Auto da.«

»Kriegen wir dann auch Kuchen?«, hörte Peter das Mädchen im Weggehen fragen. Die Absätze der Frau auf dem Asphalt wurden leiser.

»Wissen Sie«, sagte Thomas, schon weit fort, »das sind wirklich tolle, ich meine, Bilder.«

Ein Auto sprang an. Peter Gmeinsen seufzte. Endlich wieder Ruhe. Er schaute in die Grube und zögerte einen Moment, wieder dorthin zu klettern, wo nun irgendwo der steife Körper von Mümmel ruhte und ihn mit kalten Augen betrachten würde. Das war Unsinn, schalt er sich; er war Archäologe, und sollte er dort unten auf Mumien oder Gerippe stoßen, so würde sein Archäologenherz lediglich höher schlagen. Also dann.

Er war kaum drei Meter in den Schlund abgetaucht, da hörte er über sich ein Schluchzen.

Es war ein Mann, der weinte, das war peinlich, aber auch alarmierend. Nein, es war ultrapeinlich. Besser, man mischte sich da nicht ein. Und wenn er sprang? Peter hielt inne, die Beine gegen die Wand gestemmt. Es machte »Plopp«. Kalt und feucht landete etwas in seinem Schoß.

Als er hinleuchtete, sah er ein in durchsichtiges Plastik gewickeltes Paket, mit Rauhreif überzogen, etwa so wie die Rehkeulen, die seine Mutter zu Weihnachten aus der Tiefkühltruhe zog. Auch annähernd so groß. Nur dass das Gesicht, das ihn durch die Folie anschaute, ganz und gar menschlich war. Peter schrie. Ohne nachzudenken packte er das Päckchen mit dem toten Säugling und schleuderte es in einer einzigen hysterischen Bewegung von sich, nach oben, in hohem Bogen hinaus aus dem Loch. Oben schrie es ebenfalls.

Peter steckte den Kopf aus dem Loch. Der Mann saß mit in den Abgrund baumelnden Beinen mitten im Schutt. Er hatte runde Schultern und einen Bauch, der seinen Anorak spannen ließ. Tiefe Geheimratsecken ließen das sportliche Design seiner Kleidung albern wirken. Ein freundlicher Bär, tapsig, unattraktiv, aber weiß Gott nicht gefährlich – den Eindruck machte er. Dass man es den Mördern aber auch nie ansah. Peter umklammerte ein Bleirohr und brachte sich in eine sichere Position. Der andere hob sein tränenüberströmtes Gesicht.

»Ich versteh das nicht«, sagte er. »Ich verdien doch gut. Und die Kleine, die Lara, hat es doch gut bei mir. Ich bin doch kein schlechter Vater.« Seine Hand strich über das Paket, das wieder an seiner Seite gelandet war.

Peter packte das Rohr fester. Er suchte nach einem bedrohlichen Satz. »Sie wissen schon, dass das strafbar ist.« Na ja, ausbaufähig. Er sollte mehr Krimis schauen.

Der Mann hatte ihn gar nicht gehört. In seinen Kummer vergraben schüttelte er den Kopf. »Die Kühltruhe stand in der Garage, ich hab da nie reingesehen. Da war Wild drin, dachte ich. Der Martin schießt uns manchmal was.«

»Kenne ich«, entfuhr es Peter. Langsam wurde ihm das Rohr zu schwer. Es senkte sich von selbst. Er setzte sich. Irgendwo schlug es Mitternacht. Verdammt kalt auch. Er erinnerte sich an den Iso-Flachmann mit heißem Tee, den er dabei hatte und bot dem Fremden einen Schluck an. »Ich hätte nie aufgemacht, wenn wir jetzt nicht renovieren würden. Und da, und da ...« Der Mann nahm einen großen Schluck. Es war ein kleiner Flachmann. »Ich hätte es merken müssen, oder? Ich meine, dünn war sie noch nie, aber ich hätte es merken müssen ... Was meinen Sie?«

»Keine Ahnung.« Peter war ehrlich überfordert. »Ich hab derzeit keine Freundin, ich meine ... ich arbeite sehr viel.« Er fühlte sich müde.

»Ich weiß nicht, warum sie es nicht wollte.« Der Mann flüsterte nur noch. Wieder und wieder strich er über die Folie, das darunter liegende Gesichtchen.
»Was, was, was wäre es denn gewesen?«
»Ein Mädchen.« Er schaute Peter an. »Aber ich kann sie doch jetzt nicht anzeigen, oder? Lara ihre Mutter wegnehmen, das macht es doch nicht besser?« Wieder weinte er. »Ich muss was falsch gemacht haben.«
Peter starrte in das Loch und dachte an Mümmel.
»Sie sagt, es war schon tot.«
Na klar, dachte Peter.
»Sie hatte Angst.«
Armer Idiot.
»Ich liebe sie doch so.«
Peter stand auf. »Also, reinschmeißen ist nicht die Lösung. Aber ich hab da unten eine schöne Stelle gesehen, einen Platz, wo Sie Abschied nehmen können.« Er dachte an den halben Keller, beinahe wie eine Zelle in einer Katakombe.
Der Mann schaute auf.
»Trauen Sie sich zu, da runterzuklettern?« Peter hob ein zweites Seil hoch.
Der Mann wischte sich mit dem Ärmel übers Gesicht.
»Na dann.«
Sie waren am Ziel angekommen, einem fast verschlossenen Raum, der noch immer ein wenig nach Winteräpfeln und Waschmittel roch. Peter hatte sich nach so etwas wie einem Sarg umgesehen und zumindest eine defekte Mikrowelle gefunden. Weiß, wie es sich für ein Kind gehörte. Nach der Kühltruhe war das sicher eine schöne Abwechslung. »Klick.« Sie schlossen die Tür. Mit andächtig gefalteten Händen standen sie da. »Klack.« Das war hinter ihnen, laut und metallisch.

»Also jetzt reicht es.« Peter schaute sich um, hob die Pistole auf, die draußen zwischen die Rohre gefallen war und kletterte, so schnell er konnte, hinauf. Für die kurze Strecke brauchte er nur ein paar Handgriffe. »Jetzt reicht's mir«, wiederholte er und hielt die Waffe in Richtung des dunklen Umrisses am Rande des Lochs. »Das ist hier schließlich eine Trauerfeier!«

Die alte Dame kreischte auf und hob die Hände. »Nicht schießen!«

»Was? *Ich* soll schießen? Sie schmeißen hier doch mit Waffen durch die Gegend!« Peter war ein wenig aus der Ruhe. Er fuchtelte mit dem Lauf herum. »Hat denn heutzutage niemand mehr ein Minimum an Respekt?«

»Das ist nicht meine.«

»Nein, natürlich nicht. Na klar! Sind alles Unschuldslämmer, die heute Nacht hier herumlaufen.« Hysterie konnte so erholsam sein.

»Lassen Sie die Dame in Ruhe!« Ein rüstiger Rentner trat auf den Plan, der sich in der Ruine der Bäckerei verborgen gehalten hatte, auf seinen Schultern die Reste von Semmelbröseln. Mannhaft stellte er sich vor die kleine Dame mit dem Wollhut, die sich prompt an ihn klammerte.

»Aha, Bonnie und Clyde«, höhnte Peter. »Und was wollten *Sie* hier entsorgen, hm? Giftmüll, Katzenkadaver, 'ne tote Ehefrau? Was hatten wir denn heute noch nicht?« Ehe der Alte protestieren oder mit seinem Stock nach ihm ausholen konnte, riss Peter ihm die Plastiktüte aus der Hand und schüttete den Inhalt brutal auf den Boden. Ein Wehrmacht-Pass, SS-Abzeichen, gebündelte Feldpostbriefe und allerlei Hakenkreuz-Devotionalien fielen heraus. Sie verliehen dem Schutt einen Hauch von Historie.

»Aha«, rief Peter.

»Gar nichts ›Aha‹«, verwahrte sich der Rentner, »wofür halten Sie mich?«

»Na, wonach sieht's denn aus?« Peter hatte keine Lust auf höfliche Konversation. Er stupste mit dem Fuß gegen eine Feldpostkarte, die gehenkte Partisanen mit posierenden Soldaten zeigte. »Für Leute wie Sie wurden die Nürnberger Prozesse gemacht.«

»Ich bin Jahrgang 39«, sagte der Alte und stemmte würdevoll seinen Stock auf. »Rechnen sollte die Jugend schon noch können. Was Sie da sehen, gehörte meinem Vater.«

Peter hatte auch keine Lust mehr zu erröten. Aber die Luft war raus. »Verstehe. Sie haben rausgefunden, dass er nicht der Held war, für den Sie ihn hielten, und da reichte ein Schredder einfach nicht. Den Fall hatte ich heute schon.« Es schlug eins.

»Glauben Sie im Ernst, ich hätte das Eiserne Kreuz in den Schredder gekriegt?«

»Sie sollten sich was schämen!«, sekundierte die alte Dame.

Peter richtete den Lauf der Waffe auf sie. »Sie halten sich raus. Oder ist das etwa nicht Ihre?«

»Die gehört meinem Enkel.«

»Der auf die schiefe Bahn geraten ist, und Sie wollen es richten.«

Sie begann zu schluchzen. »Es ist nicht einfach mit der Jugend heutzutage.«

Der Alte nahm sie in den Arm und murmelte tröstende Worte in ihr Ohr.

Fassungslos senkte Peter die Waffe. »Au«, schrie er, als der Stock des Alten auf seinen Oberarm traf. Und noch einmal »Au!«. Er fühlte seine Finger taub werden. »Jetzt machen Sie aber mal halblang; ich ...«

Die Pistole entglitt ihm; wieder klirrte es drunten, dann löste sich ein Schuss. Die drei standen wie erstarrt. Ein kleiner Erdrutsch mit Sinn für Timing ging rasselnd nieder.

Endlich war Peter wieder ausreichend bei sich, dass er sich auf die Knie niederlassen und hinunterrufen konnte: »Hallo, ist alles okay?« Die Antwort, die heraufhallte, beruhigte ihn so weit, dass er dem Rentnerpärchen, das sich noch immer eng umschlungen hielt, einen strafenden Blick zuwerfen konnte. »Dort unten trauert immerhin ein Vater um sein Kind.«

Die Dame riss die Augen auf.

Aber ihr neu gefundener Kavalier kam ihrer Frage zuvor. »Ich glaube nicht, dass wir das verstehen müssen. Kommen Sie, ich bringe Sie nach Hause.«

»Ich heiße Ernestine«, sagte die kleine Dame und hängte sich bei ihm ein.

Der Mann steckte den Kopf aus dem Loch heraus. »War das Polizei?«, fragte er schuldbewusst.

Peter winkte ab. »Erklär ich Ihnen später. Und«, fuhr er dann lauter fort, »was haben Sie hier abzuladen? Immer rein in die gute Stube.«

Die junge Frau, die aus der Holzstraße gekommen war, blieb zögernd am Rand des Schuttfeldes stehen. Sie hatte einen Arm in Gips und die Schnur eines Schlittens um den Oberkörper geschlungen. »Ich kann ihn nicht begraben, nicht bei dem gefrorenen Boden und schon gar nicht mit einem Arm.« Sie trat beiseite und gab den Blick auf den Kadaver eines Dobermannes frei, der notdürftig in eine karierte Reisedecke gewickelt war. »Aber ich wollte ihn nicht in die Tierkörperverwertungsanlage geben lassen.«

Der Mann zog sich an die Oberfläche und inspizierte den toten Hund. »Das kriegen wir schon hin«, sagte er und lächelte zum ersten Mal, seit Peter ihn kannte, als er den dankbaren Blick der Frau sah.

»Er hat Nestor geheißen«, sagte sie und reichte ihm die freie Linke. »Claudia, ich meine: ich.«

»Na klar«, seufzte Peter, der sich den Rest ersparen wollte. Er blieb nicht für den nächsten Teil der Vorstellungsrunde. Es war Zeit für ihn, sich den Dingen zu widmen, deretwegen er hergekommen war. Noch einmal wollte er es wagen. Beinahe dankbar schaute er zu, wie die Dunkelheit des Schlundes sich wieder um ihn schloss. Eins, zwei, drei, zählte er im Geiste die Schichten, die ihn durch die Zeit zurückreisen ließen an die Orte, die ihn bislang einzig interessiert hatten. Hier war es: dunkler Lehm, vermischt mit Sandsteinfragmenten, verbranntes Holz. Das sah interessant aus. Er zückte seine Instrumente, um vorsichtig in die Schicht einzudringen. Mit einem Pinsel kratzte er an der Oberfläche herum. Da war etwas, eindeutig, da war etwas, ein Objekt, aus Bronze möglicherweise. Peters Herz schlug tatsächlich schneller. Ein solcher Fund, der sich mitnehmen und vorzeigen ließe, den er dem Bürgermeister und dem Denkmalpfleger auf den Schreibtisch knallen könnte, das wäre hervorragend, das wäre einfach ideal. Vorsichtig jetzt, ganz vorsichtig.

Der nächste Gegenstand flog so lautlos wie eine Fledermaus. Er war nur unwesentlich größer und schmerzhafter deshalb, weil er Peter mit dem kleinen Metallverschluss an der Schläfe traf.

Der Archäologe hob das Objekt mittels seines Pinsels an. Es war eine Handtasche, ganz offensichtlich leer und ausgeplündert. Ein Geldbeutel folgte, bar jeglicher Karten und Scheine. Peter überlegte kurz, ließ dann die Handtasche fallen, ignorierte die Börse und widmete sich wieder seinem

Fund. Das hier war der Durchbruch, seine Zukunft, war alles, was ...

»... zum Teufel.« Das Motorengeräusch war schon eine Weile zu hören gewesen, doch er hatte es ignoriert. Jetzt, wo ihm Kies und Steinbrocken um die Ohren rauschten, ging das nicht mehr. Der Bronzekelch glänzte im Schein von Peters Stirnlampe, zu einem Drittel freigelegt, schon war die Ziselierung zu erkennen. Aber er ließ sich nicht packen und nicht bewegen. Oben polterte es; es klang wie Donner. Etwas Schweres knallte auf Peters Helm. Noch einmal krallten sich seine Finger vergeblich um das glatte Metall, dann gab er mit einem Fluch auf und stieß sich von der Wand ab. Er rettete sich unter einen Überhang an der gegenüberliegenden Wand und nutzte eine Pause für einen schnellen Aufstieg, ehe er wieder Schutz suchen musste. Stück für Stück schob er sich so gegen die herunterrauschende Flut aus schwarzen Brocken. Hatten die denn schon angefangen? Es hatte doch Mittag geheißen. Erdrutsch, dachte er. Scheiße auch. Lies meine Lippen.

Als er sich mit letzter Kraft in die freie Forchheimer Luft zog, sah er einen Kleinlaster mit schräggestellter Ladefläche. Der Besitzer stand mit einer Stange daneben und half dem sich verkeilenden Bauschutt nach. Die Nummernschilder waren kunstvoll mit Dreck verschmiert. Peter robbte rückwärts gegen die Wand, wo zwischen zusammengebrochenen Jeansregalen schon ein circa fünfzehnjähriger Junge lehnte und große Augen machte.

»Du hast einen Fünfziger in der Börse vergessen«, sagte er.

Die Augen wurden noch größer. Ein ordinärer Fluch folgte. Peter winkte ab und hustete. »War nur ein Scherz.«

»Sehr komisch.« Der Junge spuckte aus. »Aber der echte Scherzkeks ist der da drüben. Das sind 1 A Kupferrohre, die er da gerade versenkt. Dafür könnte er bares Geld kriegen. Und wer weiß, was er noch alles dabei hat.«

»Im Ernst?« Peter rappelte sich auf und winkte. »Na, dann wollen wir doch mal für Ordnung sorgen. Heh!«, brüllte er, »Sie da!«

Der Mann hielt erschrocken inne; einen Moment lang sah es so aus, als wollte er davonlaufen.

»Sie sind ein Dilettant«, schrie Peter, »wissen Sie das?« Er klopfte dem Jungen auf die Schulter. »Los, Kevin, geh hin und erklär's ihm.«

»Ich heiße Nicolas.«

Peter brachte nur noch ein Schulterzucken zustande. Er trat an den Abgrund und betrachtete traurig das halbverfüllte Loch. Das Balkenkreuz, an dem sein Seil gehangen hatte, war ins Rutschen geraten. Zwecklos zu versuchen, seine Ausrüstung zu retten. Er machte sich los, warf alles, was er bei sich hatte, dem Hades entgegen und stapfte über die Trümmer davon. »Beeilt euch aber«, brummte er im Vorbeigehen den beiden diskutierenden, frischgebackenen Recycling-Geschäftsleuten zu, »die Polizei ist gleich da.«

»Das hast du uns eingebrockt«, fauchte Nicolas seinen neuen Kumpel an. Immerhin waren sie schon beim Du.

Peter hörte sie den Motor starten und winkte zum Abschied über die Schulter. Müde und staubig wankte er dem *Neder* entgegen, wo Häfner noch immer auf ihn wartete, vor Müdigkeit rote Augen, ein Bier in der Hand und bedrängt von einem hünenhaften Steinmetz, der der Ansicht war, seine Lebensgeschichte gehöre auch endlich mal in die Zeitung.

Als sie den Mann schließlich abgewimmelt hatten und Häfner dem Kellner zwei weitere Bier signalisieren konnte, seufzte er: »In diesem Forchheim liegt wirklich der Hund begraben, Peter. Nix los, absolut gar nix. Wie war's bei Dir?«

Peter Gmeinsen schaute lange in sein Bier. »Ach«, sagte er.

Dirk Kruse
Das kalte Herz

Dein Geist, mein Geist. Dein Wort, mein Wort. Deine Frage, meine Frage ...

Lautlos trat er aus dem Dunkel des Hausflurs und zog die Tür vorsichtig hinter sich ins Schloss. Auf dem Tritt blieb er stehen und lauschte. Kein Geräusch war von drinnen zu hören. Prüfend blickte er in den Himmel, an dem die schmale Sichel des zunehmenden Mondes stand. Die Novembernacht war sternenklar, und es war kalt. Mit dem Neumond war das Wetter umgeschlagen und hatte den ersten Frost gebracht – endlich. Auf diese Witterung hatte er seit Wochen verzweifelt gewartet.

So geräuschlos wie möglich ging er durch den Vorgarten. Das Tor quietschte leise, als er es öffnete, dennoch schloss er es sorgfältig wieder hinter sich. Die kleine Vorortsiedlung lag still da, in den Häusern der Nachbarschaft war alles dunkel. Die orangefarbenen Blinklichter des BMW am Straßenrand leuchteten kurz auf, als er den Autoschlüssel in seiner Hosentasche drückte. Bevor er einstieg, schaute er noch einmal zum Haus zurück. Niemand schien seinen Aufbruch bemerkt zu haben. Er setzte sich hinter das Steuer und schloss behutsam die Tür. Dann drehte er das Abblendlicht an und bediente den Anlasser – der Motor schnurrte. Langsam glitt das Fahrzeug den Haselnussweg entlang. Er blickte auf die Digitalanzeige: Es war 03:35 Uhr, die Außentemperatur betrug 0° Celsius.

Dein Leib, mein Leib. Dein Blick, mein Blick. Deine Kraft, meine Kraft ...

Am Businesstower, der für diese Stadt zwei Nummern zu hoch war und das Nichts um sich herum beleuchtete, bog er in die Ostendstraße Richtung Zentrum ein. Bahnhofsplatz, Frauentorgraben, Plärrer – die verkehrsreichsten Orte der Innenstadt wirkten wie ausgestorben zu dieser Stunde. Nur vereinzelt begegnete er anderen Autos, Taxis meistens, die wegen der freien Fahrt fast immer zu schnell unterwegs waren. Er fuhr mit Tempo 50. Das Risiko, von einer Polizeistreife kontrolliert zu werden, wollte er nicht eingehen. Kurz nachdem er in der Fürther Straße seinen früheren Arbeitgeber, die *DATEV*, passiert hatte, bog er links nach Gostenhof ab.

In der Nähe des Nachbarschaftshauses fand er einen Parkplatz. Als er ausstieg, nahm er das Rattern eines Güterzuges auf den nahe gelegenen Gleisen wahr. Ansonsten lag die Straße mit den hohen Häusern ruhig da. Seine Schritte machten kaum Geräusche auf dem Bürgersteig – er trug Turnschuhe. Nach wenigen Metern verschwand er im Tordurchgang eines mehrstöckigen Wohn- und Geschäftshauses. Mit seinem Schlüssel öffnete er die Eingangstür, drückte den Lichtschalter und ging durch das hell erleuchtete Treppenhaus hinauf in den 2. Stock. Vor der Tür mit der Aufschrift *Munk & Partner – Software-Lösungen* blieb er stehen. Von den ursprünglich drei Partnern war nur noch einer übrig geblieben, und der würde sicherlich auch bald abspringen. Warum war er wohl sonst so versessen darauf gewesen, zur IT-Messe zu fahren? Bestimmt nutzte er die nächsten drei Tage nicht, um Aufträge zu akquirieren, sondern um potenzielle Arbeitgeber für sich zu finden. Er konnte es ihm nicht mal verdenken. Seitdem das mit

Elisabeth passiert war und er wie ein Hund litt, hatte sich auch das Klima hier verändert. Von der Fröhlichkeit und der Aufbruchstimmung in dem Start-up-Unternehmen war nichts mehr übrig geblieben. Ständig unausgeschlafen und sorgenvergrämt, war er wortkarg, mürrisch und aufbrausend geworden. Er konnte sich selbst nicht leiden, aber er konnte es auch nicht ändern.

Deine Freude, meine Freude. Deine Trauer, meine Trauer. Dein Schweigen, mein Schweigen ...

Das Büro müffelte nach abgestandener Heizungsluft und den Ausdünstungen warmen Kunststoffs. Er machte seine Computer niemals aus, auch wenn er fortging. Der Stromverbrauch und der Verschleiß waren ihm egal. Wenn er sich mit neuen Ideen an den Schreibtisch setzte, musste er sofort loslegen können. Die Zeit, die das System brauchte, um hochzufahren, machte ihn krank. Warten war noch nie seine Stärke gewesen, auch wenn er es in dem vergangenen Jahr notgedrungen hatte lernen müssen. Bittere Lektionen waren das gewesen. Doch jetzt konnte er nicht mehr länger warten. Er musste handeln.

Er schaltete das Licht ein und trat ans Fenster. Im Wohnhaus gegenüber regte sich nichts. Alles war dunkel, die meisten Vorhänge waren zugezogen. Die Lamellen seiner Jalousie drehte er so, dass man von außen nicht hineinsehen, aber trotzdem den Lichtschein erkennen konnte. Er gähnte, obwohl er sich noch niemals so entschlossen und konzentriert gefühlt hatte. In der kleinen Küche stapelte sich benutztes Geschirr: Tassen und Gläser mit Kaffee- und Saftrückständen. Auf einem Teller trocknete seit Tagen der Rest einer Pizza Diavolo. Er schaltete den Kaffeeautomaten ein. Da alle Espressotassen schmutzig waren, fischte er einen letzten sauberen Henkelbecher aus dem Hängeschrank und ließ den Kaffee dort hineinlaufen. Auf dem Becher war ein Jugendlicher mit runder Brille und gezackter Narbe auf der Stirn abgebildet. Er hatte keine Ahnung, wie der hierher gekommen war. Die Harry-Potter-Manie seiner Tochter war schon länger vorbei, jetzt schwärmte sie für Vampirromane. Seine Lippen bebten leicht und er biss die Kiefer fest aufeinander. Dann atmete er geräuschvoll ein und wieder aus, schnappte sich den Becher und setzte sich an seinen Computer.

Deine Herkunft, meine Herkunft. Dein Anfang, mein Anfang. Dein Weg, mein Weg ...
Er kramte einen USB-Stick aus seiner Hosentasche, steckte ihn an den Rechner und aktivierte das von ihm geschriebene Programm. Wie von Zauberhand notiert, erschienen auf dem Bildschirm Buchstaben, die sich zu Wörtern formten. Textzeile für Textzeile entstand dort aus dem Nichts. Manchmal stockte die Niederschrift ein wenig, als mache der unsichtbare Verfasser kleinere Denkpausen, ehe er weiterschrieb. Seine Software funktionierte reibungslos, die wochenlange Arbeit daran hatte sich gelohnt. Sie simulierte perfekt einen arbeitenden Menschen am PC. Selbst längere Klo- und Kaffeepausen hatte er mit einprogrammiert. Und worauf er besonders stolz war: Das Programm konnte vorbereitete Mails formulieren und selbstständig senden. Er hatte es so eingestellt, dass etwa alle dreißig Minuten eine Nachricht von diesem Platz aus abgeschickt wurde. Für die kommenden fünf Stunden hatte er nun ein wasserdichtes Alibi. Diese Zeit würde er auch brauchen.

Er schloss einen der Aktenschränke auf, bückte sich und holte einen schwarzen Rucksack hervor. Obwohl er genau wusste, was darin war, warf er noch einmal einen prüfenden

Blick hinein: ein Paar Turnschuhe, eine kleine Taschenlampe, mehrere Einweghandschuhe aus Latex, Schlüsselbund und der in eine Plastiktüte eingewickelte große Stein. Mehr brauchte er nicht. Entschlossen zog er den Reißverschluss wieder zu, schlüpfte in seine gefütterte Jacke, setzte Mütze und Rucksack auf und kontrollierte erneut den Bildschirm. Dort sendete der Computer gerade eine Mail an einen Geschäftspartner. Er trank den letzten Schluck Kaffee im Stehen und verließ das beleuchtete Büro. Diesmal machte er kein Licht im Treppenhaus an. Im Innenhof zog er vorsichtig sein Mountainbike aus dem Fahrradständer. Lag er noch gut im Zeitplan? Das Display seines Handys leuchtete kurz auf, als er es antippte. Es war 04:14 Uhr.

Er war schon ein paar Hundert Meter weit geradelt, als er sein Fahrrad abrupt abbremste. »Verdammter Mist«, fluchte er flüsternd und kehrte wieder um. Im Torbogen lehnte er sein Rad an die Wand und eilte leise durchs dunkle Treppenhaus zurück in sein Büro. Dort schrieb sich noch immer der Text auf dem Bildschirm fort. Mit einem ärgerlichen Schnaufen legte er sein Mobiltelefon neben die Tastatur. Das war gerade noch mal gut gegangen. Der Teufel lag im Detail. Sollte die Polizei ihn jemals verdächtigen und die Ortungsdaten seines Handys überprüfen, hätte er sein ganzes Alibi vermasselt. Jetzt musste er sich aber wirklich beeilen.

Dein Ziel, mein Ziel. Dein Tod, mein Tod. Dein Traum, mein Traum ...

Keine zehn Minuten später hatte er den Kobergerplatz erreicht. Leicht schwitzend und mit klopfendem Herzen schloss er sein Rad an einem Verkehrsschild vor dem Bioladen an. Auch hier war zu dieser frühen Stunde kein Mensch unterwegs. In einer mit parkenden Autos dicht gesäumten

Seitenstraße stoppte er seine Schritte vor einem roten Ford Ka. Gestern Abend hatte er extra noch mal nachgeschaut, ob der Wagen auch wirklich dastand. Er zog sich ein Paar Einmalhandschuhe über, holte den Schlüsselbund aus dem Rucksack und öffnete damit das Fahrzeug. Nachdem er den Sitz zurückgeschoben und die Spiegel eingestellt hatte, ließ er den Motor an. Der Benzintank war halb voll. Das würde reichen. Jetzt brauchte er wenigstens keine Tankstelle anzusteuern und nicht die Gefahr auf sich nehmen, von einer Überwachungskamera gefilmt zu werden. Das Schicksal meinte es offenbar doch gut mit ihm. Solange er in der Stadt unterwegs war und sich strikt an die Geschwindigkeitsregeln halten musste, ging es, aber als er erst mal die Autobahn Richtung Bayreuth erreicht hatte, ergriff ihn wieder die Ungeduld. Er war PS-starke Flitzer und schnelles Fahren gewöhnt. Doch dieser alten Schüssel hier fehlte es eindeutig an Power. Am Hienberg ging das Auto regelrecht in die Knie, sodass er unbeherrscht Verwünschungen ausstieß und am Lenkrad riss, als sei es das Steuer eines Flugzeugs. Er hätte sich besser doch einen anderen Wagen besorgt. Aber die Gelegenheit war einfach zu günstig gewesen.

Der Schlüsselbund lag an der Anmeldung bei seinem Hausarzt und gehörte der älteren Arzthelferin, die nur ab und zu dort aushalf. In einem unbeobachteten Moment, gerade als sie sein Rezept drinnen beim Arzt unterschreiben ließ, hatte er ihn unbemerkt in seine Tasche gesteckt. Das war vor zwei Monaten gewesen, als der Plan in ihm reifte. Die Frau musste bestimmt gedacht haben, dass sie ihre Schlüssel irgendwo verloren hatte. Womöglich hatte sie inzwischen ein neues Schloss an ihrer Wohnungstür anbringen lassen, aber die interessierte ihn nicht. Er brauchte lediglich das Auto.

Dein Baum, mein Baum. Dein Blühen, mein Blühen. Deine Gabe, meine Gabe ...

Als er die A 9 bei Gefrees verließ, hatte er etwa eine Viertelstunde verloren. Die anderen Male, als er diese Strecke mit seinem eigenen Wagen zum Auskundschaften zurückgelegt hatte, war es schneller gegangen, obwohl da mehr Verkehr geherrscht hatte. Aber da er eine halbe Stunde Puffer für Unwegsamkeiten dieser Art eingeplant hatte, lag er noch gut in der Zeit. Er folgte der kurvenreichen Straße durchs Fichtelgebirge mit gemäßigter Geschwindigkeit, weil hier oben Raureif auf dem Asphalt glitzerte. Außerdem konzentrierte er sich darauf, nicht in die vielen Schlaglöcher zu fahren. Kurz vor Weißenstadt drosselte er das Tempo und bog am Hinweisschild Richtung Kurzentrum links in einen schmalen Weg ab. Hinter der kleinen Brücke in einer Nische am Straßenrand parkte er das Fahrzeug. Er setzte sich den Rucksack auf und ging los.

Schon nach wenigen Metern erreichte er das Südufer des Sees. Schwarz und unheimlich lag das Wasser vor ihm. Dahinter im Nordosten erhob sich spärlich erleuchtet die kleine Stadt. Die gekräuselte Oberfläche vor ihm reflektierte schwache Lichtpunkte. Ein kalter Wind strich über den See und ließ ihn frösteln. Er klappte den Kragen seiner Jacke hoch und marschierte den Uferweg entlang. Seine Augen gewöhnten sich schnell an die Dunkelheit, sodass er die Taschenlampe nicht brauchte. Gerade hier im Sichtbereich des Kurzentrums war es besser, sich nicht durch ein Licht zu verraten.

Dein Haus, mein Haus. Dein Jahr, mein Jahr. Deine Stunde, meine Stunde ...

Er wanderte etwa zehn Minuten lang stramm zwischen Äckern und See entlang. Nachdem er die dritte Granitstele am Wegrand passiert hatte, verlangsamte er seine einsamen Schritte und hielt nach dem Bootssteg Ausschau. Als er ihn in der Finsternis entdeckt hatte, verließ er den Pfad und ging durchs Gras zu ihm hinüber. Der Steg war kurz und aus hellem Holz. Unter ihm schwappten kleine schwarze Wellen ans Ufer, das hier sehr flach war. Das wusste er so genau, weil er bei einem Besuch im September den runden Stein in seinem Rucksack genau hier aus dem Wasser gefischt hatte. Da war sein Plan bis auf ein paar kleine Details schon fertig gewesen. Die ganze Zeit hatte er gehofft und gebetet, dass er ihn nicht ausführen musste. Doch die Saison war ohne das ersehnte Ergebnis vorübergegangen, und jetzt hatte er keine andere Wahl mehr.

Er hätte gern die genaue Uhrzeit gewusst. Doch da er schon lange keine Armbanduhr mehr trug, sondern das Handy benutzte, war das unmöglich. Es müsste etwa sechs Uhr sein, schätzte er. Zeit, um sich zu verbergen. Er holte den Stein aus dem Rucksack, wickelte ihn aus der Plastiktüte und wog ihn in seiner rechten Hand. Der hatte genau die richtige Größe und Schwere und ließ sich auch mit dem Handschuh gut packen. Nicht umsonst bedeutete sein Vorname Fels oder Stein. Für Elisabeth war er der Fels, auf den sie baute. Und mit diesem Stein würde er sämtliche Probleme lösen. Er schob den Gegenstand seiner Betrachtung in die Jackentasche und suchte nach einem Versteck in dem kleinen Wäldchen direkt neben dem Bootssteg. Er musste sich nur ein wenig durchs Unterholz schieben, dann fand er, gelehnt an einen Baum, einen bequemen Platz. Während er fast unsichtbar mit der dunklen Umgebung verschmolz, konnte er Weg und Steg gut überblicken. Der Kirchturm vom anderen Ufer schlug sechs Mal.

Dein Weg, meine Frage. Dein Weg, meine Kraft. Dein Weg, meine Gabe ...

Noch zehn Minuten, dann würde er kommen. Nachdem er ihn endlich aufgespürt hatte, kundschaftete er in aller Heimlichkeit sein Leben aus. Tagelang war er ihm gefolgt. Er kannte die Firma, in der er arbeitete, seine Wohnung, seinen Sportwagen, seinen Bäcker, seinen Friseur und sein Fitnessstudio. Und seine beiden Freundinnen, die hübsche Dunkelhaarige in Kirchenlamitz und die blasse Blonde in Bayreuth, die offenbar nichts voneinander wussten, kannte er auch. Florian Zeitler, 29 Jahre alt, gutaussehend, sportlich und erfolgreich, war ein echter Herzensbrecher, der es mit der Treue nicht so genau nahm. Dieser Mann besaß etwas, was er unbedingt brauchte. Und gleich würde er dafür sorgen, dass er es hergeben musste.

Gerade weil Zeitler zwei Liebesverhältnisse zu managen hatte, hielt er sich an feste Gewohnheiten. Die erste des Tages war sein Frühsport. An jedem Wochentag joggte er vor dem Frühstück eine Runde um den See – bei Wind und Wetter. Und jedes Mal legte er an diesem Bootssteg eine Gymnastikpause ein.

Deine Frage, meine Kraft. Deine Frage, mein Weg. Deine Frage, meine Gabe...

Zwei Krähen flogen mit dem kalten Ostwind über den See. Obwohl er noch keine Viertelstunde hier verborgen stand, fühlten sich seine Glieder schon ganz steif an. Da entdeckte er in der Ferne ein schwankendes Licht, das schnell näherkam. Er duckte sich noch tiefer ins Unterholz und hielt unwillkürlich den Atem an. Schon war der Jogger mit der Stirnlampe und dem modischen Thermodress herangekommen, da schwächte er das Tempo ab und trabte locker zum Steg hinunter. Als Zeitler an ihm vorbeilief, bemerkte er die weißen Stöpsel in seinen Ohren. Er beobachtete, wie der Mann zu den Rhythmen einer für ihn unhörbaren Musik aus seinem iPod Dehnungs- und Lockerungsübungen machte. Zeitler stand dabei ganz vorn auf den Planken mit dem Rücken zum Ufer. Jetzt musste alles schnell gehen.

Er nahm den Stein in die Hand, löste sich behutsam aus dem Versteck und pirschte sich eilig an sein Opfer heran. Als er den Bootssteg betrat und nur noch zwei Meter von ihm entfernt war, musste Zeitler die Bewegung hinter sich gespürt haben. In dem Moment, als er sich erstaunt umdrehte, schlug er ihm auch schon den Stein mit voller Wucht an die Schläfe. Mit verdrehten Augen kippte Zeitler seitwärts und fiel bewusstlos mit einem dumpfen Platschen ins Wasser. Totenstille senkte sich über den See.

Leicht zitternd trat er an den Rand des Stegs und schaute hinab. Direkt vor ihm lag der leblose Zeitler mit dem Gesicht nach unten im Schwarzwasser. Er unterdrückte einen Fluchtimpuls und versuchte ruhig zu atmen. Fünfmal hintereinander zwang er sich langsam bis sechzig zu zählen. Erst dann war er sicher, dass der Mann tot war, ertrunken im flachen Uferbereich. Er hielt sich den Stein, den er immer noch fest gepackt hatte, dicht vor die Augen und betrachtete ihn eingehend. Auf ihm waren weder Blut noch andere Sekrete zu erkennen. Dann beugte er sich weit vor und ließ den Stein in der Nähe von Zeitlers Kopf ins Wasser fallen, wo er schon nach wenigen Zentimetern auf Grund sank. Es war alles genau so, wie es sein sollte.

Dein Tod, mein Lied. Dein Tod, meine Trauer. Dein Tod, mein Jahr ...

Das Adrenalin in seinen Adern ließ ihn die Kälte nicht mehr spüren. Er holte den Rucksack aus dem Unterholz und schaute sich noch einmal lauschend um. Über dem See zogen Wolken auf. Dann ging er schnell durch die Nacht am Uferweg zurück. Als er unterhalb des Kurzentrums vorbeikam, erblickte er die ersten erleuchteten Fenster des frühen Morgens. Ohne einem Menschen begegnet zu sein, kam er wieder beim Auto an. Erleichtert ließ er sich auf den Fahrersitz des Kleinwagens sinken. Das Blut in seiner Halsschlagader pochte laut, während der andere kalt wie ein Fisch im Wasser lag. Nicht, dass er darüber triumphierte, aber es tat ihm auch nicht leid. Er bereute die Tat nicht. Zeitler musste sterben. Für Lissy. In seiner digitalen Welt gab es keinen Raum für Zwischentöne und Kompromisse. Eins oder Null, An oder Aus, Leben oder Tod. So einfach war das.

Er startete den Wagen und fuhr die kurvige Landstraße davon. Im Osten wurde der Nachthimmel blass, die Dämmerung setzte ein. Lange würde es nicht dauern, bis man die im kalten Wasser bestens konservierte Leiche entdecken würde. Natürlich war der Weißenstädter See in dieser Jahreszeit viel weniger frequentiert als im Sommer, doch auch jetzt gab es dort Gassigeher und Radfahrer. Er rechnete fest damit, dass schon innerhalb der nächsten Stunde ein Passant den entsetzlichen Fund machen würde. Doch was würden der Zeuge, der Notarzt und die Polizei dort erkennen? Ein Verbrechen? Wohl kaum. Eher doch einen jungen Sportler, der durch einen Schwächeanfall oder einen Ausrutscher so unglücklich auf einen Stein gefallen war, dass er im See ertrank. Ein groteskes Ende – gewiss. Aber auch nicht ungewöhnlicher als der Tod des Mädchens, das beim Betrachten seines Spiegelbildes kopfüber in der Regentonne ertrank. Oder als der Tod des Mannes, der in einen Brunnenschacht stürzte, weil die Abdeckung fehlte.

Selbst wenn sie Zeitlers Leiche obduzierten, würden sie zu keinem anderen Ergebnis kommen, als dass es ein Unglücksfall war. Und aufschneiden würden sie den Toten ja sowieso.

Deine Gabe, meine Frage. Deine Gabe, meine Kraft. Deine Gabe, mein Weg ...

Gegen acht Uhr schob er sich im Pendlerverkehr Richtung Zentrum. Eine dicke Wolkendecke hing schwer über der Stadt. Ab und zu rieselten ein paar unentschlossene Schneeflocken herunter. Er stellte den Ford auf demselben Parkplatz wieder ab. Bestimmt hatte die Frau sein Fehlen noch gar nicht bemerkt. Bei dem Gedanken daran, wie sie sich wohl den fast leeren Tank erklären würde, musste er grinsen. Er streifte die Handschuhe ab und stopfte sie in seine Jackentasche. Am Fahrrad angekommen, wechselte er schnell die Schuhe. Dreimal unterbrach er die Fahrt nach Gostenhof kurz. Beim ersten Mal warf er die benutzten Einmalhandschuhe in einen öffentlichen Mülleimer. Beim zweiten Mal hielt er vor dem Restmüllcontainer eines Supermarktes und entsorgte darin die Turnschuhe, die er heute Nacht getragen hatte. Beim dritten Mal stoppte er auf der Johannisbrücke und ließ den Schlüsselbund der Arzthelferin in die Pegnitz fallen. Danach verspürte er wider Erwarten Appetit. In einer nahegelegenen Backstube deckte er sich mit einer Tüte frischer Brezeln ein. Die erste verschlang er heißhungrig noch auf dem Mountainbike. In der Toreinfahrt fegte der Hausmeister Laub zusammen. Sie grüßten einander freundlich und wechselten ein paar Worte. Gut, dass er die Tüte vom Bäcker dabeihatte. So konnte er ihm beiläufig erklären, dass er schon seit der Früh im Büro arbeitete und nur eben kurz Brötchen holen war.

Dein Blick, mein Wort. Dein Blick, mein Anfang. Dein Blick, mein Blühen ...

Oben erschienen noch immer Sätze eines unsichtbaren Schreibers auf dem Bildschirm. Die Luft war stickig. Er zog die Jalousie hoch und kippte das Fenster. Dann ließ er sich schwer auf den Bürostuhl fallen, deaktivierte sein Alibi-Programm und steckte den USB-Stick in seine Hosentasche. Er legte die Füße auf den Schreibtisch und schloss erschöpft die Augen. Jetzt hieß es abwarten und nicht noch in der Zielgeraden einen Fehler machen. Das weitere Geschehen lag ohnehin nicht mehr in seiner Hand.

Er hatte alles getan, wozu ein liebender Vater überhaupt fähig sein konnte in diesem fast ausweglosen Kampf. Er hatte sich Tipps in der Hackerszene besorgt – anonym natürlich, war unentdeckt in die Datenbank im holländischen Leiden eingedrungen und hatte schließlich Florian Zeitler aufgespürt. Seine HLA-Merkmale stimmten zu fast hundert Prozent überein. Für dieses Wissen hätte er getötet. Nun hatte er es wegen dieses Wissens getan. Er massierte sich die schmerzende Stirn – wartete und hoffte. Am liebsten hätte er ein Stoßgebet gesprochen, doch das ging nun nicht mehr. Alle seine Gebete dieses Jahres waren ungehört verhallt. Alle seine gemachten Angebote darin – und er hatte viel geboten, sehr viel – waren ignoriert worden. Gott ließ dieses himmelschreiende Unrecht an Lissy einfach geschehen. Er nahm es noch nicht mal zur Kenntnis, war unerreichbarer als ein multinationaler Konzernchef. Was blieb ihm in seiner Not anderes übrig, als zur Gegenseite zu wechseln? Jetzt hatte er einen Pakt mit dem Teufel.

Dein Leib, mein Geist. Dein Leib, meine Herkunft. Dein Leib, mein Baum ...

Als es auf Mittag zuging, hielt er es nicht mehr länger aus. Warum meldete sich seine Frau nicht bei ihm? Der Anruf aus der Uniklinik müsste doch längst erfolgt sein. Hinter dem Steuer seines Wagens konnte er die Ungeduld kaum noch zügeln. Soweit es der dichte Verkehr zuließ, düste er, die Spur dauernd wechselnd und andere Fahrer bedrängend, heimwärts. Erst ab dem Wöhrder See konnte er Vollgas geben. Mit quietschenden Reifen stoppte er im Haselnussweg. Das empörte Kopfschütteln seines Nachbarn ignorierte er und lief durch das Gartentor zu seinem Haus.

»Du bist schon da?«, empfing ihn seine Frau. »Jetzt habe ich nichts fürs Mittagessen vorbereitet.«

»Ich habe keinen Hunger.« Er gab ihr einen Kuss.

Sie strich ihm durchs Haar. »Du siehst blass aus.«

»Ich bin schon ganz früh ins Büro. Ich konnte nicht schlafen.«

»Ich weiß. Du hast mir einen Zettel hingelegt.«

»Wie geht es Lissy?«

»Unverändert. Sie wird schon wieder leicht zyanotisch. Wenn nicht bald ein Wunder geschieht ...«

»Es wird ein Wunder geschehen.« Er tätschelte ihren Arm. »Ich gehe zu ihr.«

Er klopfte sanft an Elisabeths Tür und öffnete sie behutsam. Seine Tochter lag auf dem Bett und schlief. Ein Schlauch in ihrer Nase versorgte sie mit Sauerstoff – die Gasflasche zischte leise. Trotzdem hatten ihre Lippen schon wieder einen Stich ins Blaue. Er setzte sich neben das Bett und streichelte zärtlich ihre schmale zerstochene Hand. Obwohl Lissy siebzehn Jahre alt war, wirkte sie eher wie eine

Dreizehnjährige. Sie war schon immer klein und zierlich gewesen und nie gern herumgetollt. Aber erst, als sie vor einem knappen Jahr plötzlich keine Luft mehr bekam, wurde ihr schweres Leiden entdeckt. In der Kinderklinik in Erlangen erfuhren sie, dass Lissy ein krankes Herz hatte. Durch einen angeborenen Herzfehler waren ihre beiden unteren Herzkammern viel zu klein, die beiden oberen aber durch Überanstrengung um ein Vielfaches zu groß. Deshalb kam sie immer so schnell aus der Puste, und deshalb war sie so klein geblieben. Einen größeren Körper hätte ihr Herz gar nicht versorgen können. Ohne eine Transplantation würde sie das nächste Jahr kaum überleben, sagten die Ärzte. Noch niemals hatte er sich so machtlos gefühlt.

Lissy stöhnte leise im Schlaf. Es zerriss ihm schier das Herz, wenn er sie so leiden sah. Seit drei Monaten stand sie ganz oben auf der Dringlichkeitsliste, doch ein Spender hatte sich noch nicht gefunden. Mit ihr warteten allein in Deutschland 12.000 Menschen auf eine Organspende.

Dein Anfang, meine Herkunft. Dein Anfang, mein Weg. Dein Anfang, mein Ziel ...

Wann klingelte endlich das verdammte Telefon? Die Leiche hielt sich im kalten Wasser zwar lange frisch, aber zwischen Tod und Transplantation durften nur wenige Stunden liegen. Sonst wurde das Organ geschädigt und eine Verpflanzung unmöglich. Florian Zeitler war doch eingetragener Organspender. Und sein Gewebe passte optimal zu dem seiner Tochter. Hatte die Polizei etwa doch Verdacht geschöpft? Da klingelte es an der Haustür. Das musste der Krankenwagen sein! Bestimmt warteten sie schon auf Lissy. Und das neue Herz lag im Eiscontainer bereit. Ein heftig stechender Schmerz hinter seiner Stirn ließ ihn erstarren.

Schwer atmend und mit unglaublicher Kraftanstrengung erhob er sich und wankte aus dem Zimmer.

Von der Tür her hörte er leise Männerstimmen.

»Peter, kannst du mal kommen«, rief ihm seine Frau zu, »die Polizei will dich sprechen.«

Das war der letzte Satz, den er in seinem Leben hörte. Dann fällte ihn ein Gehirnschlag wie der Gewitterblitz einen Baum. Er würde nie mehr erfahren, dass die Streifenbeamten gekommen waren, weil er von einem der bedrängten Autofahrer angezeigt worden war.

Natürlich war er Organspender. Seine Nieren, seine Leber und die Netzhäute wurden erfolgreich verpflanzt und retteten Leben. Peter Munks kaltes Herz aber schlägt jetzt warm in der Brust seiner Tochter.

Dein Anfang, mein Tod. Dein Anfang, mein Traum ...

Anmerkung: Die kursiven Zitate stammen aus dem Langgedicht »Das Stundenbuch« von Eugen Gomringer. Das Gedicht ist in 14 verschiedene Gesteinsstelen aus dem Fichtelgebirge eingemeißelt, die den Rundweg um den Weißenstädter See säumen und zur Meditation einladen.

Killen McNeill
Pfarrers Kinder, Müllers Vieh

Ich hasste es, wenn uns Pauline vor dem ganzen Dorf blamierte. Ich hasste es überhaupt, wenn meine Familie durch ihre versponnenen Gewohnheiten im Dorf auffiel. Ich hasste es, wenn meine Eltern hochdeutsch mit den Dorfbewohnern sprachen, ich hasste es, wenn mein Kumpel Manni am Sonntag bei uns aß und meine Mutter Klößel sagte und nicht Kloß und wenn es als Nachtisch Kompott gab und nicht Apfelküchli. Ich hasste es, dass meine Mutter so ganz anders war als die anderen Frauen vom Dorf, so zierlich, so unbekümmert. In ihrer Freizeit machte sie Filethäkelei oder, noch schlimmer, malte abstrakte Bilder. Auf jeden Fall gab sie sich nur flüchtig und widerwillig mit der Hausarbeit ab. Ich hasste es, dass es bei uns nie nach Knieküchle oder Zimtrollen roch, sondern nach den ganzen Katzen, die die Bauern laut schimpfend und nachtretend verjagt hätten. Ich wollte so sein wie die anderen vom Dorf. Ich wollte fränkisch reden, ich hatt's vom Manni schon gelernt, und wenn ich meine Eltern richtig ärgern wollte, sprach ich es zu Hause auch. Ich wollte nicht Engelbert heißen und auch nicht Eberhard, Eckart oder Ewald wie meine älteren Brüder, sondern Manfred oder Herbert oder Schorsch wie meine Freunde. Ich wollte, dass mein Vater sich ins Wirtshaus mit einem Bier und einer dicken Zigarre hockte und mit Riesenpranken auf den Tisch sein Schafkopfblatt hinschmetterte, dass es nur so schepperte. Ich wollte, dass er ein Bauer war und ich ein Bauernbu.

Aber mein Vater war der Dorfpfarrer. Und ein Vertriebener aus Schlesien noch dazu.

Pauline lief an mir vorbei, und ich konnte nur ahnen, was hinter mir los war. Bald hörte ich die ersten Kicherer von den Kindern, aber ich behielt meinen Blick steif nach vorne und dachte an das Prinz-Eisenherz-Heft, das ich in Scheinfeld heimlich kaufen würde.

Als Kreuzträger bekam ich nämlich immer etwas Geld von den Angehörigen. Deswegen mischte sich bei der Ankündigung eines Todesfalles in unserem Dorf Unterhembach in Franken in mein Mitleid und meine Trauer immer eine gewisse Portion Freude, so ist's halt im Leben, des einen Freud, des anderen Leid.

Pauline war weder an der Freude noch am Leid noch an dem Trauerzug als solchem interessiert. Sie sah nur meine Mutter, der sie sowieso immer hinterherlief, weil diese sie fütterte. Pauline war eine ausgewachsene Sau. Der Bauer Müller hatte sie uns vor zwei Jahren geschenkt. Ein Ferkel, als Naturalie. Zum Schlachten, natürlich. Aber niemand aus unserer Familie brachte das fertig, nicht meine Mutter, nicht meine drei älteren Brüder, mein Vater sowieso nicht, obwohl in seinem Weltbild Gewalt durchaus ihren Platz hatte. Er konnte, wenn es sein musste, in der Schule und im Konfirmationsunterricht zum Beispiel, Schellen sehr gut verteilen, vielleicht traf er nicht immer den Urheber einer Störung, aber er traf ihn zielgenau, mitten auf die Backe. Das zählte bei den Dorfburschen, so konnte auch ein Dahergelaufener aus Schlesien bei ihnen punkten.

So belastete Pauline unseren mageren Pfarrershaushalt damals in den Fünfzigerjahren, statt ihn aufzuwerten. Sie wurde immer größer und unansehnlicher. Und nun lief sie an diesem grauen, feuchten Novembernachmittag quietschend und grunzend, ihr schwabbeliger Bauch starr vom letzten Dreck, in dem sie sich gewälzt hatte, im Trauerzug irgendwo hinter meiner Mutter her, die sie vermutlich zu ignorieren versuchte.

Ich wusste, dass das Ärger geben würde. Aber ich wusste nicht, wie viel.

Der Gesangsverein hob an, »'s is Feierabend« zu singen. Diese grässlichen Bögen, »'s is F*ei*erabend, 's is F*ei*erabend«, immer knapp unter dem richtigen Ton wie ein Limbotänzer, mein Vater musste immer schauen, dass er nicht zusammenzuckte. Er stand am offenen Grabe, groß, hager, grauhaarig, er hatte seine Worte gesprochen, sein knatterndes, hochdeutsches »r« hatte sich über den ganzen Friedhof erhoben, der Sarg war hinabgelassen worden, eine besonders traurige Beerdigung diesmal, Frau Helmenreich war kopfüber in dem eigenen Hauswasserversorgungsbrunnenschacht gefunden worden, klar, auch mir Dreizehnjährigem, dass das Selbstmord war. Aber keine Rede davon. Auch kein Wunder. Ihr Mann, der Heinz, war ein ganz brutaler Typ. Ich ging als Kind ein und aus in jedem Bauernhaus in Unterhembach. Nur nicht in dem Helmenreichhaus. Das stand am Dorfrand, war völlig verwahrlost, umkreist von einem Ring rostiger Gerätschaften, alter Reifen und morschen Holzes, wie eine Nordseeinsel inmitten von Strandgut nach einem Sturm. Ein halbwegs geräumter, enger Weg führte durch das Gerümpel zur Haustür. Da hörte man es schreien und brüllen im ganzen Dorf. Und klatschen, wenn Helmenreich wieder zuschlug.

Helmenreich stand direkt hinter meinem Vater, die Hände in den Hosentaschen, das Gesicht rot und versoffen, mit geplatzten Äderchen, schlecht rasiert, die ganzen Gesichtszüge wie nach unten gezogen, wie wenn alles auf seinen Schultern zerrinnen wollte, wenn es nicht von seinem schmutzigen Hemdkragen aufgehalten worden wäre. Das ganze Bild wiederholte sich in größerem Maße um die Taille, wo man meinte, nur der Gürtel verhinderte, dass alles weiter nach unten rutschte und der ganze Helmenreich sich in eine fettige Pfütze ergoss.

Etwas weiter hinten stand meine Mutter, und bei ihr die zwei Helmenreichskinder, der Karl, in meinem Alter, natürlich auch in meiner alten Schulklasse. Mit dem wollte niemand befreundet sein, weil er immer eine Riesenrotzglocke an der Nase hatte und, was schlimmer war, eine Hasenscharte. Wenn er in der Nähe war, konnte keiner sein Pausenbrot essen. Und die Magda, zwei Jahre älter, also fünfzehn, an sich nicht hässlich, aber völlig verhärmt und verdreckt, mit strohblondem, struppigem Haar, immer in zwei Zöpfen hängend und mit speckigen, abgelutschten, rot-weiß karierten Schleifen gebunden. Sie war schon groß gewachsen, aber in sich gekrümmt, als ob sie sich unsichtbar machen wollte.

Hinter den dreien Pauline, die mit ihrer rosafarbenen, schlabbrigen, triefenden Schnauze immer gegen die Hand meiner Mutter schubste.

Und weiter im Hintergrund die Dorfgemeinschaft, obwohl das Wort nie ganz passte und an diesem Tag erst recht nicht. Auch ich konnte es spüren, auch ich war Teil davon. Es lag eine gewisse Scham in der nasskalten Luft, eine Mitschuld, ein Wegschauen.

Die letzten Missklänge des Liedes verhallten. Mein Vater sprach das »Asche zu Asche und Staub zu Staub« zu Ende. Dann stach er mit der Handschaufel in den Kübel Erde, sprenkelte sie ins Grab und reichte die Schaufel an den Helmenreich weiter. Der nahm sie aber nicht, sondern presste sein glänzendes Gesicht ganz nah an das Gesicht meines

Vaters und brüllte so laut, dass es jeder hören konnte: »Ihre Sau, die macht's nimmer lang, des versprech ich Ihna!« Und stampfte davon.

Jetzt wusste ich, dass es nichts mehr werden würde mit dem Prinz-Eisenherz-Heft.

Am Nachmittag erschien dann eine Delegation aus dem Dorf bei uns, alle mit Säge und Hammer bewaffnet und mit einem Anhänger, vollgeladen mit frisch gesägtem Holz. Der Pferch wurde blitzschnell und ohne viele Worte errichtet und die Pauline hineingetrieben. Als ich vorbeilief, hörte ich, wie meine Mutter auf Hochdeutsch gerade den Männern erzählte, dass die Pauline bisher im Haus unter der Treppe zu schlafen pflegte. Statt ihnen Bier zu bringen, wie es sich gehört hätte. Ich sah die Blicke, die die Bauern sich zuwarfen, und ich genierte mich wieder. Keine Ahnung hatte sie.

In der Frieh hat die Pfarreri alle aufg'weckt,
»Schaut hie«, hat's geschria, »die Sau ist g'freckt«,
»Die arme Pauline«, socht der Pfaff, kreidebleich,
»Doch net die«, socht die Frau, »es ist der Helmenreich.«

Das ist die allererste Version der Legende über die Ereignisse des nächsten Tages. Sie ist aus der Kerwapredigt aus dem Jahre 1960, gedichtet damals in den holprigen Reimen vom Müller Schorsch, dem Stifter von Pauline und einem der ersten Zeugen.

Ich habe alle Kerwapredigten seit dem Weltkrieg gesammelt, schließlich bin ich heute der Vorsitzende vom Geselligen Verein. Kerwa ist bei uns immer am dritten Oktoberwochenende, also hat es damals fast ein ganzes Jahr gedauert, bis sich diese Version etabliert hatte. Und so wird es bei uns im Dorf seitdem erzählt. Das gibt immer einen Lacher, das mit der Sau, die dann doch nicht die richtige Sau ist, sondern ein Mensch. Ich glaube, es gibt einen ähnlichen Witz über Franz Josef Strauß.

In Wirklichkeit war's natürlich anders, gar nicht lustig. Ich erinnere mich nur bruchstückhaft. Das aufgeregte Grunzen von Pauline in der Früh, das uns verwunderte. Der haarige, zitternde, schmutzige Hintern von Pauline, vom Küchenfenster aus gesehen, über etwas in ihrem Pferch gebeugt. Dann der Aufschrei meiner Mutter, als die Pauline auf einmal ihre Beute von der anderen Seite anging und den Blick freigab, den Blick auf ein geknicktes Hosenbein, das unter Paulines Stößen ganz komisch hin- und herwippte. Dann waren wir alle im Pferch und versuchten, die Pauline von Helmenreichs Leiche wegzuzerren, denn dass es eine Leiche war, war ganz klar, sie schlenkerte herum wie eine Stoffpuppe. Wir stellten uns natürlich wieder an wie die letzten Deppen, wie immer, wenn es um bäuerliche Tätigkeiten ging, Eberhard, Eckart und Ewald schubsten an Paulines Rüssel und Kopf von außen, Vater, Mutter und ich zogen am Schwanz und an den Hinterbeinen von innen. Es hatte die ganze Nacht geregnet, und der Pferch war ein Schlammfeld. Wir waren alle von oben bis unten mit Dreck besudelt, und Pauline ließ immer noch nicht vom Helmenreich ab.

Irgendwann erschien Bauer Müller mit einer Mistgabel, und die Sache erledigte sich mehr oder weniger von selbst. Bald lag Helmenreichs Leiche außen, und Pauline schnaubte und grunzte ihr von innen zu.

Dann Arzt, Polizist.

»Lerge Fisch, du lebst auch noch!« Doktor Wollny entstieg ächzend seinem schwarzen Lloyd und begrüßte meinen Vater. Sie kamen beide aus der Nähe von Breslau. Er trug einen Panamahut, auch im Winter, einen blauen Zweireiher und einen Schnurrbart, so dünn, dass er wie aufgemalt schien. Dann folgte ein langes Schweigen und viel später: »Oh je, oh je.«

»Tot?«, fragte mein Vater.

»Mehr als tot«, sagte Wollny, während er Helmenreichs verdreckten Kopf von einer Seite zur anderen drehte. »Bloß wie?«

Inzwischen hatten sich einige Dorfbewohner versammelt. Ihnen war es klar, was passiert war.

»Umbringen wollt' er sie, die Pauline, wie er's gestern gesocht hat!«

»Hommer alle geheert!«

»Na isser g'stolpert. Im Suff, wohrscheints!«

»Hat s'n wohl aweng og'fressen, Herr Doktor? Hää? Die Pauline?«

»Da! Da! Da liegt's doch. Das Messer!«

Und tatsächlich lag ein langes Schlachtmesser im Schlamm und wurde vom Gendarm sichergestellt. Die Sache war klar. Der Helmenreich wollte seine Drohung wahr machen, war über den Zaun geklettert, ausgerutscht, auf den Kopf gefallen und gestorben.

Wir Buben mussten uns am Hausbrunnen ausziehen und wurden abgespritzt. Dann bekamen wir ausnahmsweise frische Wäsche, obwohl es gar nicht Samstag war, und wurden aufs Zimmer geschickt.

Das Nächste, woran ich mich erinnere, ist, wie wir Buben vom Schlafzimmerfenster aus auf den Pferch hinunterschauten. Immer, wenn etwas Aufregendes passierte, wenn der Ofen explodierte oder eine Kuh in den Hausbrunnen stürzte, schickte uns die Mutter ins Bett und sagte uns, wir sollten schlafen. Und das war das Aufregendste, was wir jemals erlebt hatten. Und Eberhard, unser Ältester, war schon siebzehn. An Schlafen war nicht zu denken.

Das muss am Nachmittag desselben Tages gewesen sein.

Pauline ist inzwischen aus dem Pferch entfernt und befindet sich eingesperrt in Müllers Scheune. Mein Vater ist wieder im Pferch drin, auch er mittlerweile sauber. Nur, dass er natürlich im heiß gemachten Wasser in der Wanne hat baden dürfen. Er war ja auch immer der Einzige, der ein gekochtes Ei am Sonntag zum Frühstück bekam. Er steht mitten auf der Längsseite vom Pferch, mit dem Rücken zum Zaun, uns ziemlich genau gegenüber. Mit im Pferch ist ein Polizist von der Kripo. Dass er von der Kripo ist, können wir leicht an seiner Hutkrempe und an seinem beigen Mantel erkennen. Sein Gesicht dagegen können wir nicht erkennen, nur seinen mahlenden Unterkiefer mit seinem Spitzbart. Kaugummi. Durften wir nicht. Er geht den Pferch seitlich auf und ab, systematisch, vorsichtig, den Blick nach unten gerichtet, seine Gummistiefel hinterlassen gerade Bahnen im Riesenspurenchaos von Pauline und uns von heute früh, wie ein Pflug, der seine Furchen auf dem Acker zieht. Bald wird er die Hälfte der Fläche des Pferches abgegangen sein. Wo er gewesen ist, klare Linien, Ordnung, die unsere Anarchie langsam, aber stetig besiegt. Mein Vater bleibt sozusagen in der Wildnis stehen. Er schaut zu. Sein Kopf folgt den Bewegungen des Polizisten, wie bei einem ganz langsamen Tennisspiel. Jetzt schaut mein Vater ihm hinterher. Dann wendet er seinen Blick weg vom Polizisten, lässt ihn ziellos umherwandern, sein Kopf bleibt auf einmal stehen, seltsam still, konzentriert, seine Augen sind auf etwas gerichtet, das ziemlich genau in der Mitte des Pferches zu sein scheint, gerade noch im wild vertrampelten Teil, dann sehe ich das auch, etwas Rot-Weißes, das aus dem Schlamm spitzt, etwas, das genau in der nächsten Bahn des Polizisten sein wird. Ich merke, wie mir der Atem stockt. Mein Vater wirft dem Polizisten einen Blick hinterher, er ist fast am linken Zaun, jeden Augenblick wird er sich umdrehen.

Plötzlich löst sich mein Vater vom Zaun, schreitet ganz schnell zur Pferchmitte, hebt den Stofffetzen auf, steckt ihn in seine Tasche, geht zurück zum Zaun, lehnt sich wieder hin. Seine Fußstapfen fallen im Gewühl gar nicht auf. Im selben Moment dreht sich der Polizist um und läuft wieder los. Im selben Moment legt sich auch ein Kondensfilm aufs Fensterglas, sodass ich nichts mehr sehe. Wir vier haben alle gleichzeitig ausgeatmet. Schnell rubbeln wir das Fenster frei. Vom Quietschen vielleicht alarmiert, schaut mein Vater, Eberhard Eckhold, zu uns hoch. Zu seinen Söhnen, denen er allen Namen mit »E« gegeben hat, damit sie so schön zum schlesischen Nachnamen passen, und die es ihm später nicht danken werden. Oder wenigstens nicht alle. Ich auf jeden Fall nicht. Wir stehen in der Reihenfolge unseres Alters am Fenster, von ihm aus gesehen von links nach rechts: Eberhard Eckhold, Eckart Eckhold, Ewald Eckhold, Engelbert Eckhold. Es ist ein merkwürdiger Blick, den er da auf uns richtet, wie wenn er uns gar nicht kennt, wie wenn er uns das erste Mal sieht, wie wenn er sich fragt, was wir da tun. Was er da tut.

Dann schaut der Polizist zu ihm hinüber, sagt offenbar etwas Lustiges, und mein Vater lächelt ihm zu.

Wir haben niemals über diese Szene gesprochen, meine Brüder und ich. Mein Vater auch nicht.

Der Kripobeamte sah die Sache genauso wie das Dorf.

Nachdem die Leiche vom Helmenreich saubergemacht wurde, entdeckte man eine Wunde am Hinterkopf, die zu einem Stein im Pferch passte. Alkoholisiert war er auch, stellte man bei der Obduktion fest. Also im Suff wollte er das Schwein erstechen, wie er es angekündigt hatte (Zeugen: das ganze Dorf), und ist ausgerutscht und selber umgekommen. Geschieht ihm recht. Ätsch-bätsch. Niemand hat um ihn getrauert. Nicht mal die eigenen Kinder. Da waren sie schon weg.

Meine Mutter war sowieso bei den Helmenreichkindern. Mein Vater ging am Nachmittag hinunter und holte sie und die Kinder zu uns ins Haus, nachdem der Kripobeamte fort war. Die Kinder übernachteten einmal bei uns, Magda auf dem Sofa im Wohnzimmer und Karli bei uns Buben im Zimmer. Mein Vater hatte mit einem Kinderheim in Neuendettelsau telefoniert und irgendwas für den nächsten Tag organisiert. »Aber Mama, mir graut's vor dem so!«, flüsterte ich meiner Mutter beim Abendbrot zu und hatte schon eine Trümmerschelln sitzen, bei der mir die Ohren bloß noch so summten. »Wenn du es so nicht kapierst, musst du es halt spüren«, hieß es dann, wie immer.

Ich, als Kleinster, musste natürlich mein Bett räumen und zu Ewald ins Bett steigen. »Dassdmer fei net alles z'sammsabberst«, habe ich noch zu Karli hinübergezischt, bevor ich einschlief.

In der Nacht schrak ich hoch. Karli saß aufrecht im Bett und wankte mit dem Oberkörper hin und her. »Du Schauhund!«, stöhnte er. »Du Schau!«

Um mich herum wurden meine Brüder wach.

»Pssst! Ruhe!« Das war Eberhard, der Oberaufseher, mein Vater in Kleinformat.

»Er sabbert«, sagte ich.

»Ruhe! Alle! Jetzt wird geschlafen!« Eberhard wieder.
»Hör auf! Lasch schie in Ruh!« Karli, lauter.
»Karli! Du träumst!« Ewald.
»Er sabbert auf mein Bett.«
»Jetzt ist aber endlich Ruhe hier!«
»Du hast leicht reden. Es ist ja nicht dein Bett, das er zusammensabbert.«
Karli wurde noch lauter. »Lasch schie in Ruh!«
»Du sollst net sabbern!«, rief ich genauso laut.
»Entschuldischung.« Und er legte sich wieder hin und schlief ein.
Auch darüber haben wir Brüder nie gesprochen.

Am nächsten Tag in der Früh stand die NSU Lambretta meines Vaters im Hof, und er machte sich auf den Knien daran, den Seitenwagen zu befestigen. Dabei kam ihm sein handwerkliches Ungeschick und sein unzureichendes Werkzeug dazwischen. Als Pfarrer konnte er natürlich nicht fluchen, aber er stieß immer wieder ein verklemmtes ›*Scheibenkleister!*« hervor, oder »mein *Gott*fried Schlohnhein!«

Irgendwann war das Ensemble doch fertig. Meine Mutter packte ein Bündel mit Habseligkeiten, die sie von unseren Kleidern für den Karli und von anderen Bauernfamilien mit Töchtern für die Magda zusammengesammelt hatte, vorne in den Beiwagen. Mein Vater bestieg den Roller. Karli hockte sich hinten darauf und umklammerte seine Taille, Magda stieg in den Beiwagen. Sie trug ein schwarz-weiß gepunktetes Kleid, das die Scheuerings Betti auf der letzten Kirchweih anhatte, und einen alten burgunderroten Mantel meiner Mutter. Und Strümpfe, das weiß ich heute noch.

Einige Dorfbewohner hatten sich wieder versammelt, um die Abfahrt mitzuerleben. Damals betete ich noch. Das war noch vor der Konfirmation. Also flüsterte ich: »Lieber Gott, lass das Ding bitte anspringen. Und dass der Vater nicht hinunterfällt und alle mit ihm. Und überhaupt, dass wir nicht wieder alle wie die letzten Deppen dastehen.«

Es klappte. Der Roller sprang an, er saß furchtbar tief und fuhr furchtbar langsam, aber es klappte. Und als der Roller unten auf die Straße hinausfuhr und nach rechts abbog, sah ich, wie der Fahrtwind das Haar von Magda nach hinten wehte und wie ein kurzes Lächeln über ihr Gesicht huschte. Sie trug keine Zöpfe.

Und ich dachte, mein Gott, sie ist ja hübsch.

Magda kam nur noch einmal ins Dorf.

Dummerweise gehörte das Helmenreichhaus der Kirche. Das bedeutete, dass wir es in den nächsten Tagen ausmisten mussten.

»Mein *Gott*fried Schlohnhein! Das einzig Saubere hier ist die Robbern!«

»Du meinst die Schubkarre.« Eberhard schaute zu mir von dem undefinierbaren Klumpen Stoff hoch, den er in den Händen hielt. War es ein altes Kleid, ein Sack oder ein Vorhang? Ein Teppich? Eberhard verstand sich als Hüter des Hochdeutschen in unserer Familie, das ja an allen Fronten vom Fränkischen angegriffen wurde, und nun auch von mir.

»*Scheiben*kleister, ja! Na ja, der Fußboden geht auch noch.«

Eberhard sah mich an, als ob er mir am liebsten eine Schelle verpassen würde, aber ich hatte die Grenze dazu noch nicht überschritten. Ich legte Wert darauf, diese Grenze zu beachten, ich wusste natürlich genau, wo sie lag, ich tänzelte bis kurz davor heran, aber nie darüber hinaus.

Eigentlich wollte ich nicht dauernd anecken und nerven,

aber irgendwie fiel mir diese Rolle in der Familie zu, es wurde von mir erwartet, ich musste es machen, alle anderen Rollen waren schon besetzt, als ich dazukam: Mein Vater war Gottes Vertreter auf Erden, Eberhard war meines Vaters Vertreter, wenn er nicht da war, der Zurechtweiser, Eckart war der Schlaue, Ewald der Liebe. Was blieb mir dann übrig?

Das einzig Gute an dem Haus war, dass es noch heruntergewirtschafteter war als unsers. Das verschaffte mir ein seltenes, wohliges Gefühl der Rechtschaffenheit. Ich wollte die Leute, die vorbeiliefen, als wir aufräumten, hereinholen und ihnen sagen: »Riecht, wie es stinkt. Seit Jahren nicht gelüftet. Schaut, wie modrig, feucht und schimmelig die Wände sind. Und die Betten, seit Jahren nicht frisch bezogen. Seht, wie die alten Blätter unter den Betten liegen. Und das muss mal eine Ratte gewesen sein, und das vielleicht eine Taube. Und jetzt geht mit in die Küche. Das glaubt ihr nicht, was da an Dreck ist, Ruß, tote Mäuse. Da ist doch unser Pfarrhaus aufgeräumt und sauber, oder?«

Es war aber auch tatsächlich auffallend, wie sauber die Schubkarre und der Boden im Wohnzimmer gegen das ganze andere Geschlamp wirkten.

Irgendwann war das Haus aufgeräumt, und es fanden sich neue Mieter. Mitte der Siebzigerjahre habe ich es gekauft, jahrelang renoviert und bewohne es nun mit meiner Frau.

Es ist ein Schmuckstück.

In den Sechzigerjahren schwand mein Glaube nach und nach. Ich hatte sowieso den Eindruck, er hatte immer mehr an Kraft verloren, je weiter er in unserer Familie nach unten versickert war, so wie die Vornamen mit »E«. Eberhard war so vom Glauben erfüllt, dass er Pfarrer werden wollte, für mich war nichts mehr übrig. Ich hatte schon lange aufgehört, den Predigten meines Vaters zuzuhören, ich machte andere Dinge, wie zu zählen, wie oft er »wiewohl« sagte oder den Mund wie ein Karpfen zusammenschnürte und seine Augen nach hinten rollte, sodass nur das Weiße zu sehen war. Aber an eine Predigt kann ich mich erinnern, also nicht an die ganze, sondern nur an das Ende, weil da die Gemeinde seltsam leise und aufmerksam geworden war. »Wenn wir das Glück haben, in einer Familie aufzuwachsen, in der dafür gesorgt wird, dass wir eine gesicherte Zukunft haben, dann sollten wir Gott dafür danken«, sagte gerade mein Vater, als ich anfing, aufzupassen. »Wenn wir das Glück haben, in einer Familie aufzuwachsen, in der man nicht täglich Angst vor Prügeln oder vor noch Schlimmerem haben muss, dann sollte man Gott dafür danken. Wenn man die geliebte Schwester retten will und dafür sich eine schwere Sünde aufbürden muss, ja muss, wer will da mit dem Finger auf einen zeigen? Wir wollen jetzt alle ins Gebet einschließen, die bisher im Dorf und im Leben außen vor standen.« Und er stimmte das Vaterunser an. Das Schlimmste war, und das hatte ich noch nie gesehen, dass mein Vater dabei Tränen in den Augen hatte.

Als ich um mich schaute, hatte ich das Gefühl, alle wussten, um was es ging, nur ich und meine Brüder nicht. Mein Vater ging dieses Mal auch nicht zur Tür und verabschiedete sich von den Besuchern, wie es der Brauch in den letzten Jahren geworden war.

Zufällig weiß ich auch genau das Datum. Es war ein Tag nach dem Endspiel der Fußballweltmeisterschaft 1966 im Wembley-Stadion in London. Wir hatten immer noch keinen Fernseher, und ich hatte das Spiel im Wirtshaus angeschaut und mich über das Wembley-Tor, das keins war, wahnsinnig aufgeregt und mein erstes Bier getrunken.

Ich will zum Ende dieser Geschichte kommen. Meine Mutter starb 1986 und mein Vater 1995. Er war schon lange im Ruhestand, durfte noch im Pfarrhaus wohnen und wurde von mir und meiner Frau gepflegt. Ich war schon lange im Dorf angekommen, da, wo ich sein wollte, ich liebe meine Frau natürlich, aber sie war auch die Tochter vom größten Bauern im Dorf, und ich hatte schließlich Landwirtschaft studiert. Die Liebe muss nicht immer vor unüberwindbaren Umständen stehen, finde ich, sie kann auch so mal auf fruchtbarem Feld gedeihen. Ich bin der einzige Eckhold, der es in Unterhembach gehalten hat, alle meine Brüder sind aus dem Dorf verschwunden, so schnell sie konnten, unsere Kinder wohnen auch woanders. Für mich war es gut, im Dorf anzukommen. Aber manche müssen den anderen Weg gehen. Manche müssen dem Dorf entkommen oder daran zugrunde gehen. Und manche wiederum, und das müssen nicht die Schlechtesten von uns sein, packen es weder so noch so.

Je älter man wird, umso öfter werden Beerdigungen Anlässe für Familientreffen, so auch das bevorstehende Begräbnis unseres Vaters. Interessant, wie schnell man dabei von altbekannten Familienmitgliedverhaltensmustern wieder genervt ist. Eberhard zum Beispiel nahm es gleich auf sich, Vaters Papiere durchzugehen, obwohl er seit Jahren nicht mehr in seinem Arbeitszimmer gewesen war, nur, weil er selber Pfarrer war. Wir anderen saßen im Wohnzimmer nebenan und unterhielten uns über alte Zeiten, über die Pauline und so weiter, und Eberhard erschien immer wieder und machte sich furchtbar wichtig. Er sagte dann Dinge wie: »Er hat die letzten Jahre einfach das Kirchenbuch als Gabenkasse benutzt!« und schaute uns an, als ob wir uns empören sollten. »Mensch, Eberhard«, sagte ich, »ist doch zwanzig Jahre her. Wen kümmert's?«

Dann hörten wir ihn wieder herumräumen und schimpfen, sodass wir uns nicht richtig unterhalten konnten. Als er wieder herauskam, hielt er einen Umschlag hoch, als ob er gerade ein Beweisstück für einen Mord gefunden hätte. »Wieso sind private Briefe bei den Kirchenein- und -austritten dabei?«

Wieder ich: »Mein *Gott*fried Schlohnhein, Eberhard, du trägst die ganze Ruhe hinaus.« Dann, weil er ihn mir vor die Nase hielt, erkannte ich den Absender auf der Rückseite, *Magda Helmenreich*. Ich nahm ihn Eberhard ab und drehte ihn um. Er war mit »Nürnberg, 28. Juli 1966« gestempelt.

»Wisst ihr noch, die Helmenreichs?«

»Lies ihn vor.«

Ich las ihn vor.

Sehr geehrter Herr Pfarrer Eckhold,
ich werde Ihnen und Ihrer Frau ewig dankbar sein für das, was Sie damals getan haben. Oder vielmehr für das, was Sie nicht getan haben. Sie wissen schon, was ich meine.

Ich muss Ihnen aber leider sagen, dass der Karli es nicht gepackt hat. Eine schwere Schuld hat er auf sich geladen damals, und er ist nicht damit fertiggeworden. Er hat's halt nicht ausgehalten, als der Vater mich anstelle von der Mutter holen wollte, damals in der Nacht, und da hat er mit dem Holzscheit zugeschlagen.

Er ist immer wieder aus dem Heim ausgerissen, wo Sie uns hingebracht haben, bis sie ihn dann endlich hinausgeschmissen haben. Ich wusste immer, wo ich ihn finden konnte, und zwar am Nürnberger Hauptbahnhof. Aber ich konnte ihm nicht helfen »Für mich ist es zu spät, Magda«, hat er immer gesagt. »Hauptsach, dir geht's gut. Versprich mir, dass aus dir was wird. Dass das damals einen Sinn gehabt hat. Ich krieg halt die Bilder nimmer aus dem Kopf. Wie der Vater immer wieder aus dem Schubkarren gefallen ist und wie wir ihn immer wieder hineingeladen haben. Und dann denke ich, ich hätt's viel früher machen müssen, dann wär die Mutter noch am Leben.« Dann fing er meistens das Weinen an. Und trank. Daran ist er dann gestorben, Herr Pfarrer. Letzte Woche habe ich die Nachricht von der Bahnhofspolizei bekommen. Der Karli ist tot. Alkoholvergiftung.

Das wollte ich Ihnen sagen, Herr Pfarrer. Und dass es mir aber gut geht, das sollten Sie auch wissen. Ich werd's schaffen. Ich muss es schaffen. Für den Karli. Ich habe meinen Hauptschulabschluss gemacht und mache eine Ausbildung als Hauswirtschaftslehrerin. Stellen Sie sich das vor, Herr Pfarrer! Ich werde Lehrerin! Und ich habe einen lieben Freund. Das alles habe ich dem Karli zu verdanken. Und Ihnen, Herr Pfarrer. Dass Sie damals nichts gesagt haben. Und dass Sie mir die Schleife zurückgebracht haben. Und dass Sie gesagt haben, wir sollen die Robbern und den Boden saubermachen, damit keiner was merkt.

Wenn ich nie mehr nach Unterhembach komme, ist es mir egal, aber ich wollte Sie bitten, dass Sie Karli in

Ihr Gebet miteinschließen, er hat kein leichtes Leben gehabt.
    Hochachtungsvoll,
    Ihre Magda Helmenreich

Irgendwie war es mir so, als ob ich es schon immer gewusst hätte. Und als ich meine Brüder anschaute, merkte ich, dass auch von ihnen keiner richtig überrascht war. Ich glaube, jeder von uns hatte die gleichen Bilder im Kopf: zwei verlorene Kinder, die bei Nacht und Regen ihren toten Vater durchs Dorf karrten, wie die Schubkarre immer wieder zur Seite umkippte und wie sie ihn immer wieder mühsam hineinzerrten.

Die Beerdigung meines Vaters war dann am nächsten Tag. Der Gesangsverein hatte sein Unvermögen wie einen Schatz gehütet, die Tenöre hatten's an ihre Söhne und die Soprane an ihre Töchter weitergegeben, und »'s is Feierabend« klang noch genauso grässlich wie in den Fünfzigerjahren.

Als dann alles vorbei war, schauten wir Brüder zu, wie die Trauergemeinde Blumen aus den bereitstehenden Schalen ins Grab warf. Fast gegen Schluss, als die Warteschlange sich im Auflösen befand, trat eine gutaussehende, sehr gepflegte Frau Mitte fünfzig heran. Sie hatte blondes Haar, trug teure schwarze Kleider und wurde begleitet von einem sympathisch wirkenden Mann mit einer Glatze. Sie ist nicht anschließend auf uns zugekommen, und ich hätte sie nicht erkannt, hätte sie nicht, statt Blumen, in ihre Handtasche gegriffen und eine abgewetzte rot-weiße Schleife ins Grab geworfen.

Petra Nacke
Nightliner

»Hallo.«

Er hat es leise gesagt und sie nicht angeschaut. Er betrachtet die klebrigen Schneeflocken, die sich auf dem grauen Asphalt für einen Moment wie schaumige Speichelflecken abzeichnen und dann zerfließen. Im Kegel der Straßenlaterne sehen sie aus wie angelockte Insekten. Abertausende baden im Licht und vergehen. Fliegen, Fließen, Sterben. Ekelhaft sinnlos. Man kann nicht wegschauen. Die Frau steht auf und zieht den Mantelkragen enger um ihren Hals. Sie ist nicht an einem Gespräch interessiert, auch nicht an Gesellschaft. Es ist ihr unangenehm. Er ist ihr unangenehm. Warum hat er sich neben sie gesetzt?

Drei Schalensitze gibt es hier. Orange, Plastik. Drei platt gedrückte, schmutzige Orangen. Er hätte sich auf den rechten, äußeren Platz setzen können. Abstand wahren. Ein bisschen Höflichkeit. Distanz. Ist das zu viel verlangt? Das muss man sich doch denken können! Woher ist er gekommen? Sie hat es nicht gesehen. Plötzlich war er da. Hier gibt es nichts außer einem Parkplatz und einer Kleingartenanlage mit Gaststätte, und die hat schon vor Stunden geschlossen. Woher also ist er gekommen?

Sie steht auf, geht die paar Schritte bis zu dem Schild mit dem grünen »H« im gelben Kreis und schaut auf den Fahrplan, kontrolliert die Abfahrtszeiten. Dabei hat sie das bestimmt schon viermal getan, aber da war er noch nicht da. Der Bus hätte schon vor fünf, nein, vor sechs Minuten kommen sollen. Wo bleibt er!

Sie fährt nie mit dem Nachtbus, höchstens ab und zu hinter ihm. Müde, nach Dienstschluss. Gastro ist ein hartes Geschäft. Am Ende immer noch die Kasse. Dabei fallen einem die Augen schon beinahe zu, und die Füße tun weh. Sie hatte ihn jedes Mal verflucht, den Nightliner, weil es auf dieser Strecke schwer ist, einen Bus zu überholen, zumal mit einem alten Auto. Jetzt hat die Kiste sie im Stich gelassen. Hat es gerade noch bis auf den Parkplatz geschafft. Glück eigentlich, aber mitten in der Nacht und mitten auf dem Marthweg, der so heißt, obwohl er kein Weg ist, sondern eine Ausfallstraße. Jetzt sehnt sie sich nach dem verfluchten Bus.

Der Mann schaut sie an, das kann sie sogar durch den Mantelstoff hindurch spüren. Er beobachtet sie. Wie sie dasteht, wie sie vor Kälte mit den Füßen trippelt, wie sie vor Ungeduld und Müdigkeit schnelle weiße Wolken in die Nachtluft atmet. Sie kann sich sehen, wie er sie sieht. Man sollte nicht trippeln! Man sollte seinen Atem unter Kontrolle haben!

Er verfolgt die verirrten Flocken, die auf ihren Ärmeln landen, ihrem Mantelkragen, ihrer Mütze aus grünem Plüsch, die nicht recht zu ihr passen will. War auch gar nicht für sie gedacht. Die Frau hat die Mütze am Vormittag für ihre Nichte gekauft. Wer hätte denn ahnen können, dass es heute noch regnen oder gar schneien würde? Nicht einmal die Luftfeuchtigkeit konnte sich bis zum frühen Abend entscheiden, ob sie Regen oder Schnee werden wollte. Sie wusste nicht mal, ob sie überhaupt nach unten sinken, oder lieber als Teil eines unentschlossenen Tiefdruckgebiets über der Stadt hängen bleiben sollte. Wer also hätte wissen können, dass man mitten in der Nacht im Schneeregen an einer Bushaltestelle stehen würde, weil die Mistkarre ihren Geist aufgibt? Wer?

Der Mann reckt den kräftigen Hals, stiert in den dunklen Himmel, denkt an seine Lehrerin. Sie hatte ihnen mal das Wetter erklärt, dazu den Tafelschwamm genommen und in den Eimer getunkt, vom Druck geredet, von warmen und kalten Luftschichten und von tonnenschweren Wolken, die prall mit Wasser gefüllt sind. Sie war aufs Pult gestiegen, hatte ulkige Bewegungen gemacht, um die Auf- und Abwärtsbewegungen der Wolken in den Luftschichten zu demonstrieren, und schließlich den Schwamm, hoch über dem Kopf haltend, mit beiden Händen zusammengepresst. Ein kreidegrauer Wasserfall war über ihr explodiert. Das war komisch, das war saukomisch gewesen!

Der Mann muss lachen bei der Erinnerung an die nasse Lehrerin. Er lacht hoch und beinahe schrill, wie das Kind, das er damals war. Die Frau zuckt zusammen, ihr Kopf ruckt herum, sie streift ihn mit einem schnellen Blick, weiß, dass es besser ist, nicht zu schauen. Man schaut keine fremden Männer an, wenn man allein im Nirgendwo steht. Besser auf den Boden starren, in die schmutzige Nacht oder noch einmal auf den Fahrplan.

Der NL verkehrt immer in Nächten von Fr zu Samstag & von Sa zu Sonntag ... auch in Nächten zu Brückentagen (Bt) sowie in Nächten zu Rosen-Mo & zu Faschings-Di ...

Es ist Freitag, nein, es ist schon seit fast zwei Stunden Samstag. Warum kommt er nicht?

Sie trippelt schon wieder. Trippelt vor der Haltestelle auf und ab, als könnte sie den Bus damit anlocken oder wenigstens die Zeit verscheuchen. Der sulzige Schnee schmatzt unter ihren Sohlen. Sie hätte nicht diese Plateaustiefel anziehen sollen. Mit Plateaustiefeln trippelt man automatisch, auch wenn man gar nicht trippeln will. Wenn sie arbeitet, trägt sie flache Schuhe, geht gar nicht anders, man macht sich sonst die Füße kaputt. Zu Hause im Flur stehen ihre Winterstiefel. Flach, grau, funktionell. Warum hat sie die nicht angezogen? Man weiß doch, wie Männer auf hohe Stiefel reagieren. Das weiß man doch!

Hier gibt es nicht einmal eine Leuchtreklame. Keine Versicherung, die für Vertrauen wirbt. Keine H&M-Models im neuen Frühjahrs-Fashiontrend. An der Glaswand kleben nur ein paar Vogelschablonen. Einige sehen aus, als wären sie gekreuzigt worden. Daneben eine durchgestrichene Zigarette, »Danke, dass Sie hier nicht rauchen«. Den Mann überfliegt sie gewissermaßen mit ihrem Blick – nur kein Augenkontakt! Er hat sich angelehnt. Die Beine breit von sich gespreizt. Eine Hand auf dem Oberschenkel, die andere, zur Faust geballt, auf dem Nebensitz.

Wie der dasitzt! Männer sitzen immer so da, breitbeinig, raumgreifend. Wenn man neben einem Mann im Kino sitzt oder in einem Bahnabteil, muss man zusehen, wie man mit dem bisschen Platz zurechtkommt, den er einem lässt.

Sie zieht ihr Handy aus der Tasche. Er soll ruhig wissen, dass sie ein Handy hat! Sie könnte telefonieren, ein Taxi rufen. Das ist teuer – egal. Wie lange würde das dauern? Wie lange würde es dauern, bis das Taxi käme? Fahren Taxis überhaupt zu so abgelegenen Bushaltestellen? Nachdem sie eins bestellt hat, könnte der Bus kommen. Den würde sie natürlich nehmen. Das Taxi wäre ganz umsonst zum Föhrenbuck rausgefahren. Das werden die sich in der Taxizentrale auch denken.

Der Mann hat gesehen, dass sie ein Handy hat. Gut so. Er hat sie ganz genau beobachtet. Jetzt kramt er in seiner Anoraktasche, zündet sich eine Zigarette an, das Feuerzeug klickt einmal, zweimal, dann funktioniert es.

»Wollen Sie?«

Jetzt schaut er sie an, ganz direkt, von schräg unten aus dem Schalensitz heraus, hält ihr die Packung hin. Jetzt muss sie auch schauen, ob sie will oder nicht. Sie ist nicht sicher, wie sie reagieren, was sie sagen soll. In ihrem Kopf rattert es. Forsch, höflich distanziert, aggressiv? Wie soll sie ihm antworten? Er könnte jede Antwort falsch auslegen, als Signal, als Angriff.

»Hören Sie«, sagt die Frau, und ihre Stimme zittert nur ganz wenig, »ich bin müde und will, dass der Bus endlich kommt. Sonst nichts!«

Der Mann bläst eine Rauchwolke in die kalte Luft, beugt sich vor, schaut einer besonders dicken Schneeflocke beim Sterben zu, schnieft, schweigt. Auf der gegenüberliegenden Straßenseite steht ein großes Holzgerüst, dahinter ragen ein paar halbrunde Buckel aus dem schwarzen Boden. Wenn man die Augen zusammenkneift, sieht man Monsterschildkröten hinter einem Riesenzaun. Ein bisschen wie in Jurassic Park sieht das aus. Das findet der Mann komisch, am liebsten würde er der Frau von den Monsterschildkröten erzählen, aber sicher mag sie keine Kröten, nicht einmal Schildkröten. Vielleicht mag sie …

»Wollen wir wetten?«

Er lässt sie nicht in Ruhe. Warum lässt er sie denn nicht in Ruhe! Kann er denn nicht sehen, wie es in ihrem Kopf rattert? Sie arbeitet noch nicht lange als Kellnerin. Bei der Martha, ihrer Kollegin, würde nichts rattern im Kopf, sodass sie vor lauter Getöse nicht mehr klar denken kann. Die Martha wüsste sofort, wie man in so einer Situation reagiert. Wüsste, was man sagen und wie man mit so jemandem umgehen muss. Müsste nicht mal was sagen, bräuchte ihn nur mit diesem ganz bestimmten Blick anzugucken, bei dem sogar ein besoffener Hooligan zum Lamm wird.

Die Frau atmet kurz und hart ein, als wollte sie etwas sagen – nichts Nettes. Sie ist gereizt. Das kann er sehen. Er ist nicht so dumm, wie seine Mutter immer gemeint hat. Wäre die Frau eine Katze, ihr Schwanz würde jetzt schnell hin- und herpeitschen. Das Fell am Nacken wäre gesträubt. Das ist so bei Katzen, wenn sie nervös sind. Er kennt sich aus mit Katzen, mag sie, weil sie so weich sind und so leise. Die letzte ist ihm vor zwei Wochen gestorben. Das war traurig. Sie war so hübsch, so lieb. Es war ein Unfall. Er hat sie im Wald begraben, in einem schönen, roten Schuhkarton. Sogar ein Kreuz hat sie bekommen, damit sie in den Katzenhimmel kommt, die tote Miez.

Die Frage war dumm. Warum hat er nur wieder so was Dummes gesagt? Er will nicht, dass die Frau böse ist. Sie hat ganz schmale Augen, mit dunklen Ringen darunter und einer tiefen Falte zwischen den Brauen. Er schaut die Falte an, die zusammengekniffenen Augen, den angemalten Mund, der immer noch offensteht, als wolle er gleich zuschnappen. Wie sie vor ihm steht! Wie sie starrt! Wie ein Bild aus einem Horrorcomic. Beinahe muss er wieder lachen, dabei gibt es da rein gar nichts zu lachen, und das weiß er. Sie wäre hübsch ohne diese Grimasse, ohne dieses falsche Rot auf den Lippen. Sie sollte es wegmachen.

»Was wollen Sie?« Die Stimme der Frau klingt jetzt schrill und hart. So hat die Stimme seiner Mutter auch oft geklungen. Schrill und hart. Er zuckt zusammen bei diesem Ton. Das macht ihn wütend, aber er will nicht wütend sein. Ein Häufchen Asche ist ihm auf den Oberschenkel gefallen, er zögert, wischt die Asche von seiner Hose, sagt mit gesenktem Kopf wie zu sich selbst: »Wetten, dass der Bus in zehn Minuten immer noch nicht da ist.«

Jetzt hat er das Dumme noch mal gesagt. Irgendwie ist es

ihm ja auch ernst damit, auch wenn er eigentlich sagen will, dass ... Aber es ist eine ernst gemeinte Wette. Eine mit einem Hintergrund zwar, aber trotzdem ernst gemeint. Das, was er wirklich sagen will, kommt ihm einfach nicht über die Lippen. Jetzt schon gar nicht mehr. Das hängt mit der Frau zusammen – hängt immer mit den Frauen zusammen. Da kann er nicht so, wie er will. Aber er ist ein ehrlicher Spieler, und eine Wette ist nur ehrlich, wenn man nicht weiß, was dabei herauskommt, sonst ist es Betrug.

Er kann nicht wissen, dass der reguläre Nachtbus N5 auch in 20 Minuten noch nicht da sein wird und heute überhaupt nicht mehr kommt. Der Ersatzbus wird diese Haltestelle in genau 28 Minuten anfahren, aber dann ist es schon zu spät. Es liegt nicht am Schneeregen, auch nicht an Stefan Wachoviak, der in all seinen Dienstjahren als Busfahrer noch keinen einzigen Unfall gebaut hat. Auch dem Fahrer des Opel GT ist im Grunde genommen nicht vorzuwerfen, dass er den Nightliner mit knapp 80 Stundenkilometern frontal gerammt hat. Und der Reifenhersteller? Wie könnte man dem jetzt noch einen Materialfehler nachweisen, wo vom ganzen Wagen kaum noch etwas übrig ist? Aber das soll jetzt nicht weiter interessieren.

Sie hat dem Mann ins Gesicht geblickt, hat ihn angesehen, trägt jetzt ein Foto von ihm in ihrem Kopf. Sie weiß, dass er es weiß. Er hat eine schrumpelige Narbe unter dem rechten Auge, groß, hässlich. So was fällt auf. Sie sollte etwas sagen, sollte ihm antworten. Er will schließlich nur wetten. Ein kleines Spiel spielen. Da ist doch nichts dabei, oder?

Es schneit stärker. Die Flocken kommen wie Geschosse auf den Lichtkegel der Straßenlaterne zugeflogen. Man hört die Autobahn. Sie ist ganz nah. Bei Tag und bei Licht kann man sogar das Schild von der Bushaltestelle aus sehen.

Jetzt sieht man es nicht. Man sieht auch keine Autos. Es kommt kein einziger Wagen vorbei, der zur Autobahn will, oder sonst wohin. Das liegt an der weiträumigen Straßensperrung wegen des Busunfalls, aber das kann die Frau genauso wenig wissen wie der Mann, der jetzt aufgestanden ist und von einem Bein auf das andere tritt. Er hat sich schon wieder eine Zigarette angezündet. Er hält ein kleines Lagerfeuer in der Hand. Feuer ist gut, ist warm.

Als Kind hat er oft ein Lagerfeuer gemacht, heimlich im Wald, obwohl es verboten war. Er wurde zum Indianer. Er ist nackt übers Feuer gesprungen, um sich unbesiegbar zu machen. Immer und immer wieder. Anlauf nehmen und über das Feuer springen. Über das Feuer fliegen, wie ein Pfeil. Fliegen und nie wieder landen. Nie mehr zurück. Nie mehr Dummkopf sein. Einmal ist er ausgerutscht, ist gefallen, mit dem Gesicht auf ein glühendes Scheit, hat geschrien, so weh tat das. Der Arzt hat gesagt, er hätte Glück gehabt, dass es sein Auge nicht erwischt hat. Seine Mutter hat ihn verprügelt. Danach durfte er nicht mehr in den Wald. Die Frau mit dem angemalten Mund redet nicht mit ihm, weil er hässlich ist. So ist das immer. Die Frauen reden nicht mit ihm, weil sie ihn hässlich finden, sehen nicht, dass er ein Indianer ist.

Im Kopf der Frau geht es immer noch zu wie in einem Bienenstock, und ihr ist kalt. Der Mantel ist zu dünn für dieses Wetter. Ihre Füße tun weh, sie würde sich gern setzen, jetzt, wo er steht. Sie traut sich nicht. Du musst etwas sagen, sirrt es in ihrem Gehirn. Los, sag was! Irgendetwas Unverfängliches. Du könntest ihn etwas fragen, zum Beispiel, wo er herkommt, warum er jetzt hier ist.

Würde er spüren, dass es ihr nicht recht ist? Würde ihre Stimme sie verraten? Sie darf ihn nicht provozieren, vielleicht hat er getrunken. Mit Sicherheit hat er getrunken. Sie könnte über das Wetter reden, Wetter ist unverfänglich. Wenn man nichts sagen will, muss man über das Wetter reden. Erwartet er eine Antwort? Er erwartet bestimmt eine Antwort. Sie muss antworten. Warum will er wetten, dass der Bus nicht kommt? Weiß er etwas, was sie nicht weiß?

Der Mann ist neben sie getreten – viel zu nah –, sie kann seinen Atem hören und in der Luft zu Dampf werden sehen. Er ist groß, kräftig, hat große Hände und einen großen Schädel – fast kahl. Gleich wird er wieder etwas sagen, das kann sie spüren. Sie senkt den Kopf, schaut auf den Boden. Nur keinen Augenkontakt! Seine Füße stecken in dreckigen Schnürstiefeln – mit Schnürstiefeln ist man schneller als mit Plateaus, viel schneller. Er hätte sie schon nach wenigen Schritten eingeholt, wenn sie versuchte, sich in ihrem Wagen einzuschließen. Wie weit ist es von hier bis zum Parkplatz – 20 Meter, 30 vielleicht? Der Boden ist uneben und rutschig vom Schneematsch. Die Chancen stehen schlecht für sie. Die Polizei! Sie kann die Polizei rufen, die nächste Dienststelle ist ganz nah, zwei Kilometer höchstens. Das weiß sie. Die wären spätestens in fünf Minuten hier. Aber was soll sie sagen? Ich steh hier am Föhrenbuck und ein Mann will mit mir wetten ... Würde sie überhaupt so weit kommen? Er könnte sich bedroht fühlen, ihr das Telefon aus der Hand schlagen und ... Sie muss sich beruhigen. Sie darf nicht nervös werden. Hunde können spüren, wenn man nervös ist. Die riechen den Angstschweiß. Das macht sie wild.

Sie wird ganz langsam gehen, so als wollte sie sich die Füße vertreten. Sie wird ganz langsam Richtung Parkplatz gehen. Sie wird versuchen, nicht zu trippeln. Sie wird ihm sagen, dass sie zu müde ist zum Wetten, sowieso keine

Wetten mag, weil die Unglück bringen. Nein, sie darf ihn nicht provozieren, muss ruhig bleiben, muss mitspielen, sagt »Der Bus ist bestimmt gleich da«, geht los Richtung Parkplatz. Ganz langsam, möglichst locker, wie entspannt. Nur keinen Jagdtrieb wecken! Schritt für Schritt weg von der Bushaltestelle, weg von ihm. 30 Meter sind 40, 45 Schritte höchstens, selbst in Plateaustiefeln.

Es ist windig, die nassen Schneeflocken beißen in den Augen. Der Schlüsselbund ist in der rechten Manteltasche, das Handy in der linken. Sie tastet nach dem Wagenschlüssel, umfasst ihn fest mit Daumen und Zeigefinger. Wenn sie beim Auto ist, wird sie ihn blitzschnell aus der Tasche ziehen und ins Schloss stecken, entriegeln, die Tür aufreißen, rein. Eine automatische Zentralverriegelung wäre besser. Die könnte sie jetzt schon drücken, die Schlösser würden aufschnappen – Lichter würden blinken! Der Mann könnte es sehen, das wäre nicht gut.

Sie muss einfach nur weitergehen. Schritt für Schritt, einen Fuß vor den anderen setzen. Da vorne steht der Wagen. Was, wenn er ihr folgt? Was, wenn er die Scheibe einschlägt? Hier liegen überall Steine herum, Steine und Metallstangen. Warum liegen hier überall Metallstangen herum? Hier ist doch gar keine Baustelle. Sicherheit? Der Wagen wäre ein Käfig. Die Scheibe wäre schon beim ersten Schlag zersprungen, Scherben würden fliegen!

Da vorn ist die Autobahn, da ist Leben. Sie wird zur Autobahn gehen und winken, irgendjemand wird schon anhalten. Das ist gut, man wird sie sehen. Irgendjemand wird sie sehen und anhalten. Nein, sie wird die Autobahn überqueren und Richtung Falkenheim ... immer nur geradeaus Richtung Falkenheim, das ist besser. Sie wird schneller, sie muss schneller werden. Jetzt weiß er, dass sie wegläuft, dass sie fliehen will. Sie stolpert, knickt um, humpelt weiter. Es ist so dunkel, sie kann nicht mal mehr ihren weißen Atem sehen, aber sie kann ihn hören.

Sie kann IHN hören!

Er muss ihr nach, sie läuft doch fast auf der Fahrbahn. Hier gibt es keinen richtigen Gehweg. Das ist gefährlich. Sie könnte unter die Räder kommen. Dann wäre sie auch tot – genau wie die Katze in dem roten Schuhkarton. Das darf nicht sein! Das will er nicht. Sie ist umgeknickt sie hat sich wehgetan! Er will nicht, dass ihr was passiert. Warum hat er es nicht früher gesagt? Jetzt wird er sich trauen. Jetzt wird er ihr sagen, dass er sie hat kommen hören, dass er weiß, warum ihr Auto nicht mehr läuft, dass er es wieder heil machen kann. Er hat das gelernt. Er würde ihr Tee kochen. Sie könnte Tee trinken und sich aufwärmen in seiner Hütte in der Kleingartenanlage. Sie könnte die Zeitung von gestern lesen oder Musik hören, während er den Wagen repariert. Gleich hat er sie eingeholt. Gleich wird er es ihr sagen.

Sie dreht sich um, blitzschnell, den spitzen Schlüssel hält sie fest umklammert, zielt nach oben, da wo sein Gesicht sein muss, sticht zu. Er schreit, rudert mit den Armen, greift um sich, greift nach ihr. Sie holt aus mit dem harten Plateaustiefel. Man hört es krachen. Das Schienbein vielleicht. Er schreit wieder. Sie tritt noch einmal zu, hört ihn fallen, wimmern. Sie zielt wieder, dieses Mal mit dem Absatz, zielt dorthin, wo das Wimmern herkommt. Einmal zweimal, immer wieder mit dem harten Absatz. Dann ist es still.

Horst Prosch
Süßer klangen die Glocken nie

Zuerst kommt das Kreuzzeichen, oder? Und dann muss ich sagen, dass ich meine Sünden bereue. Ich bereue also. Meine letzte Beichte war zur Erstkommunion. Ist das schlimm?

Fünf Vaterunser, sagt der Pfarrer.

Ich krame einen Stift und einen Zettel hervor und mache darauf einen Strich.

Also. Das ist so. Mir war so schlecht. Damals. Dabei hat sich meine Mutter Mühe gegeben, wie jedes Jahr. Die Kruste war ein Traum; aus dem Holzofen, da wird der Braten immer so gut. Und dann habe ich mich übergeben müssen. Onkel Rudolf war auch da. Der kommt immer zu Weihnachten von der Ostsee zu uns nach Franken. Ich mag ihn nicht besonders, weil er so komisch redet. Manchmal verstehe ich auch nicht, was er sagt, oder er sagt etwas, und ich weiß nicht, ob er es ernst meint. Aber dann lacht er und hört nicht mehr auf damit. Bis er plötzlich wieder ganz still ist. Und dann tut er so, als würde er alles verstehen, vor allem die Kinder. Es sind doch nur Kinder, sagt er oft. Es sind doch nur Kinder. Und es hört sich an, als würde er Kinder mögen und sie verteidigen. Aber ich habe mich trotzdem übergeben müssen. Der ganze Weihnachtsbraten ist im Klo gelandet und von dort aus in die Kläranlage geflossen. Das hat mir leidgetan. Und Onkel Rudolf hat gesagt, er kann das verstehen. Mutter hat ihn deshalb ganz böse angeschaut. Damals. Als ich mich übergeben habe.

Zusätzlich drei Ave-Maria, flüstert der Pfarrer.

Auf meinem Zettel entsteht ein Kreuz.

Ich war neun. Und ich hatte lange, blonde Zöpfe. Hat mir die Mutter immer geflochten, und ich musste dabei ganz still halten. Der Zopf hat bei der Sache mit dem Braten etwas abbekommen. Deshalb musste ich mir die Haare waschen, der Zopf ist wieder aufgegangen, und ich wollte nicht in die Christmette gehen. Außerdem war mir kalt, und ich zitterte.

Noch einmal drei Ave-Maria, sagt der Pfarrer.

Ich male ein weiteres Kreuz.

Mutter und Vater sind dann allein in die Christmette gegangen. Onkel Rudolf ist bei mir geblieben, weil er mich nicht allein zu Hause lassen wollte. Er hat mir geholfen, den Schlafanzug anzuziehen, weil ich so gezittert habe, und im Bett habe ich mich auf die Seite gelegt und ganz klein zusammengerollt. Dann hat er mir noch eine Wärmflasche gemacht und mir die Flasche unter die Bettdecke an die Füße geschoben, hat sich zu mir gesetzt und ist mit seiner Hand an meinem Rücken hinauf- und hinuntergefahren. Eigentlich wollte ich das nicht, aber Onkel Rudolf hat so große Hände, und außerdem ist er ja mein Onkel. Manchmal ist er beim Hinauf- und Hinunterfahren unter der Bettdecke auch ein bisschen tiefer gekommen. Aber dann bin ich eingeschlafen. Und am nächsten Morgen ging es mir wieder besser.

Der Pfarrer sagt nichts.

Im nächsten Jahr ist mir vom Weihnachtsbraten nicht schlecht geworden. Dafür habe ich aus Versehen die Tischdecke heruntergerissen, als ich mich nach einem Kloß gebückt habe, der mir zuerst aufs gute Kleid und dann unter den Tisch gefallen ist. Mutter hat laut geschimpft, Vater hat mir eine runtergehauen, und Onkel Rudolf ist auf dem Fußboden herumgekrochen, hat die Salatschüsseln und den

Braten und die ganzen Messer und Gabeln und all das Geschirr aufgesammelt. Ich sei doch noch ein Kind, hat Onkel Rudolf wieder gesagt. Ich habe auch versucht mitzuhelfen und musste ziemlich weinen, weil es mir selbst leidgetan hat, noch dazu an Weihnachten. So etwas Dummes ist mir noch nie passiert. Aber dann habe ich mir an einer Scherbe die Hand aufgeschnitten, und es hat sehr geblutet.

Als die Weihnachtsglocken für die Christmette geläutet haben, saß ich zu Hause und hatte einen roten Kopf. Das kam von der rechten Hand meines Vaters. Onkel Rudolf hat auf mich aufgepasst, weil mein Vater meinte, ich dürfe nicht alleine zu Hause bleiben, ich hätte schon genug Unfug angestellt.

Noch einmal fünf Vaterunser, sagt der Pfarrer.

Ein weiterer Strich auf meinem Zettel.

Meine Eltern sind dann zur Tür hinaus, und da habe ich die Weihnachtsglocken ganz deutlich gehört. Aber sie haben nicht süß geklungen. Es hat sich angehört, als würden sie scheppern. Selbst Kuhglocken sind schöner.

Weitere zehn Vaterunser, sagt der Pfarrer.

Der Stift macht zwei Striche.

Zuerst hat Onkel Rudolf noch ein paar Spiele mit mir gemacht, obwohl ich eigentlich als Strafe gleich ins Bett gehen sollte. Wir haben *Schwarzer Peter* gespielt, und weil ich dauernd verloren habe, hat er gesagt, dass er sich nun etwas von mir wünschen darf. Ich habe genickt, weil ich ja nicht wusste, was er sich wünscht. Ich habe bestimmt zehnmal hintereinander verloren. Es war echt schlimm. Onkel Rudolf hat sich gewünscht, dass er sich zu mir ins Bett legen darf. Und das hat er dann auch getan. Zuerst war es warm und kuschelig, weil er nur ganz still dagelegen ist. Aber dann hat er angefangen, mich mit der Hand abzutasten. Und er hat dauernd gesagt, was er da gerade in der Hand hat. Und wie sich das anfühlt. Und er wollte wissen, was ich dabei empfinde, wenn er mich anfasst. Aber ich habe nichts gesagt und getan, als würde ich schon schlafen. Da war ich zehn. Ich bin nur ganz still dagelegen und habe sogar durch die geschlossenen Fenster die Kirchenglocken gehört. Bald würde die Messe vorbei sein, so hoffte ich. Und dann würden meine Eltern zurückkommen. Ab diesem Moment waren die Kirchenglocken für mich niemals mehr süß.

Fünf Ave-Maria, sagt der Pfarrer und schnauft. Ich höre es durch das vergitterte Fenster. Ich mache ein Kreuz auf meinem Zettel.

Als ich elf Jahre alt war, besuchte uns Onkel Rudolf nicht zu Weihnachten. Dafür zu Ostern. An Weihnachten war so ein Schneesturm in Norddeutschland, dass alle Straßen blockiert waren und er leider nicht fahren konnte. Aber er hat mich angerufen. Und mir schöne Weihnachten gewünscht. Und er hat gesagt, er würde das nachholen, weil doch das Weihnachtsfest mit mir immer so schön war.

Der Pfarrer sagt nichts. Auf seiner Seite raschelt es. Vielleicht packt er ein Bonbon aus.

Dauert es zu lange?, frage ich leise.

Nein, mein Kind. Der Herr hört dir immer zu.

Über Ostern gibt es nicht viel zu sagen. Onkel Rudolf hat mich einmal zur Seite genommen und mir einen Geldschein in die Hand gedrückt. Das ist wegen Weihnachten, hat er gesagt. Und weil er nicht kommen konnte. Aber das dürfe ich nicht in mein Sparschwein tun, sonst könnten meine Eltern dumme Fragen stellen, und das wolle er nicht. Dann hat er gelächelt und mir über das Haar gestrichen und gesagt, ich hätte so schöne lange Haare, und mir einen Klaps gegeben. Und er hat mich an sich gedrückt und mir über den Rücken gestrichen.

Als Onkel Rudolf wieder weg war, habe ich mir sofort die Haare gewaschen und den Geldschein zu meinen geheimen Sachen getan. Zwei Tage lang habe ich meine Mutter so fürchterlich genervt, dass ich keine langen Haare mehr haben wollte, bis sie endlich mit mir zum Friseur gegangen ist. Danach waren meine Haare ganz kurz, und ich hatte auf der Seite eine grüne Strähne. Meine Mutter hat gemeint, es sei vielleicht besser so. Da ginge das Haarewaschen leichter.

Noch einmal zehn Vaterunser, sagt der Pfarrer.

Warum?, frage ich leise.

Du hättest den Geldschein auch in den Opferstock werfen können.

Ich mache zwei Striche auf meinem Zettel.

Dann war ich zwölf. Und es war schon wieder Weihnachten. Mir ist beim Festmahl nicht übel geworden, und ich habe auch das Geschirr nicht aus Versehen mitsamt der Decke auf den Fußboden gezogen. Wir sind zusammen in die Christmette gegangen. Meine Eltern, Onkel Rudolf und ich. Auf dem ganzen Weg dorthin und auch wieder zurück habe ich gehofft, es würde irgendetwas passieren. Aber es passierte nichts. Ich fiel nicht in den Schnee, und die schrecklichen Kirchenglocken rissen sich nicht aus der Verankerung, damit sie endlich Ruhe gaben. Mein Onkel saß in der Kirche neben mir und drückte sein Knie gegen meines. Manchmal legte er auch die Hand auf mein Bein, mitten in der Kirche. Es war nur ganz kurz, aber ich spürte, dass er das wollte. Seine Hand auf mein Bein legen.

Drei Ave-Maria, sagt der Pfarrer.

Ich nicke stumm und denke mir, das wird ganz schön viel.

Als ich später in meinem Zimmer war, habe ich nach dem Schlüssel gesucht, um die Tür abzusperren. Aber der

Schlüssel war nicht da, obwohl er sonst immer da gewesen ist. Er war einfach weg. Weil nichts vorgefallen ist und mir auch nicht übel war, habe ich mir nichts gedacht und mich ins Bett gelegt und bin eingeschlafen.

Irgendwann habe ich gehört, wie die Tür aufgemacht wird, ganz leise. Zuerst habe ich eine Hand gespürt, die auf der Bettdecke nach mir getastet hat. Dann war die Stimme von Onkel Rudolf an meinem Ohr. Ich solle keine Angst haben, hat er geflüstert. Es sei doch nur er, und das wisse ich doch, dass es mit ihm schön sei. Und er würde mir auch wieder etwas geben, einen Geldschein. Noch größer als zu Ostern. Und wenn ich damit einverstanden sei, dann würde er jetzt zu mir unter die Decke kommen.

Ich bin ganz still dagelegen, und Onkel Rudolf lag neben mir. Er hat gesagt, ich könne ihn auch anfassen. Er hat meine Hand genommen und sie bei sich auf die Haut gelegt, an verschiedenen Stellen.

Ich wollte nichts denken. Und ich wollte auch nichts fühlen. Ich habe mir vorgestellt, neben mir liegt ein großer, langer, verrosteter alter Nagel, der sich manchmal bewegt und an einem großen, stacheligen Brett befestigt ist. Der da herausschaut und ganz spitz ist. Das Brett selbst sei trocken und voller Spreißel. Wenn ich mich nur ganz wenig bewege, habe ich mir überlegt, dann bekomme ich am wenigsten von den vielen kleinen spitzen Spreißeln ab. Dann drücken sich am wenigsten davon bei mir unter die Haut, und ich habe nur geringe Schmerzen.

Wenn Onkel Rudolf mich angefasst hat, dann haben sich seine Hände wie grobkörniges Schmirgelpapier angefühlt. Als wollte er damit von meiner Haut etwas abschmirgeln. Kleine Fasern und Späne, die dann wie Flaumfedern auf seiner Hand liegen. Manchmal hat er mir etwas ins Ohr geflüstert. Dann habe ich seine Bartstoppeln an meinem Hals gespürt und den Atem von ihm, der nach Zahnpasta gerochen hat. Wenigstens hat er nicht nach Bier oder Schnaps oder Zigaretten gerochen. Ich glaube, dann hätte ich mich in meinem eigenen Bett übergeben müssen. Zu meinen kurzen Haaren hat er nichts gesagt, auch nicht vorher. Er hat mir zwei Tage später beim Abschied trotzdem über den Kopf gestrichen, was nicht mehr so einfach war wie früher, da ich schon fast so groß war wie er. Und dann hat er mich noch umarmt, bevor er ins Auto gestiegen und wieder in den Norden zurückgefahren ist; bei der Umarmung hat er mit seiner Hand in meine Tasche gelangt, die hinten auf der Jeans aufgenäht ist, und dort etwas hineingesteckt.

Ich muss mich schnäuzen. Der Pfarrer sagt nichts. Ich ziehe den Schal enger um meinen Hals, in der Kirche ist es kalt.

Es waren zwei große Scheine. So viel Geld habe ich noch nie bekommen. Ich habe niemandem etwas davon erzählt. Auch meinen Schulfreundinnen nicht. Die haben einmal erwähnt, dass es Frauen gibt, die würden etwas mit Männern machen und dafür Geld bekommen. Aber die würden alle in der Stadt wohnen. Und dann haben sie gekichert und gesagt, so etwas sei doch voll eklig und das würden sie niemals machen. Und wenn sie wüssten, dass eine so etwas macht, dann würden sie mit der nie reden und die auch nicht anschauen und auf die andere Straßenseite gehen, wenn sie ihnen entgegenkommt. Die hätten auch so andere Sachen an, haben meine Freundinnen gesagt, so hohe Schuhe und total gefärbte Haare und ganz viel Schminke im Gesicht.

Ich habe überlegt, ob ich auch so eine bin. Die etwas mit Männern macht und dafür Geld bekommt. Dabei wohne ich nicht in der Stadt, und es war auch nur ein einziger Mann, Onkel Rudolf.

Der Pfarrer seufzt. Zehn Vaterunser und zehn Ave-Maria, sagt er. Dann dreht er sein Gesicht von mir weg.

Mein Zettel wird langsam voll.

Im nächsten Jahr kam Onkel Rudolf schon zwei Tage vor Weihnachten. Er hat gesagt, es sei für ihn so viel praktischer gewesen, weil er dann nicht in den großen Weihnachtsverkehr hineingekommen sei. Und außerdem hat er noch Urlaub übrig gehabt, den er so ganz gut unterbringen konnte.

Er hat sich jede Nacht zu mir gelegt. Und mir immer einen großen Schein unters Kopfkissen geschoben. Fünf Nächte hintereinander. Es waren die schrecklichsten Nächte in meinem Leben. Der verrostete Nagel in dem stachligen Brett gleich neben mir war kaum auszuhalten. Ich musste Onkel Rudolf dauernd anfassen, und er hat mich auch dauernd angefasst und seine Finger nicht von mir lassen können. Er hat mir ins Ohr geflüstert, was er von mir spürt und wie toll sich das anfühlt und wie viel das schon sei und dass er das schön findet. Er hat mich gefragt, wie alt ich denn nun sei, und da habe ich gesagt, ich sei dreizehn.

Da hat er eine Weile nichts gesagt, irgendwas an sich gemacht, immer schneller und schneller; dann hat er heftig geatmet und danach gesagt, im nächsten Jahr machen wir es richtig.

Ich warte darauf, dass der Pfarrer etwas sagt. Aber er nickt nur vor sich hin und sitzt hinter dem vergitterten Fenster. Dann fragt er, ob ich den Rosenkranz kenne.

Ich sage: Ja.

Dreimal, sagt der Pfarrer.

Ich habe fast keinen Platz mehr auf meinem Zettel, und so mache ich um die Kreuze und die Striche einen Kreis.

Nicht in meinem Bett. Ich habe das ganze Jahr überlegt, wie ich es schaffe, dass das nicht in meinem eigenen Bett passiert. Onkel Rudolf hat mir zum vierzehnten Geburtstag eine Karte geschickt, das erste Mal. Er hat mich gefragt, ob ich schon ein Konto bei einer Bank habe, damit er mir vorab ein Taschengeld überweisen kann. Jeden Monat. So würde ich das ganze Jahr über etwas davon haben, und nicht erst, wenn es so weit sei.

Aber ich hatte noch kein Konto bei einer Bank und wollte deswegen auch kein Konto eröffnen. Ich hätte nicht gewusst, wie ich das meinen Eltern erklären soll. Da kam Onkel Rudolf auf die Idee, für mich einen Bausparvertrag abzuschließen. Er hat das dann wirklich gemacht und mir eine Kopie von dem Vertrag per Post zugeschickt. Da stand mein Name ganz oben auf einem Blatt Papier und darunter die erste Einzahlung. Es war ganz schön viel.

Schon im November habe ich mit meinen Vorbereitungen angefangen. Es sollte in der alten Dachkammer über dem Hühnerstall sein. Da kam sonst niemand hin. Außerdem gab es keinen Strom und kein Licht, und ich hatte Onkel Rudolf gegenüber zur Bedingung gemacht, dass es dunkel sein müsste und außerdem nicht in meinem Zimmer passieren durfte. Das sei viel zu gefährlich, wegen meinen Eltern. Vom Speicher habe ich eine Matratze in die Kammer über dem alten Hühnerstall geschleppt. Sie roch fürchterlich, aber das war mir egal. Darüber habe ich ein Bettlaken gezogen, das meine Mutter in den Sack für die alten Kleider getan hat. So ist es ihr nicht aufgefallen, dass etwas fehlt. Als Decke und für das Kopfkissen habe ich viele alte Kinderklamotten von mir zusammengenäht. Mit ganz groben, einfachen Stichen. Ich habe mir keine Mühe damit gegeben, weil es ja nur für einmal sein sollte, und damit es nicht ganz so kalt war. Unter die Zudecke habe ich noch eine besondere Befestigung gebaut. Das hat am meisten Zeit gebraucht. Ich habe dazu von meinem Vater aus der Werkstatt heimlich ein paar Latten geholt und dazu die größten Nägel, die ich finden konnte. Es sollte ja alles gut halten. Basteln konnte ich immer nur, wenn niemand zu Hause war, sonst hätten meine Eltern gehört, wie ich hämmere.

Der Pfarrer sagt nichts.

Und dann war Weihnachten. Onkel Rudolf ist erst am Heiligen Abend gekommen, weil die Feiertage so ungünstig gefallen sind. Zur Begrüßung hat er mich nicht umarmt, sondern mir nur die Hand gereicht. Seine Hand ist ganz feucht und schweißig gewesen, als wäre er aufgeregt. Ich habe mir danach gleich die Hände waschen müssen. Aber dann hatte ich Glück. Ich war ja inzwischen vierzehn, und noch am selben Abend, auf dem Heimweg von der Christmette, habe ich zu Onkel Rudolf gesagt, es würde nicht gehen, er müsse noch ein paar Tage warten; wenn er mir nicht glaube, dann könne er das auch überprüfen. Er hat gesagt, er glaube mir natürlich, das sei doch ganz normal. Dann hat er mir über dem Wintermantel den Rücken gestreichelt und ist mit der Hand noch ein Stück tiefer gerutscht. Es hat niemand gesehen in der kalten Heiligen Nacht. Die Glocken haben ihren Klang in den Himmel hinausgeschrien, so schrecklich und wenig süß, wie ich sie noch nie gehört habe.

Noch einmal einen Rosenkranz, flüstert der Pfarrer.

Ich male einen Kreis um den Kreis.

Onkel Rudolf hat fünf Tage gewartet. Dann war es so weit. Die Feiertage waren vorüber, und meine Eltern mussten wieder zur Arbeit. Eigentlich hätte Onkel Rudolf in den Norden zurückfahren müssen, aber dann hat er seinen Chef angerufen und um einen weiteren Tag Urlaub gebeten. Es sei gerade so schön, hat er am Telefon gesagt. Der Urlaub wurde genehmigt.

Wir waren allein. Onkel Rudolf hat mir zuvor noch ein Taschengeld in einem Umschlag zugesteckt. Ich habe nicht hineingeschaut. Es war mir egal. Dann sind wir in die Dachkammer über dem alten Hühnerstall gegangen.

Es war fast dunkel, und es war kalt, und der Geruch von den Hühnern, die es schon lange nicht mehr gibt, hing noch immer in der Luft. Ich habe einen dicken Pullover angehabt und darunter noch einen dünnen Pullover und dann noch ein Unterhemd. Onkel Rudolf hat sich fast den Kopf an einem Dachbalken angestoßen, weil er sich nicht auskannte und auch sehr wenig gesehen hat vor lauter Staub und Spinnweben, und er hat gesagt, er sei frisch geduscht, wirklich. Wir könnten alles ganz langsam machen, und wenn ich Angst hätte, dann solle ich es ihm sagen. Er würde sehr vorsichtig sein, denn beim ersten Mal könnte es wehtun. Ich habe gesagt, das wüsste ich, dass es beim ersten Mal wehtut, das hätte ich gelesen.

Dann sei es ja gut, hat Onkel Rudolf gesagt.

Ich habe ihn vorsichtig um die alten Truhen und das ganze Gerümpel bis zur Matratze geführt, die ich in eine besonders dunkle Ecke geschoben hatte. Er hat dann begonnen, mich zu küssen. Erst auf meine Stirn und dann auf den Mund. Onkel Rudolf stand mit dem Rücken zur alten Matratze, er hat das Ding an seinen Füßen gespürt und gesagt, wie schön ich alles vorbereitet hätte, mit besonderer Decke und einem Kissen, und er würde sich sehr darauf freuen. Leider sei es so finster, sonst würde er mehr von mir sehen, aber das sei meine Bedingung gewesen, und das sei in Ordnung.

Als er mit seinen Händen unter meinen Pullover gekrochen ist, habe ich gesagt, er solle einen Moment warten, dann würde ich ihn ausziehen, und bin einen Schritt von ihm zurückgetreten. Sein Schatten stand einen halben Meter von mir entfernt, trotzdem habe ich gesehen, wie er an seiner Hose herumgefummelt hat. Dann habe ich ihn der Länge nach aufs Bett geschubst. Er konnte sich nicht wehren, weil er mit dem Gürtel von seiner Hose beschäftigt war. So ist er mitten hineingefallen in das Gestell, das ich vorbereitet und mit meinen alten Kinderklamotten abgedeckt hatte. Ich hatte erwartet, dass er schreit oder sich wehrt. Aber er hat nur gestöhnt und kein einziges Wort gesagt, als er in die vielen spitzen, großen, rostigen Nägel hineingefallen ist, die ich mit dem Hammer durch die Latten getrieben habe. Sie haben aus dem Gestell bestimmt noch fünfzehn Zentimeter nach oben herausgeschaut, aber das hat Onkel Rudolf nicht sehen können. Er hat lange gestöhnt, gesagt hat er nichts mehr.

Ich schaue den Pfarrer an.

Der Pfarrer schaut mich an.

Er sagt nichts.

Ich weiß nicht, warum.

Das war heute Morgen, füge ich noch hinzu. Onkel Rudolf liegt immer noch in der Kammer.

Ich höre, wie der Pfarrer schluckt. Den Zettel, auf dem ich die vielen Kreuze und Striche und die beiden Kreise für die Rosenkränze gemacht habe, knülle ich zusammen und stecke ihn in die Hosentasche. Dann krame ich das Kuvert von Onkel Rudolf hervor, das er mir gegeben hat, und schiebe es durch einen kleinen Spalt in der Trennwand zum Pfarrer hinüber.

Jeff Röckelein
Ja verreck

Es ist so weit. Er hat genug. Er zieht sich an der Gewehrauflage vom Sitzbrett hoch, hängt sich die Sauer quer über den Rücken und wickelt den Stoffbeutel ums linke Handgelenk. Dann dreht er mir den speckigen Hintern seiner ledernen Kniebundhose zu und stellt sich mit beiden Füßen auf die oberste Sprosse. Mit der Rechten setzt er seinen Hut auf, im August, wo es jetzt um halb zehn noch fast zwanzig Grad hat. Anschließend tastet sich das rechte Bein auf die nächste Sprosse hinab, das linke schwingt im Halbkreis nach außen und folgt ihm nach. Das rechte Bein ist das Vorauskommando. Das linke ist fast steif, seit er beim Bau seines Hauses eigenmächtig das Fundament aus dem Dolomit gesprengt und ein Brocken ihm das Knie zertrümmert hat. Ein anderer Brocken war im Nachbarhaus in Elmirs Wohnzimmer eingeschlagen. Den Schaden hat er nie bezahlt, denn Elmir war Bosnier, also »Zigeuner«. Er war mit seiner Familie aus Sarajevo geflohen und irgendwie über Verwandte seiner deutschen Frau in diesem gottverlassenen Kaff gelandet, wo es nichts mehr gibt: keine Schule, keinen Laden, kein Wirtshaus, keine Übernachtungen, nichts. Nur die Kirche und am Ortsschild den Hinweis »Hier ist der Wanderer willkommen«. Elmir hat ab und zu drunten im Sägewerk schwarz gearbeitet. Von irgendwas mussten sie ja leben. Der Hinkende hat es erfahren und ihn angezeigt.

Das rechte Bein voraus, das linke im Halbkreis hinterdrein, bäuchlings die Sprossen hinunter. »Kruzitürken. Verreck«, dringt es zu mir herüber.

Er hat noch immer den Zweier Golf. Er hat ihn am Rand des Mischwalds abgestellt, wo die geteerte Landwirtschaftsstraße aufhört, die dann als Forstweg in die Gemarkung Buchwald/II führt. Fahrertür und Heckklappe lässt er noch immer offen, die Innenbeleuchtung ist aus. Seit er einmal in den Furchen des Forstwegs liegen blieb, weil er mit Karacho in den Hohlweg gepresst war, die Ölwanne aufgesetzt hatte und vom Engelbrecht mit dem alten Lanz herausgezogen werden musste, seitdem fährt er rückwärts immer nur so weit rein, dass die Vorderräder noch auf dem leicht abschüssigen Asphalt zum Stehen kommen. Er hat den Schlüssel stecken lassen, und ich habe ihn abgezogen.

Der Hochsitz steht vierhundert Meter weiter rechts zwischen den Fichten. Es handelt sich um einen offenen Leiteransitz aus ungeschälten, waidgerechten Stämmen mit ein paar verdorrten Ästen zur Tarnung. Schussfeld ist die Wiese vom Hans Dummert, ein unergiebiger Hang, der unten an die Kreisstraße von Birkenfels nach Obertännig grenzt. Wenn gejagt wird, Hasen und Rehe – Niederwild und Schalenwild –, stellen die Jäger ihre grünen Land Rover und Mercedes-Geländewagen quer über die Straße und klemmen selbstgedruckte Schilder in die Fenster: »Jagdbetrieb – Durchgang verboten!« An den Hochsitz ist ein Schild getackert: »Jagdliche Einrichtung – Betreten verboten!« Und am Verbotsschild für Reiter, drunten an der Abzweigung aufs Tote Feld, wurde die Ergänzung angeschraubt: »Jagdrevier – Hunde an die Leine!« Prüllsgesees hat drei Jagdgenossenschaften, und ein Großteil der Wälder gehört dem Baron. Verbotsland. Ausrufezeichenland. Wildtöterland. Schlupfwinkel des deutschen Gemüts. Anthony Quinn und Nicolas Cage haben versucht, in der

Gegend sesshaft zu werden. Der eine hat das Grundstück nicht bekommen, der andere hat sein Schloss wieder verkauft.

Ich habe mich im Golf hinten rechts auf die Rückbank gesetzt und, mit Ausnahme der Fahrertür, die Türen verriegelt. Es ist noch so hell, dass ich ihn im Seitenspiegel sehen kann. Hinreichendes Büchsenlicht, sozusagen. Mich wird er erst bemerken, wenn es zu spät ist. Aus dem Unterholz vom gegenüberliegenden Hühnerstein habe ich ihn im Dorf losfahren sehen. Ich bin dann zwischen den Felsen des angeblichen Druidenhains durch den Wald gerannt. In der Kirschenplantage konnte ich mich im verfallenen Geräteschuppen verstecken und seine Anfahrt beobachten. Zwar ist er nur angestellter Förster und kein Jagdpächter, aber wenn er auf seinen Hochsitz klettert, das Gewehr ablegt und durch sein Fernglas guckt, bildet er sich vielleicht ein, dass er zu denen gehört, die die Wichtigtuerjeeps fahren oder gar mit dem Porsche zur Jagd kommen wie die Kreisrätin. Ein paar Biere hatte er schon früher immer dabei, und den zackigen Handbewegungen nach zu schließen wohl auch ein paar Schnäpse. Hofmannstropfen und Förstermeister, Grundnahrungsmittel hier oben.

Am Fuß der Leiter angekommen, hält er sich an den Stützen fest, hustet, räuspert sich ausgiebig und spuckt auf die Erde. »Aaah. Scheißdreck, verreckter!« Die Kniebundschließen sind offen. Mit dem rechten Stiefel kratzt er sich die nackte linke Wade. Er stößt sich von den Stangen ab und will das Gewehr vom Rücken nehmen. Es gibt ein Gefuchtel, der Hosenträger rutscht ihm von der Schulter, im Stoffbeutel klirrt es, und der Tirolerhut fliegt ihm vom Kopf. Um ihn wieder aufzusetzen, muss er das Gewehr gegen die Leitersprossen lehnen. Noch immer die Sauer-Repetierbüchse mit Zeiss-Optik, Fünf-Schuss-Magazin und bayrischer Backe. Der Hut ist wieder drauf, der Flaschenbeutel schwingt am linken Handgelenk, und mit dem Gewehr in der Rechten macht er sich auf den Weg zum Auto. Die hochgeklappte Hutablage gibt mir Deckung. Ich krümme mich zusammen und behalte den Seitenspiegel im Blick.

Das Alter scheint ihm zu schaffen zu machen. Als ich vor über zehn Jahren aufs Land zog und ihm zum ersten Mal im Wald begegnete, war er schon ein bierbäuchiger Choleriker gewesen, ein Weltenhasser, dem die Jähzornsader an der Schläfe zu platzen drohte, wenn er seine beiden Arbeiter herumkommandierte. Sprechen in normaler Lautstärke war ihm nicht möglich. Wer seinen Wald betrat, begab sich in Feindesland und wurde mit Geschrei begrüßt. »Ja verreck, was habts *ihr* da verloren? Machts, dass ihr verschwind. Ihr verscheuchts mir ja die Viecher.« Die Viecher. Die Augen rot, der Bart wirr, das Hemd offen. Hut im Genick, Fäuste in den Seiten. Adolf Mannigl, Forst- und Waidmann, einssechzig klein und nicht viel schmäler. König der Wälder.

Jetzt kommt er schwitzend dahergehinkt, schnauft und bruddelt vor sich hin, und offenbar ist es für ihn einfacher, das Gewehr in der Hand zu tragen statt am Riemen über der Schulter. Inzwischen wird er wohl auf die Rente zugehen. Weil er wegen seines kaputten Beins nicht über die gefällte Buche steigen kann, muss er wieder außen herum. Der Flaschenbeutel bleibt hängen und wird mitsamt dem Ast losgerissen. »Ja verreck!«

Zeit, meine Sturmhaube überzuziehen. Schwarze Baumwolle, von BMW, die dunkelblauen Unterziehhandschuhe aus Seide. Die Lederleine vom Rudi habe ich auch mitgebracht und eine Literflasche Stoff. Rudi war ein Border Collie, ein Schlitzohr. Wurde er geschimpft, weil er nicht folgte, ein Loch in den Teppich grub oder Evas Strumpfhosen in den Garten schleppte, legte er sich hin, guckte hoch, pure Unschuld im Blick: »Was willst du, Mensch?« Er konnte das rechte Ohr aufstellen und gleichzeitig das linke abwinkeln. Sobald ich Anstalten machte, ihn am Halsband zu packen, flitzte er davon und ich hinter ihm her. Die wilde Jagd ging durch alle Zimmer der Wohnung oder draußen auf dem Rasen im Kreis herum. Der Erste, der aufgab, war stets ich. Er wusste, was dann kam: »Ruuudi, Guddiguddi!« Einem Stück Fleischwurst konnte er nie widerstehen. Er kam angewedelt, schnappte sich die Wurst, verschlang sie mit zwei Bissen, warf sich auf den Rücken und streckte alle viere in den Himmel zwecks Bauchkraulen. Rudi wurde nur zwei Jahre alt.

Er kommt von hinten links, sein Profil ist gegen den Horizont gut zu erkennen. Er wird das Gewehr in den Kofferraum legen, Vorschrift ist Vorschrift, falls er nicht zu betrunken ist. Bei dem Beutel mit den Flaschen bin ich mir nicht sicher. Vielleicht wirft er ihn auf den Beifahrersitz; dann kann er auf der Heimfahrt einen Schluck nehmen, wenn noch was übrig ist. Und so kommt es auch. Perfekt. Er knallt die Heckklappe zu, schlenzt zuerst die Flaschen durch die offene Fahrertür auf den Beifahrersitz, schmeißt dann den Hut hinterher und zwängt sich rückwärts ins Innere des Wagens. Es geht nur rückwärts; Bauch- und Gesäßumfang und vor allem das steife Bein erzwingen es. Während er damit beschäftigt ist, seine Gliedmaßen zu sortieren, »Scheißbaa, verreckts«, rutsche ich auf der Rückbank direkt hinter den Fahrersitz. Seine Fahne ist ordentlich. Der Entzug im Klinikum am Europakanal hat nichts gebracht. Kein Wunder in einer Region mit der höchsten Brauereidichte der Welt. Jeder weiß, dass er wieder säuft. Warum darf der dann noch mit einem Gewehr herumlaufen? Gibt's keine Eignungsprüfungen mehr?

Er schiebt und hievt sein Becken von einer Seite auf die andere. Um das linke Bein ins Innere zu bekommen, muss er mit beiden Händen den Oberschenkel anheben. Er beugt sich keuchend nach vorn, stemmt sich dann mit den Armen vom Lenkrad ab, ruckelt den Hintern in Bequemposition und schließt die Tür. Als sein Schädel kurz auf der Kopfstütze aufliegt, werfe ich ihm die Leine wie eine Lassoschlinge über den Kopf und ziehe sie zu. Nicht zu fest, damit es keine Würgemale gibt, aber straff genug, damit er nicht rauskommt. Ich habe noch ein paar Löcher ins Leder gestanzt und kann so den Spielraum variieren, den ich ihm gewähre. Da ich die Leine hinter den Verstellschienen der Kopfstütze fixieren werde, habe ich später beide Hände frei.

Er fasst sich sofort an den Hals und will den Riemen wegreißen, aber ich habe schon zugezogen. Er gurgelt und prustet, wirft sich halb herum, reißt die Augen auf, strampelt mit dem gesunden Bein, stößt sich die Kniescheibe am Zündschloss, stöhnt vor Schmerz auf. Seine Arme wirbeln durch die Luft. Er versucht, hinter sich zu greifen. Zeit, ihm die Instrumente zu zeigen.

Ich drücke ihm die Walther P38 gegen die Backe, die unser Vater aus dem Krieg mitgebracht hatte. Mein Bruder und ich fanden sie auf dem Dachboden unseres alten Hauses in Schwarzenbach. Als die Amis die Dörfer im Frankenwald durchkämmten, hat man das gute Stück offenbar versteckt. Mein Bruder und ich stiegen immer zum Rauchen aufs Dach; man konnte durch die Gaube hinausklettern, sich auf die Schieferschindeln legen und mit den Füßen an der Dachrinne abstützen. Was gab es damals für wunderbare Zigaretten! Overstolz, Zuban, Eckstein, Gold Dollar, und später dann, von den Amis aus der Garnison an der Zonengrenze, Lucky Strike, Pall Mall und Camel – ohne Filter, selbstredend, und mit der blauen Banderole der Unverzollten, wichtig zum Angeben in der Schule. Am Anfang wurde uns schlecht. Einmal hatte ich vermutlich sogar eine Nikotinvergiftung, ich bekam Fieber und musste ins Bett. Die Walther, ein schwarzes Uniformschiffchen, ein Eisernes Kreuz und eine Nahkampfspange lagen in Lappen eingewickelt unter einer Holzdiele. Das Pflichtexemplar von *Mein Kampf* hatten sie rechtzeitig im Kachelofen verbrannt, von den anderen Sachen mochten sie sich offensichtlich nicht trennen. Oder sie haben sie schlicht vergessen. Ich vermute, dass die Walther noch funktionstüchtig ist. Deutsche Wertarbeit. Wir hatten keine Munition dazu und haben sie daher nie ausprobiert. Kaliber neun Millimeter macht schon rein optisch was her.

Ich drücke ihm die Pistole gegen die Backe und sage: »Guten Abend, Meister Mannigl.«

»Was, was ...«, krächzt er.

»Nase nach vorn, anschnallen, beide Hände ans Steuer.« Ich versuche kalt zu klingen, professionell. Offenbar mit wenig Erfolg.

»Du blöde Sau, dir werd ich ...«, schreit er los. Ich stoße ihm den Lauf von unten durch den Bart ins Kinn und dirigiere seinen Kopf in Fahrtrichtung. »Anschnallen.« Ich ziehe den Schlitten der Walther zurück und lasse ihn wieder vorschnellen. Das Geräusch kennt er. Mit der Rechten greift er über seinen Bauch nach links zum Gurt und lässt ihn im Schloss zwischen den Sitzen einrasten. »Und beide Hände ans Steuer. Wird's bald?« Sein stumpfes Hirn registriert den Ernst der Lage.

»Sie bleiben jetzt so sitzen. Sobald Sie randalieren oder Sperenzchen machen, sind Sie tot. Haben Sie das verstanden?«

Er gibt den Verstockten und sagt kein Wort. Ich schiebe ihm die Mündung ins rechte Ohr. »Haben Sie das verstanden?«

Er grunzt. Ich nehme die Pistole in die Linke und drücke ihm den Lauf unter der Kopfstütze hindurch ins Genick. Mit der Rechten klemme ich die grüne Flasche zwischen meine Knie, schraube sie auf und werfe den Verschluss nach vorn. Ich halte sie ihm unter die Nase und lasse ihn riechen. Er macht eine unwillige Armbewegung. Ich verstärke den Druck mit dem Pistolenlauf und befehle: »Hände ans Steuer. Mund auf. Trinken.«

Er presst die Lippen zusammen und will nicht. Ein kurzer Stoß gegen das Hinterhauptbein, und er öffnet vor Schmerz den Mund. Die Hälfte des klebrigen Kräuterlikörs geht daneben und läuft ihm in den Bart. Sehr gut. Das Aroma wird sich festsetzen, und in der Flasche ist genug. Er schluckt, prustet, hustet und schluckt.

»So. Der erste war für Sie. Und jetzt trinken wir einen auf Ihre Frau.« Margarete Mannigl trägt früh Zeitungen aus und arbeitet halbtags bei der BayWa in Ebersdorf. Mehr als einmal habe ich sie dort gesehen, wie sie mit Schminke blaue Flecken zu kaschieren versuchte. Eine kleine, verschüchterte Frau, die gesenkten Kopfes durch die Welt huscht und sich einredet, das Leben sei halt so, da könne man nichts machen. »Auf die Rettl. Mund auf.«

Er will mir die Flasche entreißen, aber ich habe ihm die Öffnung schon unter die Nase geschlagen. Er blutet. Ein Stoß mit dem Pistolenlauf. »Hände ans Lenkrad. Mund auf. Runter damit.« Er gehorcht.

Als Nächstes trinken wir auf den Peter. Mannigls Sohn lernte Landmaschinenmechaniker beim alten Bernhardt im Nachbardorf. An seinem sechzehnten Geburtstag hatte er den Irrsinn des Vaters satt. Er zog seinen einzigen Anzug an, stieg in den hölzernen Hochsilo seines Onkels, ließ sich in die Silage fallen und wartete, bis er erstickte. »Auf den Peter. Mund auf.«

Und so arbeiten wir sie alle ab. Wir trinken auf den Elmir und auf den Forstgehilfen Hermann, den er bei einer Treibjagd zum Krüppel geschossen hat. Auf dessen Frau Christa, mit der er ein Verhältnis hatte und die deshalb aus dem Dorf gemobbt wurde. Nachdem wir auf den Baron getrunken haben, der ihn noch immer nicht entlassen hat, scheint sein Widerstand zu erlahmen. Und es scheint ihm zu schmecken. Wir trinken auf meine Ex, die er einmal »a reigschlaafta Stadtfotzn« genannt hat, und inzwischen nimmt er schon von sich aus zwei oder drei Schlucke.

Kann sein, dass ihm jetzt dämmert, wer ich bin, obwohl wir uns seit Jahren nicht mehr gesehen haben. Es wird ihm aber nichts nützen. Er wird entweder nichts mehr sagen können, oder man wird ihm nicht glauben. Und ich werde über alle Berge sein.

»So, Meister Mannigl. Und jetzt trinken wir einen kräftigen Schluck auf den Rudi.« Der Kopf pendelt leicht, er stößt ein vernuscheltes »Wassis?« hervor, die rechte Hand rutscht vom Lenkrad, der Kopf will auf die Brust sacken. Er ist ziemlich voll, aber noch nicht fertig. Er weiß nicht mehr, wer Rudi war.

Der Rudi und ich gingen vor fünf Jahren Ende März zum Bärlauchsammeln am Grafensteiner Hang. Jedes Frühjahr habe ich mein eigenes Pesto gemacht, mit Olivenöl, Walnüssen, Knoblauch, Parmesan, Meersalz und schwarzem Pfeffer, wunderbar zu Nudeln, als Brotaufstrich oder in den Salat. Bärlauchsammeln kann tödlich enden. Man muss aufpassen, dass man keine Maiglöckchen oder

Herbstzeitlosen erwischt. Man muss praktisch jede Pflanze einzeln beschnuppern, ob sie nach Knoblauch riecht. Ich will den Rudi gerade mit der Leine an einen Baumstamm binden, als er mir entwischt, weil er einer Amsel nachrennt, die lärmend durchs Gebüsch hüpft. Der Vogel flattert auf und fliegt ins Freie, der Hund wetzt hinterdrein auf die Wiese, ich schreie »Rudi, elender Räudl, hier! Rudi, sofort hier!«

Die Kugel riss ihm den halben Kopf weg, ein Kupferjagdgeschoss, das sich beim Aufprall zerlegt, »damit die Tiere weniger leiden«. Rudi lag gurgelnd auf der Seite, sein Körper zuckte wie wild, er strampelte verzweifelt mit den Hinterbeinen und schob sich auf der Erde im Kreis herum. Nach einer halben Minute war er still. Adolf Mannigl behauptete, »der Köter« habe gewildert – gewildert, ein Hütehund, eine Amsel –, und nach dem geltenden Jagdrecht – Reichsjägermeister Göring, aha – sei ich beweispflichtig, dass er das nicht getan hat. Im *Fränkischen Tagblatt* wurde er anderntags zitiert, er habe den Rudi »für einen Fuchs gehalten« – ein schwarzweißer Fuchs mit Halsband. Mannigl kam wieder davon. Zum wievielten Mal eigentlich? Ich habe den Rudi in meinem Garten begraben, Erika darauf gepflanzt und ihm was versprochen.

Die Pistole brauche ich nicht mehr und verstaue sie in meiner Lederweste. Ich packe Adolf Mannigl an den grauen Haarsträhnen und ziehe seinen Kopf nach hinten. »Mund auf. Auf den Rudi.« Ich zwinge ihm die Flasche zwischen die Zähne. Er prustet und schluckt. Ich setze sie kurz ab, damit er Luft holen kann, und weiter geht's. »Und noch einen. Prost, Rudi.« Blut, Sabber, Rotz und Schnaps laufen ihm in den Bart. Er muss rülpsen. Giftiger Atem faucht aus seiner vergifteten Seele.

Wir Franken haben keine Identität. Kein Selbstbewusstsein. Dauernd hin- und hergerissen. Mal katholisch, mal protestantisch, mal dieser Fürst, mal jener Bischof. Würzburg, Bamberg, Nürnberg. Ansbach, Coburg, Bayreuth. Bratwürscht und Weißwürscht. Bierfranken und Weinfranken. Ober-, Mittel- und Unterfranken. Muss man Gott für alles danken? Ein ewiges obrigkeitliches Durcheinander, und das Ergebnis sind Duckmäuserei, Alkoholismus, Scheinheiligkeit, Anpassertum, deformierte Wirbelsäulen. Und weil wir uns dauernd unterdrückt, umzingelt und ausgenutzt fühlen, vom Staat, von den Ausländern, von der Frau, von überhaupt jedem, weil wir meinen, wir seien von Natur aus zu kurz geraten oder gekommen oder beides, und weil wir grundsätzlich das Maul nicht aufkriegen und nicht erst lange Reden halten wie die geschwätzigen Preußen – wo wir dann auch noch Bayern sein müssen, wenn's gegen die geht –, da kann es schon sein, dass uns mal eine Hand oder eine Schaufel ausrutscht.

Jajaja, Herr Doktor Freud, alles schön und gut. Aber deswegen knall ich doch keinen jungen Hund ab, oder? Einfach so. Welches archaische Gen explodiert denn da? »Viecher«, »Köter«, »verreck« – was ist das? Neandertalfolklore? Keltische Barbarei? Ein Defekt im präfrontalen Cortex? Oder ist Mannigl einfach bloß ein schlechter Mensch?

Ich löse die Leine, rolle sie zusammen und stecke sie ein. Die Sturmhaube behalte ich auf. Mannigl liegt mehr hinter dem Steuer, als dass er sitzt. Ich warte, bis sein Schnarchen nachhaltig klingt. Ich gieße ihm den restlichen Likör über den Bauch und werfe die Flasche in den Fußraum. Ich steige aus, gehe hinten herum, sperre die Beifahrertür auf, beuge mich hinüber, lasse den Gurt zurückgleiten, stecke den Zündschlüssel ins Schloss und starte den Motor. Er springt gleich an. Ich stelle den Wählhebel der Automatik auf zwei, löse die Handbremse, werfe die Tür zu und schiebe ein wenig, als der Golf anrollt. Die geteerte Straße geht mit gutem Gefälle etwa dreihundert Meter geradeaus und macht dann eine Rechtskurve. Dort wird der Wagen über die Böschung kippen und den Hang hinabholpern. Wenn er sich nicht vorher überschlägt, wird er unten in der Lärchenschonung zum Stehen kommen. Es sei denn, er bricht nach links aus und landet im Forellenbecken. Waidmannsheil, Mannigl. Ruhe in Frieden, Rudi.

Ich drehe mich um und laufe zum Motorrad zurück. Übermorgen bin ich wieder down under bei meinen Schafen.

Elmar Tannert
Unterm Apfelbaum

Heute ist der 13. Dezember. Seit Ende November fällt Schnee. Berghäuser ist eingeschneit. Weite Teile der Oberpfalz sind von der Außenwelt abgeschnitten, würde der Satz normalerweise in den Nachrichten lauten. Aber es werden keine Schneepflüge kommen, um die Straße zu uns nach Berghäuser freizuräumen. Sie würde kurze Zeit später ohnehin wieder im Schnee versinken, und Kraftstoff ist knapp geworden. Alles ist knapp geworden.

Vor einer Woche hat zum letzten Mal ein Bundeswehrhubschrauber Versorgungspakete bei uns abgeworfen. Vermutlich überall dort, wo ein Infrarotsuchgerät Leben registrierte. Seitdem ist keiner mehr hier gewesen. Für uns allein lohnt es nicht. Alle haben das Dorf verlassen, als die heftigen Schneefälle begannen, aus Angst, in ihren Häusern zu verhungern.

Für unsere Freunde war das Anwesen in Berghäuser, das wir von Ruths Erbschaft gekauft hatten, ein Wochenendhaus mit Garten. Manche machten auch den Scherz vom Altersruhesitz und meinten, den würden sie sich lieber auf Gran Canaria oder Teneriffa einrichten als hier. Sie sprachen in den Sommern auf unserer Veranda von den harten oberpfälzischen Wintern und wussten nicht, dass wir unser Refugium nach anderen Gesichtspunkten ausgewählt hatten, wussten nicht, dass sich nur zwei Meter unter ihnen das Lebensmittellager befand, das wir nach und nach aufbauten. Ein Gesichtspunkt war die Nähe zu Nürnberg gewesen. In maximal eineinhalb Autostunden wollten wir in Sicherheit sein. Die Nähe zu einer Grenze war der andere Grund. Damit blieb keine andere Wahl als die östliche Oberpfalz.

Es ist halb acht. Sarah sollte schlafen gehen. Es ist wichtig, einen Lebensrhythmus beizubehalten. Sie spielt auf ihrer Flöte, untermalt vom Wind, der ums Haus streicht und Schneeberge auftürmt. Morgen werde ich das Dach abräumen müssen. Ruth liest. Wir spielen normales Leben. Keiner von uns beiden schickt Sarah zu Bett. Später, wenn sie schläft, wird Ruth in den eisigen Wind lauschen und mich fragen: »Meinst du, Florian wird es schaffen?« Natürlich werde ich antworten, Florian wird es schaffen, er ist klug, er ist umsichtig, er weiß sich zu helfen, er wird sich durchschlagen können. Wie immer.

Vergangene Nacht ist Sarah wieder aus dem Albtraum erwacht, der sie seit Tagen verfolgt. Ein Toter ohne Gesicht hat sich über sie gebeugt.

Als ich so alt war wie Sarah, bin ich in den Ferien oft bei meiner Großmutter gewesen. Sie war bei den Zeugen Jehovas und hat jeden Tag den Weltuntergang erwartet. Bei ihr hieß er Harmageddon, und sie freute sich darauf. Dann werden die Bösen vernichtet, und die Guten kommen ins ewig währende irdische Paradies. Sie lebte in Oberbayern in einem Haus mit einem riesigen Garten, und als Kind fand ich, sie lebte bereits im Paradies. Für sie war das Paradies in ihrem Dorf im Friesetal gewesen, im mährischen Altvatergebirge, und sie war überzeugt, dass Jehova selbst sie wieder dorthin zurückbrächte und die bösen Tschechen bestrafen würde.

Wenn das Wetter schlecht war, saß ich an ihrem Küchentisch und malte die Illustrationen im *Wachtturm* und in *Erwachet!* aus, während sie Mohnkuchen buk oder Buchteln im Ofen bereitete. Ich kolorierte einstürzende Wolkenkratzerstädte, die von Kratern verschlungen und aus dem Himmel mit Blitzen bombardiert wurden, Menschen, Häuser und Autos, die von Wirbelstürmen hinweggefegt wurden, und war sicher, dass ich Harmageddon überleben würde. Meine Eltern und ich waren nicht bei den Zeugen Jehovas. Aber wenn meine Großmutter zu den Guten gehörte, dann mussten auch wir dazugehören. Wenn ich jetzt aus dem Fenster sehe, in die Schneeflocken, die durch den Nebel treiben, blicke ich in einen Untergang, der schleichend ist und still. Es ist immer alles anders, als man es sich vorstellt.

Jenseits der Grenze heißt Nebel »*mlha*«. Manchmal habe ich Mirko nach tschechischen Wörtern gefragt. Einige habe ich mir gemerkt. »*Jablko*«, der Apfel. »*Hruška*«, die Birne. Aber nur »*mlha*«, geheimnisvoll und milchigweiß, fand ich schöner als sein deutsches Gegenstück. Mirko Ondrácek lebte in Pobežovice, zwanzig Kilometer von hier entfernt. Wir hatten ihn über ein Inserat im Domažlický deník gefunden. »Hledáme zahradník«, Gärtner gesucht. Schließlich konnten wir uns nur in den Ferien und an den Wochenenden um den Garten kümmern. Er war uns auf Anhieb sympathisch. Er und seine Jana. Wir wurden näher miteinander bekannt und verbrachten gemeinsame Abende, zu denen Jana die Nachspeisen mitbrachte, Kolatschen oder Zwetschgenknödel. Sie pflegten unseren Garten nicht nur, sie verschönerten ihn auch. Beide verstanden etwas von Rosenzucht. Nie wäre uns in den Sinn gekommen, dass sie eines Tages als Plünderer vor unserer Haustür stehen würden, bereit, sich gewaltsam Einlass zu verschaffen. Sie sind nicht lang vor unserer Tür gestanden. Mirko hatte eben nicht alles gewusst. Die Grube unter der Falltür hat er erst kennengelernt, als er und Jana drei Meter tiefer lagen und schrien vor Schmerzen. Ich habe sie nicht lange leiden lassen. Wer keinen Waffenschein hat, organisiert sich zumindest ein Bolzenschussgerät. Mirko und Jana waren nicht die ersten, die zum Plündern kamen, und werden auch nicht die letzten gewesen sein. Tatsächlich haben wir die Situation in Tschechien nicht richtig eingeschätzt. Wir hatten Angst vor dem Krieg in den Großstädten. Wir hatten nicht bedacht, dass Tschechien ein Land ist, das sich nicht selbst ernähren kann und abhängig ist von Lebensmittelimporten aus Polen und Deutschland.

Spätestens, als wir nach und nach unsere Vorräte anlegten, wurde uns klar, dass zu den Vorbereitungen auch harte Beschlüsse gehören. Den schlimmsten Fall angenommen, also ein Hereinbrechen der Versorgungskrise zu Herbstbeginn, hieß das, dass wir von Vorräten für ein halbes Jahr ausgehen mussten. Das bedeutet für vier Personen eine Menge von rund einer Tonne fester Nahrung und etwa tausendzweihundert Litern Wasser. Nimmt man im Ernstfall jemanden auf, der an die Tür klopft, oder nicht? Beteiligt man Menschen, die es nicht für nötig hielten, selbst Opfer zu bringen, an den mühsam angelegten Vorräten? Ruth und ich mussten uns zur Entscheidung durchringen, nicht einmal engsten Freunden Asyl zu gewähren, falls einer von ihnen auf die Idee käme, bei uns in Berghäuser Zuflucht zu suchen. Wir waren uns darüber einig, dass wir auf vieles verzichtet haben in den vergangenen Jahren. Wir haben uns eingeschränkt, wir haben auf größere Urlaubsreisen verzichtet und dafür vorausschauend in unsere Zukunft investiert, wir haben uns mit Dingen befasst, die uns viel abverlangt haben. Wir sind als lebensfremde Großstadtmenschen aufgewachsen, als Büchermenschen, und mussten viel Zeit opfern, um die elementarsten Dinge zu lernen, vom Gartenbau bis zur Selbstverteidigung.

Im Keller lagern über eine Tonne Lebensmittel. Der Halbjahresbedarf von vier Menschen. Florian studierte in Leipzig, aber wir waren sicher, dass er es schaffen würde, im Ernstfall rechtzeitig bei uns Zuflucht zu suchen. Allein fünf Zentner entfallen auf Getreide, hauptsächlich Weizen, Roggen und Reis. Die Regale sind voll mit Konserven. Thunfisch, Hering, Ölsardinen. Corned Beef, Leberwurst, Bockwürstchen, Salami. Gulasch, Ravioli. Nudeln, Reis, Knäckebrot. Ananas, Aprikosen und Mandarinen in Dosen. Kekse, Schokolade, Salzstangen. Tee, Kaffee, Kakao. Wasser. Als Tauschwaren tschechische Zigaretten und tschechische Obstbrände aus den grenznahen Supermärkten in Lisková und Železná. Und natürlich unsere eigene Ernte. Gurken, Bohnen, Erbsen, Karotten, Sellerie, Kohl, Kürbisse. In Essig, in Salz, in Öl; in Einmiettöpfen und milchsauer vergoren. Unsere eigenen Himbeeren, Brombeeren, Stachelbeeren, Birnen. Und Äpfel. Was soll nächstes Jahr mit den Äpfeln geschehen?

In unserem Wohnzimmer brennen nur Kerzen. Die Nacht ist hell. Die Welt ist in ein Leichentuch gehüllt. Ruth starrt in ihr aufgeschlagenes Buch. Sarah übt Flöte. Sie kann nicht wissen, wie schwer es mir fällt, ihr Flötenspiel zu ertragen.

Später, wenn ich allein im Wohnzimmer bin, will ich den Weltempfänger einschalten und Nachrichten hören. Ruth ist nie dabei. Die Nachrichten könnten ihre Hoffnung darauf, Florian wiederzusehen, zunichte machen. *Hör sie dir allein an und sag mir nichts.* Bei mir ist es anders. Meine Hoffnung ist längst dahin. Ich will wissen, was draußen geschieht. In den Siebzigerjahren hat man auf einer philippinischen Insel einen japanischen Soldaten entdeckt, der sich im Glauben, der Zweite Weltkrieg dauere noch immer, als Guerillakämpfer im Dschungel versteckt hielt. Noch über dreißig Menschen soll er in den Jahren nach Kriegsende getötet haben.

Morgen werde ich wieder einen Rundgang durch Berghäuser machen.

Sarah hält sich an ihrer Flöte fest. Sie hat Angst vor dem Schlaf. Dreimal hat sie schon von dem Mann ohne Gesicht geträumt. Sie wird wieder über ihrem Flötenspiel einschlafen, und ich werde sie ins Bett tragen. Irgendwann wird der Traum sie wieder heimsuchen, das weiß ich.

Als Kind ist mir oft eine Frau im Traum erschienen. Ich versuchte jeden Abend, dem Schlaf zu widerstehen, indem ich mich wie ein Irrer im Bett hin und her warf. Ich hatte Angst vor ihr, die mich im Schlaf heimsuchte. Sie kam in vielen Nächten und nahm mich aus dem Bett. Ich schwebte an ihrer Seite durch die Wohnung und hörte unsichtbare Wesen flüstern. Ich sah meine schlafenden Eltern im fahlen Licht der Straßenbeleuchtung, das durch die Fenster fiel. Ich sah, an der Zimmerdecke schwebend, mich selbst in meinem eigenen Bett liegen. Der Raum summte, und die

Unsichtbaren verwandelten sich in dunklen Schaum, der nach mir griff. Wenn ich aus diesen Zuständen zu mir kam, war mein Körper wie erstarrt. Ich wusste, dass sie tagsüber im fensterlosen Badezimmer hauste. Die Tür zum Badezimmer durfte niemals offenstehen, ich durfte niemals zu langsam an ihr vorbeigehen. Einmal erschien sie mir, als ich aus ängstlichem Schlaf auf dem Wohnzimmersofa erwachte. Ich war allein in der Wohnung, und sie entstand vor meinen Augen aus dem Nichts, eine menschliche Gestalt aus leuchtenden Punkten, indigo, smaragd, orange. Unsere Wohnung hat mir Albträume gemacht, habe ich viele Jahre später zu meiner Mutter gesagt, ich habe als Kind jeden Tag in Angst vor der Nacht gelebt. Da erzählte sie mir zum ersten Mal, dass die Vormieterin Selbstmord begangen habe. *Sie hat sich im Badezimmer mit dem Gasofen in die Luft gesprengt. Als wir einzogen, mussten wir die Löcher in den Wänden ausbessern.*

Manche Toten können sich nicht vom Leben lösen.

Wir klammern uns an ein Leben, das nur ein Überleben ist und haben uns auf etwas vorbereitet, was wir nie erleben wollten. Der Mensch begreift nur das, was er an Leib und Seele selbst erlebt. Von Kindheit an haben wir mit alten Menschen zu tun, die gebrechlich, halb erblindet oder taub sind. Aber wie lange dauert es, bis uns zum ersten Mal in den Sinn kommt, dass auch wir einmal so enden werden. Und selbst wenn wir versuchen, es uns auszumalen, werden wir doch niemals wissen, wie es sich anfühlt, wenn ein Bein, ein Arm, wenn Auge, Ohr, der ganze Kopf, die inneren Organe nicht mehr so funktionieren, wie wir es gewohnt sind. Wir überleben in unserem Refugium und halten an unserem verkrüppelten Leben fest, so wie die Alten sich noch an einem Leben festhalten, das ihnen niemals mehr vergangene Freuden zurückbringen wird.

Wie tief ist der Abgrund, in den wir gestürzt sind? Wie konnte ein einziges Land ganz Europa zum Kollabieren bringen? Ich habe die Zusammenhänge noch immer nicht durchschaut. Ich habe das gesamte Finanzsystem nicht verstanden. Wie kann es funktionieren, dass Staaten sich von Banken Geld leihen und mit dem geliehenen Geld wiederum Banken unterstützen, um sich von ihnen von Neuem Geld leihen zu können?

Die Botschaft der Bilder habe ich verstanden Es ist noch nicht lang her, dass ich Bölls *Anekdote zur Senkung der Arbeitsmoral* in einer neunten Klasse durchgenommen habe. Die Geschichte von dem Fischer und dem Touristen, jeder kennt sie. Sie war schon etwas angestaubt, als ich selbst Schüler war. Heute ist sie nur noch komisch. Noch in meiner Schulzeit galt der Fischer als das Ideal des Menschen, der arbeitet, um zu leben, und dem Reisenden aus dem Industrieland vor Augen führt, mit wie wenig Arbeit man eigentlich auskommen kann. Heute sitzen alle Europäer am selben Fließband und beäugen einander misstrauisch, ob auch jeder genauso viel arbeitet wie der andere. Die Wirtschaft ist endgültig der alleinige Maßstab geworden, an dem man Menschen und Völker misst. Im Bild des brennenden, halb entvölkerten Athen zeigte sich der Untergang von Kultur, Philosophie und Demokratie, während das Bild des in sich zerstrittenen Landes Belgien, das im Kongo als grausame Kolonialmacht gewütet hatte, jedem, der es sehen wollte, deutlich vor Augen führte, was für eine Art von Regierung in Europa die Macht ausübte.

Als schließlich die Menschen die Banken stürmten, um sich ihr Geld zu holen, zeigte sich, dass die Regierungen, von Brüssel gesteuert, sich mindestens ebenso lang und sorgfältig auf die Krise vorbereitet hatten wie wir selbst. Die einschlägigen Begriffe waren jedem bekannt, der ein wenig Recherchen angestellt hatte. Einer von ihnen war »Riot Control Weapons«. Zur Wahrung der inneren Sicherheit, zur zivilen Konfliktregulierung und natürlich zur Verteidigung der Demokratie. Die Militärstrategen bedienten sich perfiderweise bei den alten Griechen und nannten ihre Einsatzfahrzeuge »Trojaner«. Fahrzeuge, die wie Ambulanzwagen aussehen, aber tatsächlich Kampfgeräte sind, vollgepackt mit hochenergetischer Mikrowellentechnik und ABC-Kampfstoffen zur Erzeugung vorübergehender Lähmung oder Blindheit, zum Hervorrufen von Erbrechen oder »spontaner Defäkation«, was nichts anderes heißt, als dass Hunderte, Tausende von Menschen auf der Straße gleichzeitig heftigen Durchfall bekommen. Man hatte sogar mithilfe der globalen Gendatenbank des *Human Genome Projects* so genaue Erkenntnisse von Genstrukturen gewonnen, dass es möglich gewesen wäre, nur eine ganz bestimmte ethnische Gruppe kampfunfähig zu machen. Araber etwa. Aber diese Feinheiten waren unnötig. Es gibt kein Armuts-Gen, erhoben haben sich sämtliche Ausgeplünderten, und es mündete in einen Kampf aller gegen alle, zu dem die Ausschreitungen in Lettland, Island und Großbritannien nur einen Vorgeschmack geliefert hatten. Der Zorn, der sich auf den Straßen entlud, hatte sich jahrelang angestaut. Mein Kollege Winkler, Fachbereichsleiter Geschichte, hat nicht nur einmal gesagt, wir könnten glücklich sein, wenn wir nur den Zehnten abgeben müssten.

Wenn einem noch nach Ironie zumute gewesen wäre, hätte man sagen können, dass die Kriminellen, die uns regierten, in der Wahl ihrer Kampfmittel sogar einen gewissen Humor bewiesen. Mittels ihrer chemischen Waffen ließen sie die Menschen auf der Straße genau das ausdrücken, worum es ging: Wir scheißen auf den Staat, wir finden die Zustände zum Kotzen. Aber angesichts der Filmaufnahmen, die sich über das Netz verbreiteten, packte einen das blanke Entsetzen. Man sah Menschen, die schreiend vor Panik und Schmerzen blind durch die Straßen irrten, gegeneinander liefen, sich an Hauswänden entlangtasteten, sich wimmernd und entkräftet in Hauseingänge kauerten. Man hörte von zahllosen alten Menschen, die ihre Wohnungen aus Angst vor dem, was sich draußen abspielte, nicht mehr verließen und elend verhungerten.

Was mag Florian in Leipzig mitgemacht haben? Ruth spricht jeden Abend vom Schlimmsten, sobald Sarah schlafen gegangen ist. Es ist spät geworden. Sarah spielt immer noch. Seit Tagen geht mir dieses Märchen von der Flöte nicht mehr aus dem Kopf. Als ich ein Kind war, hatte ich ein Buch mit russischen Märchen, und eines von ihnen habe ich niemals vergessen. Es handelt von einem Vater mit drei Söhnen, dem ein Eber Nacht für Nacht einen goldenen Apfel stiehlt und dabei den Garten zerwühlt. Schließlich legen sich die drei Söhne reihum auf die Lauer, und der jüngste von ihnen erlegt den Eber in der dritten Nacht. Seine Brüder erschlagen ihn, vergraben ihn unter einem Schneeballstrauch und geben den erlegten Eber als ihren eigenen Erfolg aus. Einige Zeit später kommt ein Gutsherr des Wegs, bricht einen Ast vom Strauch und schnitzt sich daraus eine Flöte, die von selbst ein Lied spielt, als er sie an die Lippen führt: *Spiel, Gutsherr, spiel auf mir, brich aber nicht das Herze mir! Der Bruder hat mich erschlagen, der Bruder hat mich vergraben, um des Ebers willen, der im Garten hat gegraben.* Der Gutsherr reicht die Flöte weiter an den Bauern, der Bauer reicht sie an seine Söhne und zwingt sie, darauf zu spielen: *Spiel, Bruder, spiel auf mir, brich aber nicht das Herze mir! Du hast mich erschlagen, du hast mich vergraben, um des Ebers willen, der im Garten hat gegraben.*

Ich werde in den nächsten Tagen den Apfelbaum fällen.

Wir haben den Krieg auf den Straßen nicht miterlebt. Wir sind nicht inmitten der brandbomben- und pflastersteinwerfenden Meute vor den Banken gestanden. Wir hatten unser Barvermögen schon längst sukzessive in Silbermünzen und Gold verwandelt, in Lebensmittelvorräte und Grundbesitz. Noch bevor sich Massen von Menschen in den Städten um die letzten Lebensmittel aus den Supermärkten schlugen, noch bevor sie versuchten, Banken und Parlamente zu stürmen und mit Waffen bekämpft wurden, von deren Existenz die wenigsten gewusst hatten, waren wir an einem klaren, kalten Herbsttag zu unserem Refugium nach Berghäuser aufgebrochen, im Rücken die flammendrot untergehende Sonne wie eine Ankündigung des zweiten Untergangs der Stadt, die wir verließen. Die Gesetzmäßigkeiten kannten wir, und damit die Vorboten der Krise. Rapide steigende Inflation, steigende Arbeitslosigkeit, hungernde Menschen. Allmählicher Mangel an Verbrauchsgütern, Rationierung von Kraftstoffen und Lebensmitteln. Schließlich Hyperinflation und wirtschaftlicher Zusammenbruch. Unruhen, Aufstände, Kriegsrecht. Ähnlich hat sich die Weltwirtschaftskrise 1929 abgespielt. Dennoch gab es genug Optimisten, die für die Wirklichkeit blind waren und an *Soft-Landing-Szenarios* glaubten. Die geglaubt hatten, es würden sich in kommenden Notzeiten Netzwerke bilden. Menschen würden sich in kleinen, überschaubaren Gemeinschaften zusammentun, in die jeder seine speziellen Fähigkeiten einbringt. Vielleicht wäre dies sogar möglich gewesen, nur hätte man es vorbereiten müssen. Wenn der schlimmste Fall erst einmal eingetreten ist, tun die meisten Menschen nur noch das unmittelbar Nächstliegende, um ihre eigene Haut zu retten. Von Hunger und Durst getriebene Wölfe.

Aber all dies ist nicht der Anlass dafür, dass ich in unserem Haus am Schreibtisch sitze und abwechselnd in den Schnee und auf das Papier vor mir starre, das der Bleistift in meiner Hand mit Buchstaben, Wörtern, Sätzen füllt. Ich muss etwas aufschreiben, was nicht zu sagen ist. Nur ich weiß, was passiert ist. Es war am Tag, nachdem Mirko und Jana uns heimgesucht hatten. Zwei Wochen liegt der Tag zurück. Ich hatte in stundenlanger Arbeit eine Grube ausgehoben, beim Apfelbaum hinter dem Schuppen. Damit man die Stelle vom Haus aus nicht sehen muss. Ich hatte eben beide Leichname dorthin geschleift und war dabei, sie mit Erde zu bedecken. Da tauchte er plötzlich aus dem Nebel auf und lief direkt auf mich zu. An den Spuren konnte ich später sehen, dass er am unteren Ende des Gartens über den Drahtzaun geklettert war und sich auf den Komposthaufen hatte fallen lassen. Er lief auf mich zu, ein vermummter Mann, die Kapuze tief ins Gesicht gezogen. Jana und Mirko, dachte ich. Natürlich haben sie einen Freund eingeweiht. Mindestens einen. *Wenn wir nicht zurückkommen, dann seht nach uns.* Ich lief dem Mann entgegen, trat ihm in die Magengrube, nahm ihn in den Schwitzkasten, zerrte ihn zur Wassertonne, stieß seinen Kopf unter Wasser und hielt ihn fest, bis sein Körper erschlaffte. Ich zog ihn heraus, ließ ihn zu Boden fallen, drehte ihn auf den Rücken, riss ihm das Tuch vom Gesicht. Im nächsten Augenblick kniete ich über ihm, drückte gegen seinen Brustkorb, drückte in dem wahnsinnigen Versuch, das Wasser aus ihm zu saugen und ihn zugleich mit meinem Atem wieder zum Leben zu erwecken, meine Lippen gegen die seinen. Ich weiß nicht wie lang. Florian blieb tot. Ich zog ihn an den Rand der Grube, in der Mirko und Jana lagen. Vom Haus hörte ich ein Geräusch. Ich lief zum Schuppen, holte die Spitzhacke und schlug heulend wie ein Wolf auf sein Gesicht ein, bis es kein Gesicht mehr war, zog ihn zur Grube, die ich für Mirko und Jana ausgehoben hatte, legte ihn hinein und warf die ausgehobene Erde auf die Toten. Dann lief ich ins Haus, suchte Ruth und Sarah, fand sie am letzten Rückzugsort, im Keller, hinter der geheimen Tür. Sie fielen mir in die Arme. Als sie die Schreie hörten, hätten sie das Schlimmste befürchtet.

Ruth sagt mir gute Nacht. Wir werden ihn nie mehr wiedersehen, sagt sie. Da draußen ist die Hölle.

Nein, sage ich. Mach dir um Florian keine Sorgen. Er wird es schaffen.

Helmut Vorndran
Untödlich

Die Erlanger Gerichtsmedizin war mit voller Mannschaftsstärke und zwei ratlos dreinblickenden Kommissaren um den Seziertisch versammelt. Niemand sprach ein Wort. Selbst der sonst so überheblich wirkende Leiter des Institutes, Professor Siebenstädter, wirkte etwas derangiert. Die Naturwissenschaften duldeten keine Sachlagen, die nicht mit logischen Herleitungen zu begründen waren. Alles in dieser Welt war durch die Kraft des Verstandes zu begreifen. Aber das, was da auf seinem Seziertisch gelandet war, durfte es so eigentlich nicht geben. Ratlos schauten ihn seine untergebenen Kollegen an. Ebenfalls ratlos, dies aber so gut wie möglich verbergend, hob er das Mikrofon an den Mund und begann mit fester Stimme zu diktieren ...

Gärtnermeister Karl Ortloff war sauer. Stinksauer sogar. Es war ein später Kälteeinbruch am 31. März des Jahres 2011, es war dunkel, arschkalt und soeben hatte es zu nieseln begonnen. Niemand auf dieser Welt hatte Lust, unter solchen Bedingungen einer Arbeit im Freien nachzugehen. Nur er hatte heute Abend das zweifelhafte Vergnügen.
Tja, Pech – Berufsrisiko sozusagen.
Wütend trieb er seinen Spaten in den aufgeweichten Boden des alten ERBA-Geländes, das nur durch eine funzelige Notleuchte erhellt wurde, die er an seine Schubkarre gehängt hatte, im Fränkischen auch gerne »Robbern« genannt. In dieser Robbern lag allerhand Arbeitsgerät wie Hacke, Schaufel und ein Sack mit Rindenmulch. Bis er den

allerdings auf den wieder eingepflanzten Wurzelbereich seiner jungen Trauerweide verteilen konnte, würde noch viel Wasser in dieser Nacht die Regnitz hinunterfließen.

Der Wurzelballen des Hochstammes hatte ein stattliches Gewicht, schließlich sollten die Bäume der Landesgartenschau auch mit Sicherheit anwachsen. Verdorrte Gehölze machten sich nicht so toll bei diesem Prestigeprojekt. Außerdem verstieß ein zu geringer Durchmesser des Wurzelballens gegen die Vorschriften. Ach ja, die Vorschriften ...

Wütend trieb er seinen Spaten wieder in den matschigen Boden. Schlammig spritzte der verquirlte Dreck durch die dunkle Nacht und landete irgendwo auf frisch gekeimtem Rasen.

Vorschriften, er konnte dieses Wort nicht mehr hören. Er hatte inzwischen wohl schon gegen Vorschriften im dreistelligen Bereich verstoßen. Und das, obwohl er penibelst auf sämtliche Vorgaben des Amtes geachtet hatte. Das war schließlich der größte Auftrag seiner noch jungen Selbstständigkeit und gewinntechnisch äußerst hart auf Kante genäht. Gab es Nachbesserungen oder Mehrarbeiten, musste er die selbst ausführen, sonst geriet das ganze Projekt in die Minuszone. Diese Prämisse hatte nun dazu geführt, dass er selbst seit zwei Wochen nachts auf dem Gelände der Landesgartenschau herumkroch, um den Erbsenzähler vom Amt zufriedenzustellen.

Dieser miese Drecksack vom AFF rannte doch tatsächlich jeden Tag mit Zollstock und Ausschreibungsheft übers Gelände und maß alles nach: Abstände, Wurzelballendurchmesser, Kronenbreiten, Stammstärken und Blattgrößen. Und wenn ihm was nicht passte, raus mit der Schaufel.

Wo war eigentlich diese Mistratte? Der wollte doch höchstpersönlich vorbeikommen, um zu kontrollieren, dass diese »Salix Alba Tristis« auch wirklich 11,7 Zentimeter nach Nordnordost versetzt worden war. Schließlich war ja morgen offizielle Eröffnung, und da würde eine Trauerweide, die um gut zehn Zentimeter die rechnerische Mitte des Pyramidenhügels verfehlte, bestimmt die ganze Veranstaltung ruinieren. So ein verdammter Schwachsinn. Alles hier war völlig gaga.

Am liebsten würde er diesem Kniebohrer seinen verdreckten Spaten in die Bürokratenfresse dreschen und anschließend ein Schild mit der Aufschrift »Baustelle« an die platte Nase hängen. Aber dann gab's bestimmt keine Kohle, sondern nur eine Anzeige wegen Tätlichkeit, wie bei seinem Kollegen aus Stegaurach, der diesem Heini einen Schaufelstiel in den verbeamteten Schritt gedonnert hatte. Der Kollege war jetzt zwar tief befriedigt, aber arbeitslos.

Nein, das würde ihm nicht passieren, diese Nacht würde er jetzt auch noch rumbringen. Wütend jagte er mit beiden Händen seinen Spaten wieder Richtung Erdmittelpunkt.

Die Schwierigkeiten begannen für Herbert Dotterweich an diesem lausig kalten, späten Freitagnachmittag Ende März. Als Beamter war er ja an ein Schattendasein am Arbeitsplatz gewöhnt. Das Bedürfnis, diese grelle Wintersonne von sich fernzuhalten, war heute aber noch stärker als sonst. Kaum dass die ersten Sonnenstrahlen seinen blankgeputzten Schreibtisch erreichten, kniff er die Augen zu engen Schlitzen zusammen und hob die Hände gegen das hereinflutende Licht. Als er aufstand, um die grauen Vorhänge an seinem Fenster zuzuziehen, vernahm er vom Nebentisch ein unterdrücktes »Der Graf macht den Sargdeckel zu«.

Das Amt für Flora und Fauna war nur für die Landesgartenschau eingerichtet worden, und Herbert Dotterweich war für die Endabnahmen der neuen Baulichkeiten zuständig. Er war bekannt für äußerste Genauigkeit und die neurotische Vermeidung jeglicher UV-Strahlung. »Der Graf«, so lautete sein inoffizieller Spitzname, da konnte er machen, was er wollte. Faltige, magere Gesichtszüge und eine Hautfarbe, die an durchscheinende Milchglasscheiben erinnerte, taten ein Übriges. Sein lichtscheues Gehabe war im ganzen AFF legendär.

Herbert Dotterweich wusste das alles, und es machte ihm nicht wirklich etwas aus. Er war nun einmal ein Perfektionist und fühlte sich im Dunkeln wohler als im Hellen. Das war in seinem ganzen Leben schon so gewesen. Je stärker der Stress wurde, umso störender empfand er das Sonnenlicht. Und diese Landesgartenschau forderte ihm wirklich alles ab. So einen Stress hatte es bisher noch nicht gegeben in seinem Beamtenleben. An jeder Ecke lauerten Verstöße und Nichteinhaltungen der Bepflanzungsordnung. Das mochte für den schlampigen, naiven Normalbürger in den meisten Fällen kein Problem darstellen. Für den Grafen waren das jedoch permanente Attentate auf sein Ordnungsbewusstsein.

Da wurden Beete ganze Zentimeter zu tief angelegt, Kies in der falschen Korngröße geliefert oder Rosensträucher gepflanzt, deren Blüten die maximale Blühhöhe frech überschritten. Womöglich brachten sie nicht einmal den exakten Rotton hervor, der gefordert war. Und so lief er dann mit schwarzer Schirmmütze, Lodenmantel und ultragroßer Sonnenbrille übers Gelände, um sich mehr oder minder schwere Vergehen zu notieren.

Endabnahmen führte er sowieso nur noch in der Dämmerung durch oder, noch besser, vor Sonnenaufgang. Der Graf machte seinem Namen wirklich alle Ehre.

Als er die Vorhänge zugezogen hatte und sich umdrehte, wandten sich mehrere Gesichter im Raum merkwürdig synchron wieder der Arbeit zu, die vor ihnen auf den Tischen lag, die Gesichtszüge mühsam beherrscht. Graf Dotterweich beachtete seine Kollegen überhaupt nicht, sondern griff sich Tasche, Mantel und Schirmmütze, um gemessenen Schrittes die Amtsstube zu verlassen. Eine letzte Aufgabe wartete auf ihn.

Lediglich eine Person schaute ihm besorgt hinterher. Renate Hümmer fand ihren Chef überhaupt nicht nervig, eher bemitleidenswert. Oft schon hatte sie ihm heimlich geholfen, ohne dass er es überhaupt bemerkte. Sie zog die Vorhänge zu, kochte Kaffee oder hörte ihm einfach ein wenig zu, wenn er Probleme hatte. Größere Beachtung ihr gegenüber hatte das alles allerdings nicht eingebracht, auch wenn sie das gerne gehabt hätte. Tja, musste sie eben weiter hoffen und warten. Aber wenn sie ihren Chef heute so betrachtete, dann machte sie sich noch größere Sorgen als sonst.

Sehr viel größere ...

Entschlossen drückte er den Knopf der Mikrofontaste. Das Kabel des Diktiergerätes kam irgendwo von oben, von der Decke, und baumelte unentschlossen vor sich hin, bis es in das ovale Mikrofon mündete. Siebenstädter setzte eine fest entschlossene Miene auf, während sieben Augenpaare starr auf ihn gerichtet waren und nun gespannt der Worte harrten, die in dieses Mikrofon gesprochen werden sollten. Worte, die so wohl noch nie in einer Gerichtsmedizin dieser Welt aufgenommen worden waren. Und wenn doch, so hätte man denjenigen wahrscheinlich auf direktem Weg zu den Kollegen der geschlossenen Psychiatrie überführt. Aber Professor Siebenstädter war nicht irgendwer. Was er als

Tatsache in die Welt stellte, hatte in Fachkreisen Gewicht. Niemand würde Siebenstädter wegen einer Diagnose für verrückt erklären, jedenfalls noch nicht. Es knackte leise im Mikrofon, als er mit der Aufnahme begann.

»Erlangen, Samstag, 1. April 2011, es ist 5 Uhr 23 ...«

Karl Ortloff rückte den alten Lederhut weiter nach hinten ins Genick. Er hatte den Wurzelballen mit seinem rostigen Drahtgeflecht endlich freigelegt. Eine verdammte Scheißplackerei war das. Solche Arbeiten hatte er das letzte Mal in seiner Lehrzeit ausführen müssen, und das war schon ziemlich lange her. Aber wenn er hier mit diesem Auftrag nicht pleite gehen wollte, dann musste er eben selbst Hand anlegen. Seine Leute waren längst auf anderen Baustellen beschäftigt. Erneut rauschte das Adrenalin durch seine Adern, und die aufkeimende Wut ließ ihn den Spaten mit aller Gewalt in den Boden rammen. Dieses Mal aber durchschnitt das Eisen des Arbeitsgerätes nicht wie Butter das durchweichte Erdreich, sondern stieß mit voller Wucht auf einen mittelgroßen Steinbrocken, der dort schon länger sein unterirdisches Dasein fristete. Ortloff durchfuhr es wie ein Stromschlag, als der Spaten auf die harte Oberfläche des Granits knallte. Dann vernahm er ein knirschendes Bersten, als der eschene Stiel nachgab. Das Holz zerbrach knapp oberhalb des Schaftes, und das stählerne Spatenblatt flog mit einem spitzen Rest des Stieles hinaus in die dunkle Nacht. Irgendwo hörte man dann, wie das zerstörte Gartengerät schmatzend auf dem nassen Boden landete.

Karl Ortloff hielt nur noch den Spatenstiel mit seinem spitz abgescherten Holzende in der Hand und wünschte sich nichts sehnlicher herbei als ein warmes Bad mit einer hübschen Blondine und einer Piña Colada in der Hand ...

Herbert Dotterweich bemerkte die Veränderung nicht sofort, die in ihm vorging, dafür war er noch zu sehr mit sich und den Schmerzen im Schritt beschäftigt. Es waren die letzten Nachwehen des Schaufelstieles, den ihm dieser durchgeknallte Gärtnerheini letzte Woche zwischen die Beine getrieben hatte. Die Firma wurde zwar sofort von der Baustelle der Landesgartenschau ausgeschlossen, was ihm unterleibstechnisch aber auch nicht weiterhalf. Na gut, er hatte sich erst mal mit Schmerzmitteln und einem John-Wayne-Gehstil – Gott hab ihn selig – arrangiert. Trotzdem musste er ab und zu stehen bleiben, um seinen Weichteilen eine kurze Erholung zu gönnen. Aber morgen war sowieso die große Eröffnung, dann war diese Baustelle abgeschlossen und er würde in Urlaub gehen. Hätte diese vermaledeite Baustelle hier noch länger Bestand, würde er sich als Erstes ein Suspensorium besorgen, wie es von Handballtorhütern verwendet wurde. Noch einmal würde er sich das von so einem drüsenkranken Floristen nicht bieten lassen. Während ihm derlei abwehrstrategische Überlegungen durch den Kopf gingen, bemerkte er etwas aus dem Augenwinkel und hielt abrupt inne. Als er sich umwandte, sah er in die Auslage der Metzgerei, an der er jeden Morgen auf dem Weg zur Baustelle vorbeilief. Er hatte als strenger Vegetarier bisher nie auch nur einen Blick hineingeworfen. Aber heute lag etwas im Schaufenster, das seine Blicke unwiderstehlich anzog. Es war ein großer, mit bunten Blumenservietten dekorierter, in der Mitte entzwei geschnittener fränkischer roter Presssack. Verwundert über sich selbst starrte er auf die prächtig und fett daliegende fränkische Spezialität. Sein Leben lang hatte er Wurstwaren und Fleisch im Allgemeinen immer gehasst wie der Teufel das Weihwasser. Bei dem Gedanken an Weihwasser zuckte er unwillkürlich zusammen, aber nur kurz. Dann richteten sich seine Gedanken und Augen wieder auf den Presssack. Und zu seiner großen Verwunderung verspürte er keinerlei Ekel mehr beim Anblick der stattlichen und offensichtlich erst frisch gebrühten Wurst. Nein, er verspürte im Gegenteil sogar so etwas wie Appetit auf das dunkelrote Teil, das da nur wenige Zentimeter vor ihm lag.

Aber bevor er sich seinen neu entdeckten kulinarischen Neigungen intensiver widmen konnte, bemerkte er wieder dieses seltsame Brennen auf seiner Hand. Die Sonne war inzwischen um die Ecke gewandert, und erste Sonnenstrahlen leckten an seinen unbedeckten oberen Extremitäten. Verzweifelt verzog er das Gesicht, und der Presssack war sofort wieder Geschichte. Dieses Brennen hatte in den letzten Tagen extrem zugenommen und tat inzwischen richtig weh. Selbst wenn die Sonne jetzt, Ende März, noch keine große Kraft entfalten konnte, reichte sie doch aus, um auf seiner Haut diese äußerst unangenehme Reaktion hervorzurufen. Aber er hatte bereits Gegenmaßnahmen getroffen. Er zog sich in einen Hauseingang zurück und holte eine kleine Tube aus seiner Jackentasche hervor, die er sich die Woche zuvor über das Internet bestellt hatte. Es war eine extrem starke Sonnencreme mit Lichtschutzfaktor 40, speziell für empfindliche Allergiker wie ihn.

Sorgfältig und vor allem großzügig presste er die dicke Emulsion auf die Haut und verteilte sie auf Händen und Gesicht. Es würde einige Minuten dauern, bis das Mittel eingezogen war und zu wirken begann.

Das Mikrofon zitterte leicht in seinen Händen, als Siebenstädter sprach.

»Die vor mir liegende männliche, etwa dreißig Jahre alte Leiche weist keinerlei äußere Verletzungen auf, bis auf zwei kleine, etwa fünf Millimeter große, kreisrunde Einstiche im Halsbereich. An der Leiche sind zudem keinerlei Leichenflecken erkennbar. Weder auf der Körperunterseite noch auf der Oberseite. Dies könnte daher rühren, dass nach einer vorläufigen Untersuchung der ungeöffneten Leiche fast kein Blut mehr im Körper derselben festgestellt werden konnte.« Siebenstädter hielt kurz inne und blickte in die Runde. Gebannt hingen unzählige Augenpaare an seinen Lippen. Er hob das Mikrofon wieder an und sprach weiter: »Die Todesursache ist also unter Umständen der Biss durch einen Vampir.«

Als sich Herbert Dotterweich dem Gartenschaugelände näherte, begann sich die Stimmung unter den Arbeitern schlagartig zu verdüstern.

»Schau an, da kommt der Blutsauger vom AFF«, stellte der Landschaftsarchitekt der Gartenbaugesellschaft leise fest, während er seine Pläne und Zeichnungen einsammelte. Seiner Meinung nach war alles in Ordnung, und die Firmenchefs beziehungsweise Bauleiter der einzelnen Gewerke konnten binnen einer halben Stunde nach Hause gehen. Es war alles fertig. Aber am mürrischen Gesichtsausdruck des Grafen konnte er schon erkennen, dass dieser noch etwas auszusetzen haben würde.

Herbert Dotterweich hob nur kurz und knapp den Kopf, fauchte eine Begrüßung durch die zusammengepressten Zähne und begab sich dann ohne weitere Umstände auf den Kiesweg, um mit dem finalen Inspektionsrundgang zu beginnen. Skurrilerweise ging ihm der Presssack der Metzgerei nicht mehr aus dem Kopf, was ihn zusätzlich nervte. Er fühlte sich scheußlich. Die Sonnencreme hatte zwar zu wirken begonnen, aber die Sonne, die seit Wochen das erste Mal wieder zum Vorschein gekommen war, brannte sich selbst durch diesen Lichtschutzfaktor langsam und konsequent hinein in seine immer empfindlicher werdende Beamtenhaut. Also hatte er kurzerhand schwarze Lederhandschuhe übergestreift, aber das Gesicht blieb trotz Hut, Creme und Sonnenbrille immer noch weitgehend frei und den Unbilden des Frühlingswetters ausgesetzt. Seine Haut glühte förmlich, und die Teilnehmer der Endabnahme bekamen das auch zu spüren. Hier ein Abzug für falsche Steine, dort ein Mangel wegen nicht gekeimter Gräser und so weiter. So richtig erwischte es sein Gemüt aber erst, als er diesen seltsamen, ekelhaften Geruch verspürte.

»Was um Himmels willen stinkt denn hier so?«, rief er wütend. Dutzende Köpfe schossen nach oben und hielten ihre Nasen panisch in den Wind, konnten aber keinerlei olfaktorische Belästigung bemerken, so sehr sie auch die Luft pfeifend in ihre Lungen sogen.

»Wo kommt dieser bestialische Gestank her!«, schrie Dotterweich außer sich und hielt sich die Nase zu. Dann ließ er sie wieder los und folgte völlig angewidert, seine Nase wie eine Radarschüssel schwenkend, dem grässlichen Geruch bis zu seiner Ursprungsquelle. Mit der versammelten Mannschaft blieb er schließlich vor einem Rasenstück am Wegesrand stehen, wo sich gerade kleine, lanzettähnliche Blattspitzen aus dem Boden getraut hatten. Seine Geruchsrezeptoren spielten derweil Granatenwerfen mit seinen Geruchsnerven.

»Was ist das zum Teufel!«, knurrte er aggressiv in die Runde und hielt sich die Nase wieder zu. Einer der Landschaftsgärtner, Karl Ortloff aus Walsdorf, kniete sich auf den Weg und popelte vorsichtig eine kleine Knolle mitsamt dem frischen Trieb aus dem Boden. Sofort erhellte sich seine Miene, als er das kleine Gewächs erkannte.

»Das ist Bärlauch«, stellte Ortloff sachlich fest. »Ein wilder Verwandter des Knoblauchs. Ist nicht ganz so intensiv, aber viel häufiger. Kommt hier überall vor, den gibt's hier wie Unkraut. Schmeckt übrigens klasse auf der Brotzeit«, schob er noch grinsend hinterher.

Herbert Dotterweich schaute ihn nur ungläubig an. Dann sagte er mit bissigem Unterton, während er angeekelt die kleine knoblauchähnliche Knolle betrachtete, die auf dem Kies lag: »Okay Herrschaften, Sie werden jetzt das komplette Gelände absuchen und sämtlichen Bärlauch entfernen, den Sie finden können. Und wenn Sie die Nacht durcharbeiten müssen. Das ist mir völlig egal. Und Sie Ortloff, Sie Bärlauchspezialist, kommen einmal mit.«

Karl Ortloff wusste sofort, dass er gerade einmal zu viel gegrinst hatte und folgte dem Grafen resigniert zu seinem Baustellenabschnitt. Sie erreichten den Pyramidenhügel, wo er kurz zuvor genau in der Mitte des Hügels eine Trauerweide eingepflanzt hatte. Dotterweich bedeutete ihm, stehen zu bleiben. Dann holte er ein zigarettenschachtelähnliches Kästchen aus der Tasche und begann, merkwürdige Schleifen auf dem Hügel zu laufen. Nach mehreren Minuten dieser seltsamen Wanderung blieb er wieder in der Nähe des Baumes stehen und legte etwa 12 Zentimeter vom Baumstamm entfernt eine rote Plastikmarkierung ins Gras. Dann steckte er das Kästchen wieder weg und blickte den völlig ratlos dreinschauenden Gartenbaumeister an.

»So, Herr Ortloff. Mithilfe meines hochpräzisen Navigationsgerätes konnte ich zweifelsfrei feststellen, dass sich der exakte Mittelpunkt des Platzes 11,7 Zentimeter in nordnordöstlicher Richtung jenseits Ihrer sogenannten Pflanzstelle befindet.« Triumphierend schaute er in das fassungslose Ortloff'sche Gesicht.

»Ich möchte Sie also bitten, diese Schlamperei bis zum Ende des Tages zu korrigieren und diese Weide in die geometrische Mitte zu rücken, sonst werden wir um eine erkleckliche Vertragsstrafe nicht herumkommen«, plauderte er fröhlich, während er seine Tasche packte.

»Ich werde den Baum selbstverständlich sofort umpflanzen«, knirschte Ortloff hinter zusammengepressten Zähnen und wollte sich umgehend auf den Weg zu seinem am Besuchereingang geparkten Pickup machen.

»Das haben Sie sich so gedacht!«, hob der Graf belehrend die Hand. »Das verschieben wir mal schön auf später. Jetzt werden Sie erst einmal den anderen Herrschaften beim Unkrautjäten helfen. Ihre Umpflanzereien werde ich dann später am Abend begutachten.« Er hielt sich bei dem Gedanken an den Bärlauch sofort wieder die Nase zu und machte sich auf den Rückweg, während ein völlig aufgebrachter Landschaftsgärtner Ortloff mit einem aufkeimenden Schreikrampf zu kämpfen hatte.

»Die Leiche hat eine merkwürdig milchige, fast durchsichtige Hautfarbe. Die Muskeln fühlen sich immer noch weich an, von beginnender Totenstarre ist nichts zu bemerken. Alle lebenswichtigen Körperfunktionen sind jedoch nicht mehr nachweisbar. Der Hirntod wurde bereits nach Fund der Leiche und dem Eintreffen des Notarztes um 0 Uhr 47 festgestellt. Dieser Mann ist klinisch tot, trotzdem zeigen die Pupillen bei Lichteinfall durch eine Lampe immer noch Reflexe. Außerdem beginnt sich die Haut bei Bestrahlung mit einer UV-Lampe erheblich zu röten, was bei eingetretenem Hirntod und dem Fehlen sämtlicher Lebensfunktionen nicht sein kann.«

Während draußen auf den Flächen der Landesgartenschau hochgradig genervte Landschaftsgärtner, Bauunternehmer und sonstige Verantwortliche das Gelände nach Bärlauch absuchten, zog sich Herbert Dotterweich in die hinterste Ecke des Besucherzentrums im großen Ziegelbau der Anlage zurück. Hier war er vor der erbarmungslosen Sonneneinstrahlung sicher, da die Jalousien wegen geplanter Diavorträge zur Eröffnungsfeier heruntergelassen worden waren. Er setzte sich in einer düsteren Ecke des Raumes auf den Boden, nahm Hut und Sonnenbrille ab und vergrub sein Gesicht in den Händen. Endlich ließen diese brennenden Schmerzen auf der Gesichtshaut nach, und er konnte etwas verschnaufen. Wahrscheinlich hatte er das Schlimmste schon überstanden. Allerdings wurde sein Hungergefühl immer mächtiger, und ihn überfielen Visionen von frisch gebrühtem, rotem Presssack. Was zum Teufel war denn nur mit ihm los? Bis vor wenigen Tagen war der größte kulinarische Genuss ein Honigbrot, Ratatouille oder ein Obstkorb gewesen. Stattdessen verzehrte sich sein Körper nach altbackener, fränkischer Hausmannskost.

Diese quälenden Gedankenspiele zogen sich hin, bis die sinkende Nachmittagssonne endlich Anstalten machte, am Horizont zu verschwinden. Das war der Auslöser, endlich etwas gegen diese unerträgliche Situation zu unternehmen. Entschlossen packte er seine Tasche, setzte Hut und Sonnenbrille wieder auf und machte sich strammen Schrittes auf den Weg in die Metzgerei.

Karl Ortloff schaute dem davonspringenden Spatenteil ungläubig hinterher. Das durfte doch alles nicht wahr sein.

Hatte sich denn heute alles und jeder gegen ihn verschworen? Während er noch überlegte, entweder erst mal ein Bier zu holen oder sich einfach selbst zu bemitleiden, hörte er hinter sich ein Geräusch. Er drehte sich um und lauschte genauer. Das waren ganz eindeutig Schritte. Schritte, die langsam aber konsequent näher kamen. Wer zum Teufel war das, um diese Uhrzeit?

»Hallo? Hallo, wer ist da?«, rief er in die Dunkelheit.

Herbert Dotterweich hatte die Metzgerei gerade erst verlassen, als er schon das große, in Alufolie eingewickelte Trumm aus der Plastiktüte nahm. Er zog sich wieder in seinen Hauseingang zurück, schaute sich noch einmal verstohlen um und versuchte, die Alufolie abzuwickeln. Vielmehr begann er sie abzuwickeln, aber schon nach kürzester Zeit riss er sie regelrecht herunter. Noch einmal schaute er in die jetzt fast dunkle Straße, dann biss er ohne zu zögern in die große, fleischige Kugel, die er in seinen Händen hielt.

Sofort durchströmte ihn ein übermächtiges Glücksgefühl, und alle Widrigkeiten dieses vermaledeiten Tages waren wie weggeblasen. Was interessierten ihn noch Baupläne, Wegesränder oder Heckenhöhen? Immer tiefer wühlte er sich in die Presssackkugel und genoss den wohligen Geschmack und das lustvolle Gefühl, das ihn auf einmal durchströmte. Er war so mit seiner blutigen Mahlzeit beschäftigt, dass er die Veränderungen, die sich an und in ihm abspielten, gar nicht bemerkte.

Karl Ortloff sah aus der Dunkelheit eine schwarz gekleidete Gestalt auf sich zukommen, die er sofort erkannte. Immer und überall würde er auf dieser Welt diesen Beamtenarsch erkennen, der bei ihm unter der Kategorie »Vollidiot« abgespeichert war. Er schaute wutentbrannt auf seine Uhr. Es war gerade mal halb neun. Was sollte denn der Scheiß? Er hatte doch nun wirklich noch genug Zeit, um diesen bescheuerten Weidenbaum zwölf Zentimeter zu verrutschen. Wahrscheinlich kam diese Nervensäge nur mal kurz vorbei, um ihn noch ein wenig zu pesten. Aber das sollte er nur mal probieren! Er packte seinen Spatenstielrest fester. Ein kleiner Stupser, ein kurzer Kick mit dem Holz und schon würde dieser Beamtenaffe etwas mehr Respekt zeigen. Es war dunkel, es gab keine Zeugen, die Kollegen waren nämlich nach dieser bescheuerten Bärlauchgraberei bereits alle in den wohlverdienten Feierabend abgezogen. Nur er war noch hier und machte sich zum Affen für das AFF.

Herbert Dotterweich war nur noch wenige Meter von ihm entfernt, und im diffusen Licht seiner Arbeitslampe konnte er nun deutlich dessen Gesicht erkennen. Auf der Stelle erstarrte er, und das blanke Entsetzen kroch durch seinen schweißnassen Körper.

Herbert Dotterweich hatte sich verändert. Sein Gesicht war starr und kalkweiß, von seinen Mundwinkeln troff frisches Blut. Sein Blick war kalt und unverwandt auf ihn, Karl Ortloff, gerichtet. Dieser Blick hatte etwas außerordentlich Hypnotisches. Der Gartenbaumeister war unfähig, sich auch nur einen Millimeter zu rühren.

Als der verwandelte Dotterweich den wie gelähmt dastehenden Ortloff erreichte, packte er ihn an seinen Haaren und zog den Kopf nach hinten. Er blickte auf den Hals des wehrlosen Opfers, und ein kaltes Lächeln spielte um die blutroten Mundwinkel, unter denen nun lange, spitze Eckzähne sichtbar wurden. Ohne zu zögern stieß der Graf diese Zähne in die Halsschlagader seines Opfers. Warmes, helles

Blut spritzte, doch bald schon versiegte der pulsierende Strom, und es gab nur noch ein leises, saugendes Geräusch am Hals des armen Gärtners.

Mit sichtbarem Unbehagen folgten die Umstehenden dem ungewöhnlichen Vortrag des Professors. Da schlug die bislang geduldig daliegende Leiche plötzlich die Augen auf. Ein erschrockenes Stöhnen entrang sich den Zuhörern, und verängstigt gingen alle einen Schritt zurück. Nur Professor Siebenstädter verharrte regungslos an seinem Platz. Allerdings sprach er kein Wort mehr, und das Mikrofon war ihm aus der erhobenen Hand gerutscht. Wie ein Jo-Jo bewegte es sich an seinem Spiralkabel auf und ab, als die offenbar nicht ganz so tote Leiche ein unheimliches Knurren von sich gab.

Karl Ortloff bekam vom Verlust seines Lebenssaftes erst einmal gar nichts mit. Die hypnotischen Kräfte des Ex-Beamten hatten ihn in einen gnädigen Schlaf versetzt. Allerdings hatte der gierige Neuvampir ganz gegen seine vorherige Berufsauffassung etwas schlampig gearbeitet, und Karl Ortloff wachte vorzeitig auf. Ihm war, als erwachte er aus einem endlos langen und tiefen Schlaf. Zuerst bemerkte er die Eiseskälte, und er spürte, dass er rettungslos verloren war. Er würde sterben, der Blutverlust war bereits viel zu groß. Es war genau so, wie es immer beschrieben wurde. Sein gesamtes Leben zog noch einmal an ihm vorüber. Seine Kindheit in Bamberg, seine Ausbildung zum Landschaftsgärtner, bis hin zu diesem unseligen Auftrag der Landesgartenschau mit seinen entnervenden Vorschriften. Die Vorschriften ... Er hatte nicht mehr viel Blut im Körper, aber beim Gedanken an die Bepflanzungsvorschriften kam dieser kärgliche Rest erheblich in Wallung. Noch einmal strömte Adrenalin in die ausgedünnten Adern, und für einen kurzen Moment kehrte die unbändige Wut in ihn zurück. Seine rechte Hand umspannte den spitzen Spatenstiel, und mit aller Kraft, die ihm noch verblieben war, rammte er das Holz von unten in den Körper des saugenden Beamten, der wie ein Blutegel an ihm hing.

Während alle Umstehenden voller Entsetzen und unfähig, sich auch nur irgendwie von der Stelle zu bewegen, der abstrusen Transformation beiwohnten, reagierte Siebenstädter in Sekundenbruchteilen. Die Eckzähne wuchsen schon über die Unterlippe, und dem Brustkorb des plötzlich Erwachten entrang sich ein giftiges Zischen. Der Chef der Erlanger Gerichtsmedizin stürzte sich auf den dreckigen Spatenstiel, der die ganze Zeit auf dem reglosen Körper gelegen hatte. Er riss ihn an sich und erhob ihn hoch über seinen Kopf. Ein kaltes Leuchten in den Augen des Untoten. Nun musste es schnell gehen.

Noch bevor sich die erwachte Kreatur erheben konnte, rammte er ihr den spitzen Spatenrest in die Brust. Ein lautes Fauchen entwich dem zu einer skurrilen Fratze verzerrten Gesicht des ehemaligen Landschaftsgärtners, während ein zartes, blaues Leuchten über den zerfallenden Körper des sterbenden Vampirs waberte. Jeglicher Bewegung unfähig starrten alle auf das makabre Schauspiel, nur Siebenstädter stieß so etwas wie einen Triumphschrei aus. Mit einem letzten, seufzenden Geräusch zerfiel der Körper des Untoten schließlich zu einem unscheinbaren Häufchen Staub, neben dem ein abgebrochener Spatenstiel zu liegen kam.

Schweigend sahen sich alle im Raum an. Doch auch in dieser skurrilen Situation nahm Siebenstädter als Erster das Heft des Handelns in die Hand.

»Ich seh das so«, sagte er in die bleierne Stille des Sezierraumes hinein. »Wir haben keine Leiche, keinen Mörder und keine Indizien außer einem Spatenstiel und etwas Staub. Es gibt zwei Möglichkeiten. Entweder wir geben das alles hier exakt zu Protokoll, dann stehen wir morgen als Könige der Idioten in sämtlichen Tageszeitungen. Oder aber wir erklären diesen Leichenfund als künstlerische Installation auf der Landesgartenschau oder irgendetwas Ähnliches. Was genau, ist mir ehrlich gesagt scheißegal. Was mich betrifft, ist das hier jedenfalls nie passiert. Student Wiebke, kehren Sie das hier bitte zusammen und dann Schwamm drüber. Wenn ich hier noch ein einziges Staubkorn finde, dann raucht's im Karton, ich geh jetzt erst einmal auf die Toilette!«

Nach diesem entschlossenen Vortrag drehte er sich um und verschwand, während ungläubige Gesichter der Studentenschaft und der Kriminalpolizei sich entweder gegenseitig fragende Blicke zuwarfen, oder aber völlig verstört das kleine Aschehäufchen auf dem Seziertisch betrachteten.

Der spitze Holzstiel drang von unterhalb des Brustkorbes durch die Bauchdecke des Grafen und durchbohrte seine rechte Herzkammer. So schnell das letzte Aufbäumen Ortloffs auch gekommen war, so schnell war es auch wieder vorbei. Die kraftlose Hand ließ den Stiel los, und der sterbende Ortloff fiel in den nassen Rasen des Pyramidenhügels.

Der schlampige Vampir blickte einen Moment lang verstört auf das Stück Holz, das da unten aus seinem Bauch schräg herausragte. Dann war nur noch ein schriller Schrei in der dunklen Nacht zu hören, und ein blauer Lichtschein umspielte den sich rapide auflösenden Grafen. Innerhalb von Sekunden zerfiel er zu Staub, der vom feinen Nieselregen langsam weggewaschen wurde. Nur der spitze Spatenstiel, der auf dem toten Ortloff liegenblieb, zeugte noch von dieser unwirklichen Szene.

Im Verhörzimmer der Kriminalpolizei Bamberg saßen die ermittelnden Beamten kopfschüttelnd zusammen und berieten das soeben Gehörte. Nach übereinstimmenden Aussagen der betroffenen Gerichtsmediziner und zweier gestandener Kriminalbeamter der Bamberger Polizei war keine Leiche gefunden worden, sondern alles war nur eine Kunstaktion, eine illegale Installation irgendwelcher Kunststudenten, die allerdings inzwischen flüchtig seien. Das klang alles so hanebüchen, dass man diese Geschichte normalerweise niemandem abnehmen würde. Aber alle behaupteten stur das Gleiche, und es waren alles unbescholtene, absolut integre Personen des öffentlichen Bamberger Lebens.

»Allerdings erklärt diese Version der Ereignisse nicht das mysteriöse Verschwinden eines Landschaftsgärtners und des Chefs des AFF – und das auch noch ungefähr zur gleichen Zeit«, warf Berthold Schick ein, ein eher skeptischer Vertreter seiner Zunft.

»So, Herrschaften«, ertönte eine laute Frauenstimme »Es gibt eine weitere Vermisste.« Die Stimme gehörte Laura Gottschlich, einer Kollegin, die heute ebenfalls Wochenenddienst schob und soeben den Raum betrat. »Wir haben gerade noch eine Vermisstenmeldung erhalten«, sagte sie. »Renate Hümmer, auch eine Mitarbeiterin des AFF. Ebenfalls seit gestern Nacht spurlos verschwunden.«

Berthold Schick fuhr sich mit beiden Händen verzweifelt durch die kurzgeschorenen Haare. Das durfte ja wohl alles nicht wahr sein, dachte er. War es möglich, dass der Chef des AFF, seine Mitarbeiterin und ein Landschaftsgärtner an einer illegalen Kunstinstallation mitgewirkt hatten?

Als Renate Hümmer erwachte, bemerkte sie, dass sie rücklings neben dem Bach der Landesgartenschau lag, direkt zwischen den Spielgeräten des Kinderspielplatzes. Allerdings machte ihr die Kälte merkwürdigerweise überhaupt nichts aus. Im Gegenteil, sie fühlte sich frisch und stark. Sie versuchte sich zu erinnern, was geschehen war. Genau brachte sie es aber nicht mehr zusammen. Sie wusste nur, dass sie sich um ihren Chef große Sorgen gemacht hatte und ihm gefolgt war. Schließlich hatte sie ihn entdeckt, als er gerade heftig kauend aus dem Hauseingang neben der Metzgerei herausgelaufen kam. Sie war in der hereinbrechenden Dunkelheit bis auf das Landesgartenschaugelände hinter ihm her gegangen – dann war er plötzlich verschwunden. Und exakt ab diesem Zeitpunkt setzte ihre Erinnerung aus.

Allerdings verspürte sie jetzt einen immer stärker werdenden Hunger und entdeckte eine äußerst merkwürdige Verletzung am Halsansatz. Sie leckte sich mit der Zunge über die spitzen Eckzähne und befeuchtete ihre spröden Lippen.

Presssack, genau. Roter Presssack wäre jetzt genau das Richtige, dachte sie sehnsüchtig.

Die Autoren

Sigrun Arenz, Jahrgang 1978, studierte Germanistik, Theologie und Anglistik in Erlangen sowie an der Universität St. Andrews in Schottland. Sie lebt in Fürth und arbeitet als Gymnasiallehrerin, freie Mitarbeiterin für unterschiedliche Tageszeitungen und als Autorin. Bei *ars vivendi* erschienen ihre Kriminalromane *Das ist mein Blut* (2008), *Kühl bis ans Herz* (2009) und *Nicht vom Brot allein* (2012) um die Ermittler Eva Schatz und Rainer Sailer. 2014 wurde Sigrun Arenz mit dem Kulturförderpreis der Stadt Fürth für Literatur ausgezeichnet.

Jan Beinßen, 1965 in Stadthagen geboren, arbeitet als Journalist und Autor in Nürnberg, wo er auch mit seiner Familie lebt. 1997 erschien sein Debütroman *Zwei Frauen gegen die Zeit*. Nach weiteren Publikationen eröffnete 2005 *Dürers Mätresse* bei *ars vivendi* die erfolgreiche Krimireihe um den Nürnberger Fotografen Paul Flemming. Es folgten 2006 *Sieben Zentimeter*, 2007 *Hausers Bruder*, 2008 *Die Meisterdiebe von Nürnberg*, 2009 *Herz aus Stahl*, 2010 *Das Phantom im Opernhaus*, 2012 *Die Paten vom Knoblauchsland*, 2013 *Lokalderby*, 2014 *Die Schäufele-Verschwörung* und 2015 *Sechs auf Kraut* Außerdem bei *ars vivendi* erschienen: der »KrimiSnack« *Die Tote im Volksbad* (2013) sowie der Kriminalroman *Görings Plan* (2014).
www.janbeinssen.de

Veit Bronnenmeyer, 1973 in Kulmbach geboren und in Lauf aufgewachsen, absolvierte eine Ausbildung zum Schreiner und studierte Soziale Arbeit in Bamberg. Derzeit ist er als Projektmanager im Schul- und Bildungsreferat der Stadt Fürth tätig und schreibt regelmäßig für die *Fürther Freiheit*, eine literarische Rubrik der *Fürther Nachrichten*. 2009 erhielt der Autor den Agatha-Christie-Krimipreis für seinen Kurzkrimi *Eigenbemühungen*. Beim *ars vivendi verlag* erschienen bisher seine Kriminalromane *Russische Seelen* (2005), *Zerfall* (2007), *Stadtgrenze* (2009) und *Gesünder sterben* (2012) mit dem Ermittlerduo Albach und Müller. www.veit-bronnenmeyer.de

Theobald Fuchs kam 1969 im schönen Dörfchen Artelshofen im oberen Pegnitztal auf die Welt. Er studierte Germanistik, Mathematik und Physik und promovierte 1998 in Erlangen. Er ist Mitglied der Deutschen Physikalischen Gesellschaft und Mitgestalter der Veranstaltungsreihe *Radio Bernstein* in der Galerie Bernsteinzimmer, beispielsweise als Verfasser von Hörspielen und Moderator verschiedener populärwissenschaftlicher Sendungen. Seit 1997 schreibt Fuchs Glossen für die Satirezeitschrift *Salbader*. Später begann er, im Magazin *Titanic* unter der Rubrik *Vom Fachmann für Kenner* lustige Miniaturen zu veröffentlichen und Beiträge für die Kolumne *Fürther Freiheit* in den *Fürther Nachrichten* zu erdichten. 2014 gewann er mit seiner Geschichte *Der Tote im Wehr* den Jurypreis des Fränkischen Krimipreises. Im Frühjahr 2016 erscheint sein ersten Kriminalroman bei *ars vivendi*: *Niemand ruht ewig*.

Tommie Goerz (Dr. Marius Kliesch, geb. 1954) hat Soziologie, Philosophie und Politische Wissenschaften studiert, wohnt in Erlangen, ist verheiratet und Vater zweier Kinder. Nach 20 Jahren bei einem der größten Agenturnetzwerke

der Welt war er Dozent für Text und Konzeption an der Georg-Simon-Ohm-Universität Nürnberg. Heute lehrt er an der Faber-Castell-Akademie in Stein und ist bei den hl-studios Tennenlohe. Er gewann unter anderem den Bronzenen Löwen in Cannes (2007), ist Mitglied im Syndikat und spielt in der Band *Hans, Hans, Hans und Hans*. Bei *ars vivendi* erschienen seine Kriminalromane *Schafkopf* (2010), *Dunkles* und *Leergut* (beide 2011) sowie *Auszeit* (2012), *Einkehr* (2014) und *Schlachttag* (2016), in denen jeweils der Nürnberger Kommissar Friedo Behütuns ermittelt.
www.tommie-goerz.de

Thomas Kastura, geboren 1966, lebt mit seiner Frau und seinen beiden Töchtern in Bamberg, studierte Germanistik und Geschichte und arbeitet als Autor für den *Bayerischen Rundfunk*. Seit 1998 veröffentlichte er zahlreiche Erzählungen, Jugendbücher und Kriminalromane. Thomas Kastura ist außerdem Herausgeber der Krimianthologien *Tatort Garten* und *To die, or not to die* (beide bei *ars vivendi*). Im Herbst 2012 erschien im *ars vivendi verlag* der Sammelband *Drei Morde zu wenig* mit seinen Brandeisen & Küps-Geschichten, 2015 folgte *Fünf Leichen zu viel*.
www.thomaskastura.de

Tessa Korber studierte Literatur und Geschichte, ist freie Autorin und wurde mit ihren historischen Romanen bekannt. Bei *ars vivendi* erschienen bisher ihr Band *Das Leben ist mörderisch* mit Kurzkrimis (2010), ihr historischer Kriminalroman *Todesfalter* um Maria Sibylla Merian (2011) sowie der schwarzhumorige Krimi *Die Saubermänner* (2013). Zudem gab sie die Krimianthologien *Fiese Morde in der*

Provinz (2011) und *Auf leisen Pfoten kommt der Tod* (2013) heraus. Tessa Korber ist Trägerin des Forchheimer Kulturpreises 2010 und lebt mit ihrem Mann, dem Autor Christian Klier, in Unterfranken.
www.tessa-korber.de

Dirk Kruse, 1964 in Geesthacht geboren, wuchs in Schleswig-Holstein auf. Nach einer Krankenpflegeausbildung studierte er in Erlangen Politikwissenschaft, Germanistik und Theaterwissenschaft. Seit 1995 arbeitet er als Literatur- und Theaterkritiker, Nachrichtenreporter und *BR-Klassik*-Moderator für den *Bayerischen Rundfunk* in Nürnberg sowie als Rezitator und freier Moderator. Außerdem ist er Dozent für Literatur an der Hochschule Ansbach. Bei *ars vivendi* veröffentlichte er 2008 *Tod im Augustinerhof*, 2009 gefolgt von *Requiem*. 2012 erschien mit *Tod im Botanischen Garten* der dritte Fall seines Gentleman-Detektivs Frank Beaufort.
www.dirkkruse.com

Killen McNeill stammt aus Nordirland und wurde 1953 in Kilrea geboren. Er studierte Germanistik, war in den Jahren 1973/74 Austauschstudent in Erlangen und zog 1975 nach Franken. Seit 1976 arbeitet er als Fachlehrer für Englisch an der Haupt- bzw. Mittelschule Scheinfeld. Er ist verheiratet und lebt in Unterlaimbach. Er schreibt Romane und tritt im fränkischen Kabaretttrio *McNeills & Winkler* sowie in der fränkischen Band *Nauswärts* auf. Sein Kurzkrimi *Pfarrers Kinder, Müllers Vieh* wurde 2012 als Siegergeschichte der Jury im Wettbewerb um den 1. Fränkischen Krimipreis ausgezeichnet. 2013 erschien bei *ars vivendi* sein Roman *Am Schattenufer*, 2015 folgte *Am Strom*.

Petra Nacke stammt aus Norddeutschland. Sie studierte Theater- und Literaturwissenschaft in Erlangen. In München absolvierte sie eine Ausbildung in Schauspiel, Gesang und Tanz. Heute lebt sie als freie Autorin, Sprecherin und Sängerin in Nürnberg. Seit 1997 ist sie feste freie Mitarbeiterin des *Bayerischen Rundfunks*. Gemeinsam mit Elmar Tannert veröffentlichte sie bei ars vivendi 2008 *Rache, Engel!*, 2010 *Blaulicht* sowie 2012 *Der Mittagsmörder*. 2013 erschien die von ihr herausgegebene Anthologie *Leiche sucht Autor*.
www.petra-nacke.de

Horst Prosch, 1964 in Neuendettelsau im Landkreis Ansbach geboren, lebt mit seiner Familie in Wolframs-Eschenbach. Er arbeitet als Bilanzbuchhalter, ist Mitglied im Kulturverein Speckdrumm e. V. (Beirat für Literatur) und Initiator und Leiter der Reihen »Erlesene Genüsse« im Kunsthaus Reitbahn 3, Ansbach, sowie »Literatur in alten Mauern« in Wolframs-Eschenbach. Auch für Lesungen ist er bekannt, etwa für Themenlesungen wie »Literatur und Schokolade«. Bei *ars vivendi* erschien 2008 eine Erzählung von ihm in *Smoke – Geschichten vom blauen Dunst*. 2014 folgte sein Kriminalroman *Blaue Bäume*. Für *Süß klangen die Glocken nie* aus der Anthologie *RauschGiftEngel* wurde er für den Friedrich-Glauser-Preis 2015 in der Sparte »Bester Kurzkrimi« nominiert. 2015 erschien sein Kriminalroman *Frankenruh*.
www.horst-prosch.de

Jeff Röckelein wuchs im Frankenwald auf. Er arbeitete als Tankwart, Gerichtsreporter und Zeitsoldat, unterrichtete Deutsch als Fremdsprache und war Dozent an der AKAD

University Stuttgart. Heute lebt er als freier Autor, Lektor und Übersetzer bei Sigmaringen auf der Schwäbischen Alb. Sein Kurzkrimi »Ja verreck« wurde 2013 als Siegergeschichte der Jury im Wettbewerb um den 2. Fränkischen Krimipreis ausgezeichnet. 2014 erschien bei *ars vivendi* sein erster Roman, *Arme Hunde*.

Elmar Tannert, 1964 in München geboren, absolvierte ein Studium der Musikwissenschaft und Romanistik. Von 1991 bis 2003 war er in verschiedenen Berufen tätig, beispielsweise als Datentypist, Zeitungsverkäufer, Postbote und Tankwart. Ab 1994 erfolgten erste Veröffentlichungen seiner Kurzgeschichten. Seit 2003 arbeitet er als freier Schriftsteller sowie unter anderem beim *Bayerischen Rundfunk* und der *Abendzeitung Nürnberg*. 1999 erhielt er den Kulturförderpreis der Stadt Nürnberg wie auch des Freistaats Bayern und 2001 den Kulturförderpreis des Bezirks Mittelfranken. Bei *ars vivendi* erschienen von ihm *Der Stadtvermesser* (1998), *Keine Nacht, kein Ort* (2002), *Ausgeliefert* (2005) und die gemeinsam mit Petra Nacke verfassten Romane *Rache, Engel!* (2008), *Blaulicht* (2010) sowie *Der Mittagsmörder* (2012).
www.elmar-tannert.de

Helmut Vorndran, geboren 1961 in Bad Neustadt/Saale in Franken, lebt heute in Rattelsdorf bei Bamberg. Er absolvierte eine Lehre zum Tischler und studierte einige Semester Sozialpädagogik (abgebrochen wegen erkannter Sinnlosigkeit). Seit 1984 arbeitet er als freischaffender Kabarettist. Außerdem wirkte er bei diversen Produktionen und Aufnahmen für das Bayerische Fernsehen und Rundfunkanstalten wie Antenne Bayern mit. Sein Frankenkrimi-Debüt, *Das Ala-*

bastergrab, erschien 2009, später folgten *Blutfeuer* (2010), *Tot durch Franken* (2011), *Der Colibri-Effekt* (2012), *Drei Eichen* (2013), *Das fünfte Glas* (2014) und *Habakuk* (2015). Bei *ars vivendi* erschien in der Reihe *Mord in Dosen*: »Oh, mein Gott!« (2013)

Textnachweis

Sigrun Arenz, Füße im Feuer aus: *RauschGiftEngel. 13 Krimis aus Franken zur Weihnachtszeit*, ars vivendi verlag, Cadolzburg 2014.

Jan Beinßen, Zeit zum Sterben aus: Jan Beinßen, *Die toten Augen von Nürnberg. Kriminalgeschichten*, ars vivendi verlag, Cadolzburg 2014.

Veit Bronnenmeyer, Mord im Regionalexpress aus: *Tatort Franken No. 1. 15 Kriminalgeschichten*, ars vivendi verlag, Cadolzburg 2010.

Theobald Fuchs, Der Tote im Wehr aus: *Tatort Franken No. 5. 18 neue Kriminalgeschichten*, ars vivendi verlag, Cadolzburg 2014.

Tommie Goerz, Steinbruch aus: *Tatort Franken No. 3. 20 neue Kriminalgeschichten*, ars vivendi verlag, Cadolzburg 2012.

Thomas Kastura, Mafia Bamberga aus: Thomas Kastura, *Drei Morde zu wenig. Brandeisen & Küps ermitteln*, ars vivendi verlag, Cadolzburg 2012.

Tessa Korber, Das Loch aus: *Tatort Franken No. 2. 18 neue Kriminalgeschichten*, hrsg. v. Felicitas Igel, ars vivendi verlag, Cadolzburg 2011.

Dirk Kruse, Das kalte Herz aus: *Kältestarre. 13 Krimis aus Franken zum Frösteln*, hrsg. v. Tessa Korber, ars vivendi verlag, Cadolzburg 2011.

Killen McNeill, Pfarrers Kinder, Müllers Vieh aus: *Tatort Franken No. 3. 20 neue Kriminalgeschichten*, ars vivendi verlag, Cadolzburg 2012.

Petra Nacke, Nightliner aus: *Tatort Franken No. 4. 15 neue Kriminalgeschichten*, ars vivendi verlag, Cadolzburg 2013.

Horst Prosch, Süß klangen die Glocken nie aus: *RauschGiftEngel. 13 Krimis aus Franken zur Weihnachtszeit*, ars vivendi verlag, Cadolzburg 2014.

Jeff Röckelein, Ja verreck aus: *Tatort Franken No. 4 15 neue Kriminalgeschichten*, ars vivendi verlag, Cadolzburg 2013.

Elmar Tannert, Unter dem Apfelbaum aus: *Tatort Garten. 14 packende Kriminalgeschichten*, hrsg. v. Thomas Kastura, ars vivendi verlag, Cadolzburg 2012.

Helmut Vorndran, Untödlich aus: *Tatort Garten. 14 packende Kriminalgeschichten*, hrsg. v. Thomas Kastura, ars vivendi verlag, Cadolzburg 2012.

Wenn Katzen Mörder jagen ...

Tessa Korber (Hrsg.)
Auf leisen Pfoten kommt der Tod
12 Katzenkrimis
Klappenbroschur, 251 Seiten
ISBN 978-3-86913-173-0

Katzen – schon die alten Ägypter wussten, dass diese Tiere Grenzgänger zwischen den Welten sind. Zahllose Detektive haben sie zu ihren Vertrauten gemacht. Und sogar höchstpersönlich ging die eine oder andere Katze schon auf Mörderjagd. In ihren Augen lauert der Abgrund, und ihre samtweichen Pfoten bergen tödliche Krallen. 13 Katzenliebhaber ließen sich vom Schnurren ihrer Lieblinge inspirieren und lauschten ihnen Fälle ab, die es in sich haben.

Mit Beiträgen von Jean Bagnol · Nicola Förg · Uwe Gardein · Fredrika Gers · Thomas Kastura · Christian Klier · Elke Pistor · Barbara Saladin · Andrea Schacht · Alexa Stein · Uwe Voehl und Malte S. Sembten · Günther Zäuner – und einer Katzengeschichte von Ingrid Noll

Mörderisch hungrig?

Angela Eßer (Hrsg.)
Mordsappetit
Kulinarische Krimis aus Bayern
Klappenbroschur, 272 Seiten
ISBN 978-3-86913-174-0

Von wegen weiß-blaues Postkartenidyll! Bayern hat auch ganz andere Seiten zu bieten: Kriminell gute Autorinnen und Autoren ziehen eine Blutspur durch das ganze Bundesland von den Alpen über Augsburg und Nürnberg bis nach Bamberg – mit ihren Geschichten rund um gefährliche Köstlichkeiten und mörderisch delikate Schmankerln. Kulinarische Dreingabe zu jedem Kurzkrimi: das passende Rezept! Mordslust auf Hopfenspargelragout, Brezenguglhupf oder Weißwurst Italiano?

Mit Beiträgen von Friedrich Ani · Willy Astor · Angela Eßer · Werner Gerl · Michael Gerwien · Bernhard Jaumann · Thomas Kastura · Lotte Kinskofer · Tessa Korber · Barbara Ludwig · Andreas Mäckler · Beate Maxian · Marc Ritter · Irene Rodrian · Frank Schmitter · Leonhard Michael Seidl

Die Höll ist leer,
und hier sind alle Teufel

William Shakespeare, Der Sturm, I,2

Thomas Kastura (Hrsg.)
To die, or not to die
14 Shakespeare-Krimis
Klappenbroschur, 304 Seiten
ISBN 978-3-86913-4 6-1

Hamlet, Macbeth, Othello, Romeo und Julia: unvergessliche Figuren, Geschichten für die Ewigkeit – und alle der Feder des Stratforder Barden William Shakespeare entsprungen. Renommierte und preisgekrönte Autoren nehmen seine Stoffe mit kreativer Inspiration auf und interpretieren sie mit kriminalistischem Spürsinn. Drama, Drama, Drama ... in Gestalt von 14 Kriminalgeschichten.

Friedrich Ani · Ralf Kramp · Christian Klier · Nina George · Anke Gebert · Richard Birkefeld · Ewald Arenz · Tessa Korber · Roland Spranger · Elmar Tannert · Petra Nacke · Gisbert Haefs · Jürgen Alberts · Thomas Kastura

1 Toter, 12 Autoren, 12 Storys

Petra Nacke (Hrsg.)
Leiche sucht Autor
12 Kriminalgeschichten
Klappenbroschur, 223 Seiten
ISBN 978-3-86913-275-4

In einer verlassenen Fabriketage hängt die Leiche eines international bekannten Künstlers von der Decke. Auf dem Tisch steht ein Laptop, davor eine Videokamera. Ansonsten ist der Raum so gut wie leer. Die Polizei wurde von einem anonymen Anrufer alarmiert. Bis die Einsatzkräfte jedoch vor Ort sind, vergehen Tage – ein Umstand, der deshalb noch schwerer wiegt, weil der Tote ein Schild mit der Ziffer »1« um den Hals trägt.
Ausgehend von diesem rätselhaften Szenario lassen zwölf renommierte und preisgekrönte Krimiautoren ihrer Kreativität freien Lauf und spinnen die Geschichte individuell weiter. Eine raffinierte, hoch spannende und oft humorvolle Hommage an die Kraft der Fantasie.

Mit Beiträgen von Friedrich Ani · Veit Bronnenmeyer · Angela Eßer · Nina George · Norbert Horst · Thomas Kastura · Stefan Kiesbye · Christian Klier · Tessa Korber · Petra Nacke · Jörg Steinleitner · Elmar Tannert

Franken von Fall zu Fall

Angela Eßer (Hrsg.)
Nicht nur der Hund begraben
Die Anthologie zur Criminale
in Nürnberg-Fürth
Klappenbroschur, 294 Seiten
ISBN 978-3-86913-415-4

Eine Oma mit Mordgedanken in Zirndorf, ein geplagter Verleger in Cadolzburg, ein Trickbetrügerwettbewerb in Lauf, ein lang geplanter Racheakt in Stein, ein Blick in die Abgründe dies- und jenseits der Stadtgrenze und der ganzen Region – so vielfältig wie Franken sind auch die 18 Kriminalgeschichten, die in der Anthologie zur Criminale 2014 in und um Nürnberg-Fürth versammelt sind. Hochspannung garantiert!
Die Schauplätze des Verbrechens: Altdorf · Ansbach · Cadolzburg · Feuchtwangen · Forchheim · Fürth · Hersbruck · Herzogenaurach · Langenzenn · Lauf a. d. Pegnitz · Neumarkt i. d. OPf. · Neustadt a. d. Aisch · Nürnberg · Roth · Schwabach · Stein · Weißenburg · Zirndorf
Mit Beiträgen von: Püttjer & Bleeck · Roland Krause · Jeff Röckeleir · Nina George · Petra Gabriel · Sunil Mann · Renate Klöppel · Thomas Kowa · Barbara Saladin · Peter Godazgar · Beate Maxian · Lucie Flebbe · Bernhard Aichner · Gunter Gerlach · Andreas Gruber · Regula Venske · Jutta Siorpaes · Sabine Trinkaus

Nur der Gartenzwerg war Zeuge ...

Thomas Kastura (Hrsg.)
Tatort Garten
14 packende Kriminalgeschichten
Klappenbroschur, 217 Seiten
ISBN 978-3-86913-110-8

In üppigen Vorgärten, biederen Kleingartensiedlungen und grünen Großstadtoasen schleicht das Verbrechen auf leisen Sohlen durch die Rabatten. Hier wird vornehmlich sanft gemordet, mit Hilfe von Tollkirsche, Eisenhut oder Wasserschierling. In drastischen Fällen allerdings müssen Spaten und Heckenschere schon mal herhalten. Fünfzehn Krimiautoren aus Deutschland und Österreich haben ihre Fantasie kräftig zum Blühen gebracht und sich tief hineingegraben in die Abgründe der menschlichen Seele. Und so endet ein gnadenloser Blumenwettbewerb im Zinksarg, in einem idyllischen Rosengarten liegen zahlreiche Leichen verbuddelt, und die harmlose Chiliplantage wird zum Schauplatz schlimmster Albträume. Grünes Grauen pur.

Mit Beiträgen von: Angela Eßer · Heidi Friedrich und Arnd Rühlmann · Nina George · Tommie Goerz · Thomas Kastura · Tessa Korber · Dirk Kruse · Tatjana Kruse · Beate Maxian · Sabina Naber · Petra Nacke · Friederike Schmöe · Elmar Tannert · Helmut Vorndran